Und der Himmel ist immer woanders

Herstellung und Verlag:
BoD-Books on Demand, Norderstedt
ISBN: 978-3-7460-1292-6

Und der Himmel ist immer woanders

Susanne Giering

1

Nummer sechs lebt nun schon zwei Wochen bei mir. Es wird nicht mehr lange dauern, und ich werde sie auf dem Rücken liegend wahrscheinlich auf der Fensterbank finden, so wie zwei ihrer Vorgänger. Die erste lag auf dem Boden unter dem kalten Heizkörper, die zweite vor dem Spind. Eine habe ich bis heute nicht gefunden, obwohl ich immer wieder suche.

Ich sehe zu, wie sie ihren Rüssel in den Honigtropfen auf meinem Handrücken tupft. Wenn ich mich sehr langsam und vorsichtig bewege, kann ich mit dem Zeigefinger meiner anderen Hand die feinen Härchen auf ihrem Rücken berühren. Um das fertigzubringen habe ich bei dieser vier Tage gebraucht. Bei den anderen ging es schneller.

Gleich wird sie sicher wieder mit ihren kleinen scheint's sinnlosen Rundflügen beginnen, ganz nahe vor meinem Gesicht. Die Flügel brummen dabei. Ein tiefes, entspanntes Brummen ist das, ganz anders als das übliche fast lautlose Fliegen sonst tagsüber, wenn sie sich die Zeit vertreibt.

Die vier toten Fliegen liegen rücklings in ihrer grotesken Starre aufgereiht auf der Ablage über meinem Waschbecken gleich neben den beiden alten Zahnpasta-Flecken. Die ersten beiden Körper sind bereits kleiner geworden, hellgrau und porös. Würde ich sie hochnehmen, um sie woanders hinzulegen, würden sie zerfallen. Die Beine lösen sich schnell vom Körper nach dieser Zeit. Deswegen lasse ich sie liegen. Es liegt sonst nichts auf dieser Ablage außer der Fliegenkörper. Und Staub. Weil ich wegen der Fliegen dort nicht richtig putzen kann.

Wenn der Sommer vorbei ist, ungefähr in zwei Monaten, jetzt ist Juli, wird es aus sein mit den Fliegen. Ich werde mir keine mehr mitnehmen können aus dem Hof vor dem großen Fenster am Eingang, wo sie immer sitzen und sich sonnen. Ich kann eine Fliege mit nur einer Hand fangen, ohne dass sie sich dabei verletzt. Es gelingt nicht immer, wenn ich es versuche. Aber dass es gelungen ist, merke ich an dem Krabbeln in meiner fast geschlossenen Hand. Dann muss sie nur noch die langen Minuten überstehen, die es dauert, bis ich von dort in meinen vier Wänden angekommen bin. Und die Hand öffne. Nicht alle überleben das.

Dass ich noch nicht durchgedreht bin, liegt wahrscheinlich auch an den Fliegen. Ich kümmere mich um sie und sie sich um mich. Nach einer Zeit habe ich zu jeder schon eine Beziehung gehabt. Ich weiß, wie sich das für andere anhören muss.

Meistens wecken sie mich, wenn es im Zimmer hell wird. Das ist im Juli lang bevor ich aufstehen muss. Sie laufen über mein Gesicht, oder ich höre das warme Brummen nahe an meinem Ohr. Ich füttere sie mit Honig oder Marmelade aus den kleinen Plastiktöpfchen, die ich manchmal vom Frühstück mitgehen lasse. Ich unterhalte mich mit ihnen. Eine Stubenfliege kann bis zu 42 Tage alt werden.

Ich liege auf meinem schmalen Bett und schaue an die Decke. Sehe Bilder in meinem Kopf. Ganze Filme laufen da ab. Aber dass ich mich nicht mehr an diese zwei Tage erinnern kann, erschreckt mich. Mein Kopf hat mich schon lang nicht mehr so im Stich gelassen. Es ist irritierend, dass da diese Lücke ist. Vorsichtig taste ich mit der rechten Hand an meinen linken Ellbogen. Das Grind ist nach 28 Tagen abgefallen. Die Haut dort ist noch immer zu glatt, haarlos und ein bisschen taub. Meine Hüfte schmerzt nicht mehr so sehr. Sie hat ja auch schon vorher wehgetan.

Die Sonnenstrahlen, die durch das kleine Fenster den Weg in mein Zimmer finden, wandern im Laufe eines Nachmittags vom Spind an der einen Längsseite über die schmale Wand mit der Tür, dem Waschbecken und dem Klo zur anderen lan-

2

gen Wand, an der mein Bett steht. Als sie gestern das Fußende erreicht hatten, war es fast Abendessenszeit, 17.21 Uhr. Jeden Tag wird es etwas früher sein, bis zum 21. Dezember. Viele Tage sind ohne Sonne.

Wären meine Umstände anders, würde mir dieses Zimmer hier wahrscheinlich gefallen. Es ist trocken und dicht, im Winter vermutlich gut geheizt. Es hat alles, was ich brauche. Ich habe schon schlechter gelebt. Aber es geht mir nicht gut. Ich bin nicht frei. Jeder Tag ist gleich, manchmal unterschiedlich der Nachmittag. Feste Abläufe, feste Regeln, immer die gleichen Menschen um mich herum. Ich muss funktionieren, obwohl mein Kopf schmerzt, das Gehirn entweder zu langsam oder zu schnell arbeitet, ich mich wie tot und gefühllos fühle oder kurz davor bin auszurasten.

Wenn es dann später, gestern war es 22.08 Uhr, ganz dunkel ist, liege ich meistens schon ein oder zwei Stunden hier und heule. Nicht immer, aber oft. Neben meiner Tür hängt ein Kalender. Jeder Tag ein Blatt. Ich bekam ihn geschenkt, als ich hier einzog. Es war im Mai, Anfang Mai. Eigentlich der schönste Monat im Jahr.

Dr. Andersen sagt, es ist gut, wenn ich weine. Ich habe einen Gedächtnisausfall, eine Amnesie. Ich muss Gefühle zulassen. Sie will mir helfen, dass ich mich wieder erinnern kann. Und mit dem klarkommen lerne, was ich dann weiß.

Meistens weine ich um Sigrid. Sie fehlt mir so sehr, dass es weh tut. Im Bauch, in der Brust, im Kopf. Aber ich weine auch um meinen Sohn, der Victor heißt, und nun fast neunzehn Jahre alt ist. Ich weine um meine Frau. Ich weine um mich und um mein verdammtes sinnloses Leben, um das, was ich anderen angetan habe und darum, dass ich es bis heute beim besten Willen nicht besser machen kann. Obwohl vieles auch gut war. Obwohl es glückliche Jahre gab. Es gab Liebe, es gab Lachen. Nein. Die Liebe ist bis heute in meinem Herzen. Aber

3

sie liegt da wie eine offene Wunde. Sie schmerzt. Sie nässt und eitert. Sie will nicht verheilen. Die Wunde sollte sich schließen. Eine offene Wunde ist immer eine Gefahr.

Wenn ich die Augen schließe, ist alles von Sigrid da: Ich spüre ihre Haut unter meinen schwieligen Fingern, ihre Haare, die sie sich immer färbte, was ich nicht mochte, an meiner Nase kitzeln. Wie wir beieinander lagen und uns erzählten, wirres Zeug, Gedanken, Gefühle, Erinnerungen, bis es draußen hell wurde. Irgendwann stand sie auf und machte uns Kaffee in ihrer kleinen Maschine auf dem Tisch vor dem Bett. Sogar das Fauchen und Zischen und Gurgeln der Kaffeemaschine habe ich noch im Ohr. Während wir den Kaffee in kleinen heißen Schlucken fast andächtig tranken, schwiegen wir, schauten aus dem kleinen Fenster in den Himmel. Manchmal liebten wir uns danach, schliefen ein paar Stunden, bis sie mich rüttelte, meistens gegen elf und sagte, ich müsse nun gehen.

Sehr selten nur kann ich in dem kleinen Streifen Himmel, den ich durch mein Fenster hier sehen kann, den Mond entdecken. Und ich sage mir, dass es der gleiche Mond ist, den ich früher schon so oft gesehen habe. Über dem Getreidefeld am Wald-rand, wenn ich alleine war, wenn es von der Wiese her nach Heu roch und laut die Grillen zirpten. Vom Balkon unserer Wohnung im dritten Stock, die ich mit meiner Frau und mei-nem Sohn bewohnte. Über dem Meer in der Nacht von der Terrasse der kleinen Pension im Urlaub - voll war er und mein Sohn sagte, er sähe aus wie ein zu heller Pfannkuchen. Der kalte Mond meiner Kindheit, der mir immer ein bisschen Angst einjagte, weil es dann, wenn er groß war, immer so viele Schatten im Zimmer gab. Den besonderen Mond im Früh-sommer, wenn ich an lauen Abenden die Fledermäuse beo-bachtete und die Kirschbäume ihren Blütenduft verströmten. Den Blutmond, wie er sehr selten und wie ein Planet riesen-groß über dem Horizont auftauchte und mir undefinierbare, unheimliche, herrliche Gefühle machte. Der Mond hier sieht anders aus. Er ist klein, unscheinbar und viel zu weit weg, um mich irgendetwas fühlen zu lassen.

Sigrid ist keine schöne Frau. Genau so wenig schön wie ich. Wir sind auch beide nicht mehr jung. Als wir uns kennenlernten war sie neununddreißig und ich sechsundvierzig. Es war nicht immer klar zwischen uns. Sie stand eines Tages hinter dem Tresen der kleinen Steh-Pizzeria, in dem ich mir manchmal in letzter Zeit ein warmes Essen erstand. Ich kannte den Besitzer, wir hatten einen Deal, wie ich eben hier und da einen Deal brauchte, um über die Runden zu kommen. Ich half ein bisschen aus, ein, zwei Stunden Arbeit - dafür bekam ich ein Essen oder etwas Geld.

Alberto musste ihr von mir erzählt haben, denn als ich mich gegen 9.00 Uhr abends etwas irritiert durch die offen stehende Tür hineindrückte, mich hinten an den Tresen setzte, schob sie mir auf einem Pappteller ein Stück schon leicht trockene Margharita zu und öffnete eine Flasche Apfelschorle für mich. Die ganze Zeit, während ich aß, sagten wir beide nichts, kein einziges Wort. Ich weiß noch, dass ich mich gefragt habe, was Alberto wohl über mich erzählt haben mochte. Ich versuchte, einen guten Eindruck zu machen und sauber und ordentlich zu essen, was mit einem länger nicht geschnittenen Bart nicht ganz einfach war. Ich machte mir manchmal noch Gedanken über mein Aussehen, über meine Haltung. Ich war noch nicht soweit, dass mir das egal war. Als mir Sigrid den Rücken kehrte, um die Arbeitsflächen abzuwaschen, musterte ich sie. Sie war klein, leicht vollschlank, ihr künstlich ins Aubergine gehende Haar hatte sie zu einem sehr kurzen Pferdeschwanz zusammengebunden. Sie bewegte sich schnell aber ohne Hast; bei ihren kleinen energischen Putzbewegungen schien sie nachzudenken. Als ich mein Essen beendet hatte, räusperte ich mich. Sie drehte sich um, und ich bildete mir ein, ihre Mundwinkel umspielte ein Lächeln: „Wenn du morgen wiederkommst, komm um halb neun. Du sollst dann spülen." Zwei Finger an meiner Schirmmütze, stolperte ich irgendetwas

5

murmelnd hinaus. Ich hörte noch ihr „Gute Nacht", da war ich schon auf der Straße.

Ich spüre, dass mir ein Tropfen schräg über die Wange unter das Ohr und den Hals hinunterläuft. Ich spüre den Tropfen noch im Nacken seitlich im Haar versickern. Meinen Bart habe ich jetzt übrigens nicht mehr. Ich wische mit dem Handrücken über meine Wange, die Fliege schreckt von irgendwoher auf und fliegt zum Fenster, es dämmert bereits. Das Fenster ist gekippt, aber der Spalt ist geschützt mit einem feinmaschigen Gitter, so dass niemand etwas hinein oder hinauswerfen kann. Keine Fliege würde da hindurch kommen. Ich brauche also keine Angst zu haben, dass sie mir abhandenkommen könnte. Ganz öffnen kann ich das Fenster nicht.

Ich stehe auf von meinem Bett und wasche den Honigrest von meiner Hand. Dann trete ich ans Fenster. Es ist ungefähr vierzig Zentimeter hoch und einen Meter breit, auf der Höhe meiner Schultern, wenn ich davor stehe. Selbst, wenn ich mich strecke oder mich auf meinen Stuhl stelle, kann ich nicht auf die Erde sehen. Ich sehe nur den oberen Teil des gegenüberliegenden Gebäudes und einen Streifen Himmel darüber.

Eigentlich mag ich keine Apfelschorle.

2

Am nächsten Morgen melde ich mich wie immer pünktlich zum Dienst. Ich bin niemand, der zu spät kommt, eher zu früh. Ich trage mich ein in die Liste an der Wand neben der Tür. Mein Dienst geht von halb acht bis halb zwölf, vier Stunden wie immer. Es geht darum, Kunststoffteile vom Träger zu lösen. Die einzelnen Teile lassen sich durch eine kurze Dreh-Knick-Bewegung sehr einfach mit einem leisen Geräusch ablösen und werden in unterschiedliche Kartons einsortiert. Die ganze

Aufmerksamkeit gilt der Stückzahl in den Pappschachteln. Es müssen 36 sein. In jedem Karton. Nicht 35 oder 37, sondern genau 36. 7 Teile müssen abgelöst werden. Ich zähle also „1, 1, 1, 1, 1, 1, 1" und dann „2, 2, 2, 2, 2, 2, 2" und so weiter. 35 mal und dann sieben mal 36. Jedes Mal, wenn das Teil mit einem „Klack" in den Karton fällt. Das „Klack" verändert sich, je nachdem, ob es noch auf den Pappboden, auf wenige Kunststoffteile oder auf viele fällt. Doch darauf darf ich nicht achten. Das bringt mich zu leicht durcheinander. Wenn ich 7 x 36 gezählt habe, verschließe ich die Deckel, räume die fertigen Kartons in eine Kiste unter dem Tisch, hole mir eine neue Wanne Kunststoffteile von meinem Tischnachbarn und beginne wieder von vorne.

Wenn man sich verzählt, was bei mir häufiger vorkommt, muss man den Karton ausschütten und die Zahl überprüfen. Ich mache das mittlerweile regelmäßig am Anfang einer Serie, wenn ich ziemlich sicher bin, bei „36" angekommen zu sein. Das Geräusch, wenn ich eine Schachtel auf den Tisch ausschütte, stört den Kollegen neben mir. Er hat mich schon öfter deswegen angefahren. Ich sage nichts. Ich schaue ihn auch nicht an. Ich will keine falschen Stückzahlen abgeben.

Es ist unglaublich schwer, sich vier Stunden so konzentrieren zu müssen. Ich will meinen Gedanken nachgehen. Es nicht zu können, ist wie Folter für mich. Wenn wir zu viele Fehler machen, zu lange brauchen oder es irgendwie Streit gibt, werden wir versetzt oder können selbst für den nächsten Montag eine andere Arbeit beantragen. Wir müssen dann aber jemanden finden, der mit uns tauschen möchte. Ich habe schon mehrmals getauscht, insgesamt vier Mal. Die anderen Arbeiten sind nicht besser.

In der Mittagspause gehen wir zum Essen in die Kantine. Wir stehen in langen Reihen an um Kartoffelbrei mit Soße und zerkochtem Fleisch. Oder Nudelsuppe mit Würstchen und Brot. Danach eine Stunde Mittagsruhe. Ich will mich nicht beklagen. Jeden Tag ein warmes Essen. Ich hatte schon schlechtere Tage.

Letztes Jahr im Sommer allerdings war ich reich. Ich war frei, reich und glücklich. Das erste Mal wieder nach Jahren der Dunkelheit. Ich werde diesen Sommer nie vergessen. Er hat sich tief eingebrannt in meine Seele. Sein Duft, seine Geräusche, alles ist da, wenn ich die Augen schließe.

Ich hatte den Winter in einer Wohngemeinschaft für Heimatlose verbracht. Es ist unglaublich schwer anzunehmen und auszuhalten, dass man so tief gesunken ist. Es ist fast unmöglich ohne zu trinken. Die anderen Kerle dort haben kein Benehmen, duschen sich nicht, reden zu viel dummes Zeug. Du wirst angemacht. Wenn du dich zurückhältst, bist du der Außenseiter. Ich habe versucht, mich irgendwie zu retten, diese Wochen zu überleben. Es stank nach Pisse überall. Manche Kerle machten ins Bett, weil sie zu besoffen waren, rechtzeitig auf's Klo zu gehen. Es roch nach Schweiß, Kotze und anderem.

Ich will nicht sagen, dass ich immer die Ausnahme war. Es gab Tage, da war mir alles egal. Da kam ich nicht hoch. Konnte an nichts mehr glauben, weil es zu lange abwärts gegangen war. Weil ich keinerlei Kraft mehr hatte. Weil es immer schlimmer wurde. Ich wollte nicht mehr. Wusste auch nicht wofür, denn da gab es niemanden und nichts mehr in meinem Leben. Ich selbst war ein Nichts zu dieser Zeit, kleine wertlose Überreste eines verkommenen Menschen, die sich auflösten in Dreck, Abschaum, Ekel, Verachtung, Hoffnungslosigkeit, Sinnlosigkeit und Schwäche. Dann konnte ich mich selbst nicht ertragen.

Ich kann mich aber an den einen Tag erinnern, als wäre es letzte Woche erst gewesen. Nach der endlos langen Winterdunkelheit und -kälte, der Ewigkeit in Gestank und Dreck und Minderwertigkeit kamen draußen die ersten wärmeren, trockenen Tage. Es erwachten tatsächlich von irgendwo her kleine

8

Lebensgeister in mir, von denen ich lange nichts mehr gewusst hatte. Irgendetwas zog mich hinaus aus meinem muffigen Bett. Ich zog mir andere Kleidung an, nahm meinen Rucksack mit meinen wenigen Sachen darin und ging hinaus. Die Sonne blendete mich. Ich musste ständig auf den Boden schauen. Ohne zu denken ging ich den Weg aus dem schäbigen Viertel hinaus an die stärker befahrene Straße und lief langsam in eine Richtung, die weg führte. Wie ferngesteuert. Einfach nur weg. Ich wusste nicht wohin, bis ich den Wald sah. Ich wollte den Geruch des Waldes. Ja: Nach wochenlanger Totenstille in mir war da wirklich wieder ein Gedanke, ein Wunsch! Das Geräusch der Vögel! Die aufgewärmte, trockene Erde! Leben! Die Bäume waren noch kahl, aber vielleicht konnte ich Knospen sehen, irgendetwas entdecken, das lebendig war, neu, gut und richtig! Ich versuchte, meinen Schritt etwas zu beschleunigen, was mir schwer fiel. Mein Körper tat mir weh, ich fühlte mich schwach, ich hatte keine Kraft.

Die Erinnerung an diesen Tag ist deutlich... wie ich sehr langsam über die glatte Rinde einer Buche am Waldrand strich... Ihre Blattknospen entwickelten sich immer am langsamsten. Wenn schon alle anderen Bäume neue frische grüne Blätter haben, die Buche behält ihr altes Laub am längsten. Man könnte meinen, sie sei nicht über den Winter gekommen. Dann plötzlich, wenn der Frühling schon lang da ist, plötzlich über Nacht fallen die Blätter, und die Knospen haben deutlich grüne Spitzen.

Ich kannte viele Bäume in diesem Wald schon lang. Ich sah die Bänke, auf denen ich schon früher oft gesessen hatte, nicht immer allein. Aber ich setzte mich nicht. Ich bog ab und ging langsam am Bach entlang. Um diese Jahreszeit rauschte er, später im Sommer war es mehr ein Gurgeln, je nach Wassermenge. Das Wasser heute war graubraun. Ich verspürte keine Lust, meine Hände hineinzuhalten. Schließlich ging ich noch einmal vom Weg ab, einen Trampelpfad entlang. Ich kannte diesen Wald hier wie meine Westentasche. Aber meine

Kondition war so schlecht. Ich konnte nur langsam gehen, hatte schlechte Schuhe. Meine Füße waren nicht gesund.

Von weitem sah ich den Waldspielplatz. Es waren Kinder da. Ich drehte den Kopf weg.

Mehrmals bog ich vom Pfad ab, bis es keinen mehr gab und sich der Waldboden spurlos vor mir ausbreitete. Ich wusste, wo ich war. Ich wusste nun, wohin ich wollte. Ich steuerte bergan, langsam setzte ich Fuß vor Fuß. Es gab noch kein wildes Kraut auf dem Boden, nur viele kleine Bäumchen und an den lichten Stellen Buschwindröschen, die vereinzelt bereits blühten. Ich wollte sie nicht zertreten. Ich hielt die Richtung, es ging nach Westen. Ich schnaufte wie ein alter Postgaul und begann stärker zu schwitzen. Mein Körpergeruch ekelte mich. Ich hoffte, ich würde die Strecke schaffen.

Als ich schließlich nach einer Ewigkeit oben ankam und die Felsgruppe sah, schossen mir Tränen in die Augen. Ich ließ meinen Rucksack auf den Boden gleiten und sank auf das trockene Laub. Ich wusste nicht, was das für Tränen waren. Tränen der Erleichterung, noch am Leben zu sein, etwas von mir zu spüren, das wieder leben wollte? Tränen der Freude, an meinem geliebten Ort zu sein, der mir vertraut war, an dem ich mich nicht so einsam fühlte? Tränen des Schmerzes, der Trauer, weil mein vernachlässigter, heruntergekommener Körper mir keinen guten Dienst mehr leistete?

Ich lag auf dem Rücken und schaute durch die noch kahlen Baumwipfel in den blauen Himmel. Meine Hände wühlten unter der trockenen, knisternden Laubschicht die Walderde auf. Ich griff zwei Handvoll, richtete mich auf und hielt sie mir unter die Nase. Ooh, der Duft dieser Erde!! Nirgends riecht die Erde fruchtbarer, reicher und vielfältiger als im Wald. Nach Pilzen, Moos, Laub, Verwesung, aber so angenehm und frisch, dass ich nicht genug davon bekommen konnte. Sie war schwarz, leicht und trocken, und ich verbrachte eine ganze Zeit damit,

10

sie zwischen meinen Händen zu kneten und zu reiben, mit meiner Nase den frischen Waldboden-Duft zu inhalieren und mein Hirn damit zu durchtränken.

Wie viele Stunden hatte ich hier bereits verbracht. Zuerst mit 8 oder 9, und später noch hin und wieder, bis ich meine Frau kennenlernte. Immer allein. Niemals hatte ich jemandem diesen Ort gezeigt. In der Nähe hörte ich das Gluckern der kleinen Quelle. Alles war wie früher, wie immer.

Ich spürte etwas wie Geborgenheit an diesem Ort und konnte es nicht begreifen. Setzte Geborgenheit nicht voraus, dass da etwas war, ein Mensch, dem ich wichtig war, der es mir schön machen wollte, der sich um mich kümmerte, der wusste, wie mir zumute war? Diesen Menschen gab es nicht. Ich war allein. Und trotzdem spürte ich es. Es war eine besondere Stimmung, und mir kam plötzlich das Wort Auferstehung in den Sinn. Auf einmal war mir klar, was es bedeuten konnte. Aufstehen vom Toten. Aufstehen aus meinem eigenen geistigen Grab, hinaus ans Licht. Wer eigentlich hatte es geschaufelt? Ich kannte dunkle Phasen in meinem Leben zur Genüge, aber noch nie war der Nebel so dicht gewesen, der Tunnel so hoffnungslos lang, dass ich nicht mehr an das Licht glauben konnte, wie in den letzten Monaten.

Hoffnung. Auferstehung. Geborgenheit. Ich war nicht gestorben. Etwas Winziges in mir lebte. Es fühlte sich an, als wäre ich nicht ganz allein. Deutlich spürte ich meinen Herzschlag und eine Ahnung von leise schüchternem Glück.

3

Ich habe die Augen geschlossen und scheue davor zurück, sie zu öffnen. Will die Erinnerung an den Walderde-Duft festhalten, den gefühlten Gedanken an Auferstehung, der zu einem anderen Leben zu gehören scheint.

11

Ich kenne jede Einzelheit in diesem Zimmer auswendig. Wenn ich in dieser Kopfstellung die Augen öffne, sehe ich in die obere rechte Zimmerecke und ein paar sehr feine Risse im Putz. Sie haben die Form eines asymmetrischen Ypsilons. Wenn ich den Kopf einen halben Zentimeter nach links drehe, sind da Stellen an der Decke, die beim letzten Tünchen übersehen wurden. Es sind zwei sehr schmale spitz zulaufende unregelmäßige Dreiecke. Je dunkler es im Raum wird, umso deutlicher sind sie. Ich lasse die Augen geschlossen. Ich weiß nicht, wie spät es ist. Welches Programm heute Nachmittag? Wie viel Zeit seit dem Mittagessen?

Mit geschlossenen Augen versuche ich, das Gefühl in meinem Magen zu deuten. Ich muss erst versuchen, mich an das Essen zu erinnern, um einschätzen zu können, wie lang meine Verdauung brauchen wird und dann das Gefühl in eine mögliche Uhrzeit umrechnen. Das ist wie ein Zwang. Ich könnte auch einfach auf meine Uhr schauen. Oder das schrille Klingeln abwarten, dass draußen im Gang die Zeit taktet und regelmäßig die Stille zerreißt.

Ich muss mich viel zu lang konzentrieren, um darauf zu kommen, welcher Wochentag heute ist. Nicht die Augen öffnen…. Der Kalender würde es verraten. Ich will selber darauf kommen. Es ist kein guter Tag heute…. Es fällt mir nicht ein!

Allein diese Kleinigkeit macht mich wütend! Die Wut steigt erst sehr leise aber unaufhaltsam im Bauch auf, wird stärker und kribbelt. Ich kenne das und auch die schon aufsteigende Enge, die Angst, das Brummen im Kopf… Gute Gefühle von eben fallen plötzlich in unendliche Tiefe wie ein Körper vom Hochhaus. Die Welt in mir ändert sich in Bruchteilen von Sekunden. Nur dadurch, dass ich wieder versage!

Es geht nichts voran!! Es wird nichts besser!! Alles verläuft in Wellen! Nach jedem Auf ein Ab. Kaum habe ich das Gefühl, eine gute Phase zu haben, etwas gut hinzubekommen, ein winziges Bisschen Stabilität zu spüren, verzweifele ich Tage später wieder an meiner eigenen Schwäche. Ich kann es mir nicht verzeihen! Warum kriege ich diese Kontrolle nicht hin? Ich balle die Hände zu Fäusten und reiße die Augen auf - In dieser Sekunde kreischt draußen die Glocke. Abrupt, fast gleichzeitig richte ich mich auf. Meine Fäuste schlagen automatisch ein paar Mal gegen meine Schläfen und meine Stirn. Funktioniere! Los, funktioniere endlich! Ich habe den Wunsch, das starke Bedürfnis, meinen Kopf gegen die Wand zu schlagen!! Schmerz!! Ich kann ihn erzeugen, er ist zuverlässig da, wenn ich ihn brauche!! Ein echter Freund!! Er zieht all meine Aufmerksamkeit in einer halben Sekunde auf sich. Ich kann es aushalten. Ich kann es!! Der Schmerz lenkt mich ab, und wenn er nachlässt fühle ich mich besser, gut, ….

Aber ich schlage meinen Kopf nicht gegen die Wand. Wie ferngesteuert wanke ich zur Tür, drücke die Klinke und trete schwankend in den Flur.

Es dauert eine ungewisse Zeit, bis mir einfällt, dass ich nicht weiß, wo ich hin muss. Wochentag?? Termin?? Ich laufe den anderen nach, die Treppen hinunter, unerkannt im Gemenge, so als wüsste ich genau, was ich wollte. ‚Nicht auffallen!' Plötzlich stehe ich im Werkraum, rieche Leim, Holz, sehe Jungs, die Werkzeug holen. Ich war hier noch nicht, drehe um, werde angerempelt und höre einen Fluch. Sekundenlang sehe ich auf einen tätowierten Oberarm. Welches Gesicht von all denen hier gehört dazu?

Ich komme irgendwie raus auf den Flur, nächste Tür, ein großer leerer Raum, ein paar Kerle tragen Stühle von außen zu einem Kreis, setzen sich, schauen gedankenverloren vor sich auf den Boden. Ich bleibe stehen, die Szene kenne ich. Soll ich mich auch setzen? Ich stehe weiter herum, bis ich merke, dass ich angestarrt werde. Alle glotzen, ein paar grinsen, ich werde unruhig. Ein lächelnder Mann, den ich kenne, aber dessen Name mir gerade nicht einfällt, kommt auf mich zu, fasst

13

mich an den Schultern und geht mit mir in den Gang hinaus. Es ist mir peinlich, wie er mich anschaut. Ich merke, dass ich auf's Klo muss. Er bringt mich in ein Büro schräg gegenüber, ohne etwas zu sagen, schiebt mich vor einen Tresen und verschwindet wieder. Eine Frau kommt auf mich zu und fragt mich nach meinem Namen. Ich denke kurz nach und fürchte mich schrecklich, vielleicht nicht antworten zu können. „Martin", sage ich dann. Und nach einer Weile „Marquardt". Gott sei Dank!

Die Frau sucht in einer Liste. Erklärt mir, wo ich hin muss. Sieht mich an. Zwei Sekunden zu lang. Ähnlich wie gerade fühle ich mich unwohl. Die Frau dreht um, geht an ihren Schreibtisch, greift zum Telefon, spricht mit jemandem, kurze Sätze. Sie öffnet eine Klappe im Tresen, kommt auf mich zu, will mich zu einem Stuhl führen, ich merke, wie etwas Warmes meine Beine hinunterläuft, merke, wie die Frau und ich auf den Boden schauen, sie schimpft leise. Worte, die ich nicht verstehe. Da öffnet sich die Tür und zwei Männer kommen herein. Sie haken mich links und rechts ein, ich versuche mitzukommen. Irgendwie funktionieren meine Füße nicht wie sonst. Ich trippele so gut ich kann mit, merke, dass die Wärme und Nässe an meinen Beinen sich verwandelt in ein Brennen, Jucken, Scheuern. Ich kann nicht stehen bleiben, mittlerweile fühle ich mich mitgezogen, mitgezerrt, schwarze und bunte Kreise erscheinen vor meinen Augen, meine Zunge liegt wie ein Bleiklumpen in meinem Mund. Warum spricht denn niemand mit mir, warum bleiben sie nicht stehen? In meinem Kopf ist Scheiße, Watte, Nichts, denke ich, bevor ich in ein Zimmer geführt werde und sie mich auf einen Stuhl drücken. Sie bleiben links und rechts von mir stehen, bis der Doc kommt. Den Doc kenne ich. Es gibt einen älteren und einen noch älteren. Das ist der noch ältere. Ich mag ihn nicht. Er leuchtet in meine Augen, greift meinen Arm, desinfiziert eine Stelle. Während er eine Spritze aufzieht und mich kurz fragt, ob ich mit Hilfe einverstanden bin, ich irgendwie noch ein Nicken zustande bringe, drückt er Flüssigkeit in mich hinein. Ich werde auf eine

Liege gehievt, dann bin ich irgendwie weg. Jedenfalls ein Teil von mir.

Ich denke an Durst. Großen Durst. Ist das MEIN Durst? Und Hitze. Mir ist heiß, ich schwitze. Ich merke langsam die Nässe in meinem Rücken vom Nacken bis zum Po. Langsam wird mein Kopf klar. Ich spüre meinen Körper. Aber ich kann mich nicht bewegen. Meine Arme und Beine sind zu schwer. Ich versuche, meinen Kopf zu heben und mich umzuschauen. Ich sehe meinen Körper gesichert, das Arztzimmer. Es riecht unangenehm süßlich. Ich beginne mich zu erinnern. Erinnerung ohne Gefühle: das ist wie Bratwurst mit Kraut, wie Bier ohne jeden Geschmack. Tot, leer, ohne Freude, ohne Inhalt. Ohne süß, bitter, scharf, sauer, ohne alles. Man könnte es gleich sein lassen. Und das tue ich. Ich versuche, nicht zu denken. Abwarten. Es fällt mir nicht schwer. Ich bin müde. Noch mehr als heiß und durstig. Es wird schon richtig sein, es wird jemand kommen. Egal. Schlafen....

4

Sigrid Maria Boremij, Zeugenbefragung, Wiedergabe wörtlich
<u>Datum</u>: 10. Juni 20..

„Ja, wir waren befreundet. Eng befreundet. Ich kannte ihn gut. Aber bevor das passiert ist, haben wir uns schon Wochen nicht gesehen. Wir waren so gut wie getrennt. Geschrieben haben wir uns noch ein paar Mal. Über Handy, ja. Ich weiß, dass da Kontakt war. Aber wir haben uns nicht mehr gesehen. Außer mal zufällig. Sind uns aus dem Weg gegangen. Wir hatten noch nicht reinen Tisch gemacht. Sagt man so? Uns nicht ausgesprochen. Das war nicht seine Art, reden über schwierige Sachen....

Wenn ich sage, ich kenne ihn gut, ist das komisch. Ich dachte, ich kenne ihn. Aber irgendwie auch nicht. Manchmal war er tagelang verschwunden, ich wusste nicht, wo er war, habe nichts von ihm gehört. Vielleicht weiß ich auch bis heute nicht, was das war für ihn, unsere Sache. Keine Ahnung, wohin er wollte, mit uns, mit mir. Meistens war er eben da, wir blieben auch mal ein paar Tage zusammen, also, meist er in meiner Bude. Einfach, weil es da größer war als bei ihm. Manchmal verschwand er ohne etwas zu sagen. Manchmal redete er von seiner Frau. Er hat auch einen Sohn. Er redete nicht böse über sie, nach all dem, was sie ihm angetan haben. Niemals hat er ihr mir gegenüber etwas vorgeworfen. Ich wusste gar nicht, ob er sie vielleicht sogar noch mochte. Das war schlimm für mich, ist doch wohl klar, oder?

Ja, und wir haben auch gestritten. Aber sehr, sehr selten. Dann meist über unsere Zukunft. Ich durfte nichts sagen, mich nicht einmischen. Sein Leben sei seine Sache, so wie mein Leben meine Sache sei, meinte er.

Aber meistens war es gut bei uns. Wir verstanden uns. Haben es schließlich beide nicht leicht. Ich glaube, er war oft traurig und fühlte sich einsam. Wir teilten miteinander, was wir hatten. Aber seine Freiheit ging ihm über alles. Deswegen war es auch schwierig mit der Arbeit bei ihm. Er ist keiner der streitet. Wenn ihm jemand zu viel vorschreiben wollte, wenn er sich schlecht behandelt fühlte oder ihm irgendwas nicht passte, zog er sich zurück. Er wollte sich nicht binden. Er blieb dann einfach weg, glaube ich. Na ja, das kann ich verstehen. Schlechte Jobs halt, behandelt wird man wie Dreck und kann schauen, wie man an sein Geld kommt. Und wenn man Geld bekommt, reicht es hinten und vorne nicht. Aber hart arbeiten! Fix und fertig ist man am Abend. Ich kenne das. Da muss mir keiner was erzählen.

Ich kann mich aber nicht erinnern, dass er jemals böse war oder jemandem Gewalt antat. Das war gar nicht seine Art. Er

16

rastete manchmal aus, das war aber nicht gegen mich oder Menschen, die ihm nahestanden, das war seine eigene Wut, auf Gott und die Welt und gegen sich selbst am meisten. Außer einmal zum Schluss. Okay, ja, das ist wahr. Das war aber wirklich das einzige Mal. Der ist da echt ausgerastet. Aber so schlimm war das auch wieder nicht. Er hat ihm halt eins auf die Nase gegeben, ein paar Mal glaube ich ins Gesicht. Der ist dann hingefallen, hatte Nasenbluten, aber hat schlimmer ausgesehen als es war. Da war er stinksauer, das stimmt. Er ist dann einfach ab. Ist auch noch nicht ewig her.

Danach haben wir uns noch ein paar Mal zufällig gesehen, aber er war da völlig anders. Er war verändert. Verschlossen. Behandelte mich fast wie eine Fremde. Wie gesagt, wir haben nicht gesprochen seit dem. Das hat mir einen gewaltigen Knacks gegeben. Er geht mir aus dem Weg. Aber ich mein, entweder er will mich und sagt es mir und wir machen gemeinsame Sache, dann gehör ich ihm. Oder er hat seinen Abstand, seine Freiheit, ich lass ihn in Ruhe, aber dann ist es auch meine Sache, was ich mache, oder?

Und ich wusste ja, dass er nicht reden wollte oder nicht reden konnte. Aber das ist schwer auszuhalten für mich. Wir waren im Bett zusammen, wir haben uns alles Mögliche erzählt und gelacht und geweint, und da kann er über so was nicht sprechen? So etwas Wichtiges? Kann er mir nicht sagen, was ich bin für ihn? Was er mit mir will oder nicht will? Mich lieber verlieren? Versteh ich nicht. Dann bin ich ihm vielleicht doch nicht so wichtig. Ich mein, wir sind zwei erwachsene Menschen. Da kann man doch reden. Ich hab ihn doch lieb gehabt. Aber okay, komisch bin ich ja auch irgendwie."

Der Doc sagte, ich soll meine Tabletten nehmen. Ich hätte das
wohl vergessen? Es sei wichtig, dass ich sie regelmäßig nehme. Er müsse nun mehr Überwachung anordnen. An was ich
vorher gedacht habe? Ob ich starke Gefühle hatte, bevor es
mir schlecht ging? Mein Gehirn wolle die Erinnerung noch
nicht zulassen. Ich sei noch nicht soweit. So oder so ähnlich
habe ich verstanden.

Ich hätte zu Dr. Andersen gemusst. Heute weiß ich es. Ich
habe auf meinen Plan geschaut. Aber ich weiß es auch so. Ich
bedauere sehr, dass ich gestern den Termin verpasst habe.
Jetzt wird es wieder Tage dauern, bis ich sie sehen kann. Ich
fühle mich gut bei ihr. Sie macht keinen Druck. Sie strahlt etwas aus, das ist angenehm. Sie mag mich irgendwie. Ich bin
mir sicher.

Ich weiß, dass ich meine Tabletten nicht regelmäßig nehme.
Nicht alle. Nicht immer. Ich habe da eine Methode. Ich will
selbst entscheiden. Ich will es selber schaffen. Ich habe früher
nie etwas genommen. Ich will fühlen. Alles fühlen. Ich will lernen es auszuhalten. Oder lernen, wie es besser werden kann.
Es ist das erste Mal, das mir dieser Wunsch so richtig bewusst
wird.

Heute bin ich krankgeschrieben. Ich darf mich ausruhen, muss
nicht arbeiten, muss nicht unter Menschen. Das ist gut. Ich
bleibe einfach in meinem Zimmer. Das Essen wird mir gebracht. Auch wenn es Krankenkost ist. Besser als in der Kantine vielleicht Toni und Richie zu begegnen. Bestimmt haben
sie es erfahren, das von gestern. Ich könnte es an ihren Gesichtern lesen. Das würde mir Angst machen. Das von gestern
in ihrem hämischen Grinsen wiederzufinden… Ich muss mich
vor ihnen in Acht nehmen. Sie nutzen es aus, wenn jemand
schlecht drauf ist, wenn jemand einen schwachen Tag hat.
Wenn sie es wissen, wissen es alle. Ich habe wirklich Angst

vor ihnen. Nicht nur ich. Sie sind wie bösartige Hunde, die die Angst wittern und dann zupacken.

Ich suche Nummer sechs, stehe auf, strecke mich vorsichtig. Mein Kopf tut weh. Sie hat mich heute Morgen nicht geweckt, oder habe ich es nur nicht bemerkt? Schnell schaue ich zur Fensterbank, aber ich sehe sie nicht liegen. Sie sitzt nicht am Fenster. Aber dort, im Waschbecken ist sie. Gott sei Dank! Auf dem Tisch liegen Krümel vom Frühstück.

Ich beschließe, Gymnastik zu machen und lasse es dann doch. Könnte ein guter Tag werden. Wahrscheinlich wirken die Medikamente von gestern noch nach. Ich will nicht daran denken.

Man sagte mir schon oft, ich sei ein stark introvertierter Mensch. Mag sein. Für meine Zeit hier ist das nicht schlecht. Solange ich hier etwas zu denken habe, solange Bilder in meinem Kopf sind, solange ich mich an vieles erinnere, gutes und schlechtes, wird es mir nicht langweilig werden. Aber ich bin noch nicht so lange hier. Was wird sich in meinem Kopf verändert haben in einigen Monaten? Was, wenn es Jahre dauern wird?

Lieber an etwas anderes denken. Die Fliege setzt sich auf meinen Arm. Langsam und vorsichtig, um sie nicht aufzuschrecken, setze ich mich auf meinen Stuhl.

Ich überlege, ob es gefährlich ist, wenn ich versuche, mich weiter zu erinnern. Bevor es anfing gestern. Ich starre vor mich hin. Schließe die Augen. Es dauert ein paar Minuten, bis ich es wieder weiß. Es zieht in meinem Bauch, aber nicht unangenehm. Es könnte gut gehen. Ich will es versuchen.

Auf der Anhöhe, wenn man aus dem Wald heraustritt auf die Lichtung, steht eine Felsgruppe. Felsen, weit weniger als haushoch, vielleicht zweieinhalb Meter oder etwas höher. Acht

Schritt lang, fünf breit. Man kann sie besteigen, sich auf sie setzen. Da hat man schon eine schöne Aussicht. Aber das beste: Man kann durch einen Spalt hineingelangen. Es gibt eine Art kleinen niedrigen Innenraum, vielleicht gut zwei bis drei Quadratmeter. Weil er so klein und niedrig ist, dieser Raum, gibt es außer mir wohl wenige Menschen, die es interessiert hat, ihn zu erkunden. Ich habe nie Flaschen oder Asche und nur selten Müll entdeckt, wenn ich hineingekrochen bin. Der Spalt liegt geschützt und hat eine Art kleinen Vorplatz. Dort sind die Steine flach und etwas abgestuft, so dass man sich gut darauflegen oder setzen kann und trotzdem trocken bleibt. Nur wenn der Regen stark von der Seite kommt und West- oder Nordwind weht, wird man dort nass. Vor der Felsengruppe ist noch zwanzig oder fünfundzwanzig Schritt freie Fläche, bevor der Hang wieder abfällt und der Baumbewuchs beginnt.

Wie viele Nachmittage oder ganze Tage hatte ich hier verbracht, bis es dunkel wurde und ich den Heimweg antreten musste? Niemand wusste, dass ich hier war. Von keiner Seite geht ein Wanderweg hinauf, der Hang nach Norden fällt ziemlich schnell sehr steil ab und ist felsig und zu stark bewachsen. Nicht mal ein Kletterer würde von dieser Seite hier landen.

Von der anderen Seite her, die Seite, die ich genommen hatte, musste man sich gut auskennen. Und ich erinnere mich, dass ich bereits früh, schon mit neun oder zehn, darauf achtete, nicht immer den gleichen Weg zu gehen, um keine Spur, keinen Trampelpfad entstehen zu lassen.

Nach dem langen Winter in der Notunterkunft, nun an diesem Flecken im Wald, der so eng mit mir verbunden war, wusste ich plötzlich, dass ich nicht mehr dorthin zurückgehen würde. Auch wenn ich dort ein festes Dach über dem Kopf hatte, nicht alleine war, Ansprechpartner hatte, eine warme Mahlzeit bekam. Hier oben auf dem Berg wurde mir sehr bewusst, wie krank es mich machte, wie es mich noch mehr herunterzog,

20

wie ich dort in der Obdachlosenunterkunft den letzten Rest
Achtung vor mir verloren hatte.

Ich hatte keinen Plan. Natürlich wusste ich, dass es ein langer
Weg war vom Ort, in dem ich mich irgendwie versorgen musste, hier herauf. Aber ich musste den Weg nicht jeden Tag machen. Ich würde mich hier einrichten für ein paar Wochen, einen Sommer. Irgendwie. Ich würde hier gesund werden, das
spürte ich jetzt gerade ganz stark. Ich musste das tun, auch
wenn es sicher verrückt war. Nur für eine Zeit, das war klar.
Bis es mir besser ging. Nur, bis ich stabiler war. Und alles andere würde sich dann ergeben. Das Heim war keine Alternati-
ve mehr.

Vorsichtige Freude versuchte den aussichtslosen Kampf gegen altbekannte Zweifel: Hatte ich wirklich genug Kraft? Gestank, Elend, Versagen hatten sich wie ein Krebsgeschwür in
mir ausgebreitet. Keine Kraft, kein Plan, kein Ziel waren in den
letzten Monaten spürbar gewesen. Ich bräuchte aber neben
viel Kraft auch Ausrüstung, Vorbereitung, einen klaren Kopf…
Ich hatte noch wenige alte Freunde, vielleicht eher Bekannte.
Traute ich mir zu, sie zu besuchen, sie um ein paar Dinge zu
bitten? Ich wollte mir alles genau überlegen, jetzt sofort.

Angst, Misstrauen, Selbstzweifel, meine alten Freunde, kro-
chen mir den Rücken hoch, und der Wunsch, mich lieber fern-
zuhalten, verengte meinen Hals. Da war eigentlich nur einer,
dem ich noch ein wenig traute.

Langsam aufstehend, nachdenkend und horchend ging ich
von der Felsengruppe dem leisen Gurgeln nach, so, als ob ich
von dort Antwort bekommen könnte. Dort, wo der Bach noch
als kleines Rinnsal aus dem Boden zwischen Steinen hervor-
quoll, versuchte ich mich auf den Boden zu knien. Diese Stelle
hier fand wenig Beachtung, da es auch weiter unten am Berg
stärkere Zuflüsse gab. Aber ich wusste, dieses winzige Rinnsal hier lag am höchsten. Ich hatte schon früher manchmal um

21

den kleinen Wasserquell herum Steine und Laub, Ästchen und Erde fortgeräumt und ein kleines Becken geschaffen. Eine Arbeit, die ich wieder beginnen würde, in ein paar Tagen, in ein bis zwei Wochen, wenn ich hier soweit war. Meine Hände berührten das Wasser, ich spürte die Kälte durch meine schwielige Haut fast nicht. Und knien konnte ich auch nicht, meine Beine schmerzten. Ich musste dringend wieder fit werden. Aber wie, mit meinen Möglichkeiten?

Langsam! Einen Schritt nach dem anderen denken! Vielleicht war alles eine Schnapsidee…? Aber ich hatte keine andere Wahl, wenn ich nicht ins Männerheim zurückging, als meine Ideen nacheinander auszuprobieren, um zu sehen, wo es weiterging. Wie ein Wanderer im dichten Nebel, der sich einen Weg ertastete. Doch mir blieb nur der eine, zu dem ich gehen könnte, später, nein, jetzt gleich. Ich hatte nichts zu verlieren. Nein, gar nichts.

Ich trat noch einmal an den Abhang nach Norden hin, schaute hinunter über die noch kahlen Baumwipfel, über Fichten und Tannen. Weit hinten sah ich am Horizont noch graubraune Hügelketten, hier und da ein paar hohe Häuser und Schornsteine, ein Windrad, das sich langsam drehte. Aber kein Laut des Ortes drang hier hoch. Nur vereinzelt hörte ich Vögel und ein diffuses, leises Brummen, von einem Flugzeug wahrscheinlich. Die Menschen da unten, ich hier oben. Ich hatte nie das Gefühl, dass ich zu ihnen gehörte. Es war immer nur eine Beziehung auf Zeit, bis wieder etwas schief ging, ein Schmerz, eine Trennung, ein Zusammenbruch.

Dort hinten hatte ich meinen Rucksack ins trockene Laub fallen lassen. Ich hob ihn auf. Durst machte sich bemerkbar. Und Hunger. Essenszeit in der Unterkunft. Nicht mehr für mich. Langsam und weiter nachdenklich trat ich den Rückweg an. Ich ging östlich, einen anderen Weg, als ich gekommen war. Ein Stück ging es steiler über felsigen Untergrund, aber dann konnte ich durch den Wald gehen bis die Wiesen kamen.

Wenn es mich nicht täuschte, begann rechterhand nach einiger Zeit ein verwachsener Treckerweg, der durch Schreber- und Obstgärten wieder zum Ort zurückführte.

Vorsichtig blinzele ich durch halb zusammengekniffene Augen. Nummer sechs läuft über die Innenseite meines linken Unterarmes Richtung Hand. Ich versuche, mich nicht zu bewegen. Ich mag dieses Gefühl. Wie ein zartes Streicheln, Kitzeln, ganz leicht. Meine Haut dort ist dünn, weich und unbehaart, so dass ich die kleinen Fliegenbeine spüre, bis sie über mein Handgelenk auf meinen Daumen läuft. Dort verharrt sie kurz und fliegt an die Wand neben meinem Tisch, um sich zu putzen.

Ich schließe wieder die Augen, höre Stimmen draußen im Gang.

Wie konnte ich nur noch tiefer fallen, wie konnte es nur noch weiter Berg ab gehen, als es in meinem Leben damals, bis zu diesem Sommer, doch schon gegangen war? Was ist mit mir passiert, dass ich jetzt hier liege? Ich weiß, was mir vorgeworfen wird. Aber meine Erinnerung ist wie ausgelöscht, meine Gefühle haben keine Spur hinterlassen, der ich folgen kann, um mich diesen Tagen, Stunden wieder zu nähern. Dieser Weg zu mir ist mir versperrt, ich fühle mich vor mir selber fremd, unheimlich. Bin ich etwa ein Monster? Kann ich mir selbst nicht mehr trauen? Bin ich krank? Ich dachte, ich kenne mich gut. Muss man sich jetzt vor mir schützen?

Noch gestern hätten diese Gedanken mich wahrscheinlich wirklich um den Verstand gebracht. Heute war es mir möglich nachzudenken, ohne allzu sehr aus dem Gleichgewicht zu geraten.

6

Ich bin labil. Stimmungen schwanken stark. Ich habe gute
Phasen und schlechte. Schon immer gehabt, seit ich fünfzehn
oder sechzehn war. Es war nie einfach. Aber ich kenne das
Leben nicht anders. Für mich ist es normal. Ich lebe wie ein
Matrose auf einem großen Segelschiff. Der Boden schwankt
ständig, das Wetter ändert sich schnell, auch die Richtung,
aus der der Wind bläst. Mal klettere ich hoch auf den Mast und
kann in die Ferne sehen, fühle mich dem blauen Himmel nah,
schreie Kommandos nach unten. Aber viel öfter bin ich unten,
wenn Sturm ist, reiße Segel in andere Richtungen, flicke Löcher, schöpfe eimerweise Wasser von Bord, kämpfe mit Übelkeit, muss gehorchen, versuche, das Gleichgewicht zu halten.
Sturm ist häufig, ich bin bis heute kein guter Seemann geworden.

Dumm bin ich nicht. Ich habe mein Fachabi geschafft, wenn
auch mit einer Extra-Runde. Das war ein hartes Stück Arbeit,
denn in dieser Zeit hat man gewöhnlich alles andere im Kopf
als zu lernen. Wenn ich auch nie so verrückt auf Mädels war
wie meine Schulkameraden (hatte ich eigentlich richtige
Freunde?), aber ich zog hin und wieder schon mit ein paar
anderen Jungs in meinem Alter herum. Mit 14 oder 15 frisier-
ten wir Mofas, fuhren sinnlos durch die Gegend, rauchten Zi-
garetten, tranken unseren ersten Alkohol, klauten Dinge in den
Supermärkten, die wir nicht brauchten, prahlten herum.

Wir hingen einfach halbe Tage irgendwo auf der Straße und
vertrieben uns mit irgendeinem Blödsinn die Zeit. Alle machten
das, und ich bemühte mich, so gut es ging mitzuhalten. Ich
dachte damals noch nicht wirklich viel nach. Manchmal war ich
aber auch alleine unterwegs. Je nachdem, welcher Stimmung
ich war. Und ich kannte auch Tage mit starken Kopfschmer-
zen, ich blieb dann von der Schule daheim, lag völlig teil-
nahmslos in meinem abgedunkelten Zimmer. Hin und wieder
schaute eine Nachbarin nach mir.

Auch später gab es Zeiten, in denen ich, nicht krank und nicht gesund, im Bett lag und völlig antriebslos war. Niemand machte sich große Sorgen deswegen, aber meine melancholisch-trübe Stimmung setzte sich manchmal wochenlang fort und machte mich in der Schule und bei Freunden langsam zum Außenseiter. Ich kapselte mich ab. Als ich dann eine Klasse wiederholte, blieb ich unter meinen neuen Mitschülern ein Fremder. Ich bemühte mich nicht mehr allzu sehr um Anschluss.

Auch meine körperliche Entwicklung dauerte länger als bei den anderen. Kontakte mit Mädchen hatte ich immer noch keine. Mit 19 begann ich meine Ausbildung als Industriekaufmann. Ein Studium schien mir nicht machbar. Und meiner Mutter war es ganz recht, dass ich Geld verdiente und selbständig wurde. Die Ausbildung machte mir Spaß, ich blieb am Ball und hatte sogar gute Noten. Ich bemühte mich, bei meinen neuen Kollegen angesehen zu sein und mich nicht unbeliebt zu machen, was mir anscheinend gelang, denn ich wurde übernommen und hatte ein ganz passables Einkommen. Bis auf Zeiten im November und Dezember, wo ich mich oft wieder lange schlecht fühlte und krank war, fehlte ich selten. Das war eine relativ gute Zeit.

Ich lebte lange zu Hause. Mein Vater war schon gestorben, als ich sieben war, und Mama brauchte meine Hilfe. Wir wohnten in einem Reihenhaus in der alten Siedlung und führten ein unauffälliges Leben. Oder versuchten das zumindest. Meine Mutter war nach dem Tod meines Vaters allein geblieben. Ich hatte keine Geschwister. Seit ich denken kann, war sie morgens vor mir weg in die Arbeit gegangen und nachmittags um halb fünf heimgekehrt. Wir mochten beide die Routine, sie gab uns Sicherheit und Halt. Nach dem Tod meines Vater hatten wir beide eine sehr schwere Zeit. Man kümmerte sich von verschiedensten Seiten um uns, jeder wollte helfen, aber wirklich etwas ändern konnte niemand in unserem Leben. Man be-

25

mühte sich für mich um eine Verschickung, wie es damals hieß. Ein sechseinhalbwöchiger Kuraufenthalt. Ich habe keine gute Erinnerung daran. Ich hatte meinen Vater verloren. Ich weiß nicht mehr viel von dieser Zeit, aber während der Kur fühlte ich mich wie im Kinderheim, verlassen auch von meiner Mutter, ausgeliefert und untröstlich, mit zweifelhaften Methoden angetrieben mehr zu essen, Sport zu treiben, Kontakt mit anderen zu haben. Im Anschluss daran ging ich lange Zeit einmal in der Woche zu einem Kinderpsychiater.

Wenn mich EIN Gefühl mein ganzes Leben bis heute begleitet, dann ist es die Einsamkeit. Es sind wenige ausgewählte Menschen, mit denen ich stundenweise gerne meine Zeit verbringe. Doch. Es gibt Beziehungen, wenn auch sehr wenige, die bedeuten mir viel. Meistens jedoch fühle ich mich fremd, besonders in größeren Gruppen. Es geht soweit, dass ich versuche, Begegnungen auszuweichen, ihnen aus dem Weg zu gehen. Unter Menschen fühle ich mich gestresst.

Im Laufe der Zeit ist die Einsamkeit einer meiner treuesten Begleiter, einer meiner besten Freunde geworden. Ich kann stundenlang, tagelang allein sein. Draußen fühle ich mich wohl.

Manchmal, an guten Tagen, genieße ich meine Melancholie. Manchmal aber bringt sie mich auch an den Abgrund. Und manchmal sind diese Gefühle, die ich nicht vollständig beschreiben kann, nicht auszuhalten. Dann denke ich an den Tod. Und das Wissen, immer noch den Tod frei wählen zu können, ist beruhigend. Es ist ein Weg, der mir offen bleibt. Es ist allein meine Entscheidung.

An wenigen sehr guten Tagen ist das Bild der Liebe groß in meinem Herzen. Einer Liebe, die alles umarmt. Die nicht festhalten, nicht binden, nicht besitzen will. Die nicht verändern will, die keine Vorstellung hat. Die einfach liebt was ist und wie es ist. Ohne Anspruch. Nur mit dem Wunsch, ebensolche Liebe beim anderen zu spüren. Und darin mit dem anderen eins zu werden und in diesem Gefühl alles zu geben, freiwillig, sich aufzulösen. Für einen Augenblick.

Diese Momente sind selten. Aber sie fühlen sich echt an.

7

Ich schaue auf die Uhr. Es ist viertel vor zehn. Bald wird mein Betreuer kommen. Ich darf ihn Andi nennen. Er wird mit mir den Tag besprechen. Mich versuchen, zu irgendetwas zu bewegen. Mich fragen, wie es mir geht. Ich weiß, welche Antworten ich ihm geben muss, damit er sich gut fühlt und das Gefühl hat, ich mache Fortschritte. Ich weiß, was ich tun muss, damit er schnell wieder verschwindet. Aber selbst wenn es lang dauert, wenn ich es laufen lasse, ist er spätestens nach zehn Minuten wieder draußen. Ich schaue mich um. Krümel vom Frühstück liegen unter dem Tisch. Mein Bett ist nicht gemacht. Der Raum noch nicht gelüftet. Auch wird er nicht begeistert sein, dass ich ungeduscht bin. Immerhin habe ich mich gestern mit Hilfe der Pfleger noch umgezogen. Langsam blicke ich an mir herunter. Ich glaube, diese Kleidung trage ich noch immer. Aber wie ich gestern in mein Zimmer gekommen bin, ist mir ein Rätsel. Ich brauche lange darüber nachzudenken, ob ich es riskieren kann, den Gang vor zum Personalzimmer zu laufen, um das mit dem Duschen zu regeln. Wir sollen spätestens jeden zweiten Tag duschen. Ich will aber niemandem begegnen. Da klopft es bereits kurz und kräftig und bevor ich etwas sagen kann, tritt Andi ein.

Schnell stehe ich auf. Andi ist Anfang dreißig, schätze ich. Nicht sonderlich groß. Drahtige Figur. Gepflegte, kräftige Hände. Ich denke, wenn es sein muss, kann er ordentlich zuhauen. Aber er ist meist ruhig und beherrscht. Sein Blick ist mir zu direkt. Ich kann ihn als Mensch aushalten, aber richtigen Kontakt haben wir nicht. Wir reden über das, was sein muss.

Zur Medikamenteneinnahme muss ich heute nicht antreten, weil die Dosis von gestern Abend noch ausreicht. Auf die Frage, wie es mir gehe, kann ich nicht viel antworten. „Geht schon", sage ich. Vielleicht sollte ich wirklich öfter und regelmäßig diese blöden Pillen nehmen, denn ich fühle mich etwas langsam, aber trotzdem ziemlich klar und nicht in Gefahr. Ob ich was brauche? „Ja, ich würde gerne bald mit Dr. Andersen sprechen". Er schaut, was sich machen lässt. „Wenn ich auf dem Rückweg, also so in einer Stunde, wieder vorbeikomme, ist dein Zimmer gekehrt und aufgeräumt und du bist geduscht und umgezogen. Klar?" Er sagt's mit einem leichten Lächeln und einem Knuff mit den Fingerknöcheln seiner rechten Faust gegen meine Schulter. Trotzdem weiß ich, dass er es ernst meint. „Dein Mittagessen kommt um elf. Das heißt, du kannst anschließend eine halbe Stunde in den Hof, während die anderen noch essen. Und gegen Abend meldest du dich bitte bei mir." Andi hat die Klinke schon wieder in der Hand. „Und mach das Fenster auf, die Luft ist schlecht!"

Mein Blick geht zur Uhr. Eine Stunde. Das ist nicht viel Zeit. Ich muss alles jetzt gleich erledigen, sonst macht es mich unruhig, und ich werde nicht ungestört weiterdenken können. Seit ich mich erinnert habe, dass alle anderen beim Arbeiten sind, spüre ich keine so große Angst mehr, auf den Flur zu gehen. Ich öffne das Fenster und richte Bettdecke und Kopfkissen. Das Bettzeug riecht schon sehr muffig. Aber wir bekommen Bescheid, wenn der Tag zum Wechseln ist. Langsam drücke ich die Klinke herunter und spähe hinaus. Der Flur ist leer. Er wird überwacht. Hinten oben vor der letzten Tür zum nächsten Trakt ist an der Decke eine Kamera angebracht. Es soll angeblich einen toten Winkel geben. Aber den größten Teil übersieht das Dienst habende Sicherheitspersonal von seinem Büro aus. Wenn jemand da misstrauisch wird, wird sofort ein Signal ins entsprechende Personalzimmer geschickt und durch den gesamten Trakt, so dass jeder alarmiert ist.

Überraschenderweise ist das Gefühl, mein Zimmer zu verlassen, doch unangenehm. Nicht nur, dass ich beobachtet werde, es könnte jemand kommen. Manchmal ist mir der Anblick eines anderen schon zu viel. Ich könnte das falsche tun. Ich weiß nicht, was man von mir erwartet.

Ich halte mich an dem Gedanken fest, dass es unwahrscheinlich ist, jetzt jemanden hier zu treffen. So konzentriert, bemühe ich mich, schnell zum Putzschrank zu gehen, um den Besen, Handbesen und Schaufel herauszuholen.

Zu duschen erfordert ein umständliches Vorgehen. Ich bin noch nicht lange genug hier, um in die Gemeinschaftsduschen gehen zu dürfen. Das heißt, ich muss mich im Personalzimmer melden und mitteilen, dass ich duschen möchte. Natürlich geht das nur innerhalb bestimmter Zeitrahmen. Danach muss ich in meinem Zimmer warten bis ich abgeholt werde. Ich werde dann zum bewachten Einzelduschen gebracht. Das darf nicht länger als fünf Minuten dauern, sonst wird nachgeschaut. Wenn ich fertig bin, werde ich zurückbegleitet.

Von den Gemeinschaftsduschen hat mir Ben erzählt. Wenn ich an Ben denke, bekomme ich ein warmes Gefühl im Bauch, wie wenn ich den Magen voller Suppe habe. Ben ist so eine Art Freund oder auf dem besten Weg, es zu werden. (Habe ich das gerade wirklich gesagt?) Er ist noch jünger als Andi, nämlich 28. Ich glaube, er mag mich, auch wenn ich nicht verstehe warum. Jedenfalls erzählt er mir viele wichtige Dinge, die ich wissen muss. Zum Beispiel über Richie und Toni und die anderen. Über die Gemeinschaftsduschen und alles was man tun oder was man besser lassen sollte. Den ganzen Kram über die Hierarchien hier. Wir arbeiten zusammen, also ich meine, wir halten zusammen. Arbeiten tut er woanders. Leider wohnt er auch woanders. Aber manchmal kommt er zu mir rüber, wenn es geht.

Beim Duschen und der Kontrolle vom Andi habe ich anscheinend alles richtig gemacht, denn es kommen keine weiteren Bemerkungen. Man lässt mich in Ruhe.

Nach dem Essen werde ich in den Hof gebracht. Wie jeden Tag blicke ich auf die große Uhr, die in der Mitte des Platzes am Mast eines Scheinwerfers angebracht ist. Halb zwölf. Die anderen werden jetzt mit ihrer Arbeit fertig und gehen nach dem Toilettengang und Händewaschen zum Essen.

Auf der anderen Seite, wo hinter dem hohen Maschendrahtzaun die Spielfelder beginnen, sehe ich noch jemanden stehen. Ich glaube nicht, dass ich ihn kenne. Ich werde auf dieser Seite bleiben.

Es gibt Bänke auf Grünflächen um den Platz, gepflasterte Wege, ein paar stark beschnittene niedrige Bäume und noch einige Sitzgruppen, Tische mit Bänken an jeder Seite. Das Gras der Grünflächen ist kurz geschnitten. Obwohl Juli ist, sieht es noch eher grün als gelb oder braun aus. Ich gehe auf das Gras und laufe die Fläche langsam ab indem ich genau einen Fuß vor den anderen setze. Ich sehe kein Gänseblümchen, auch nicht den Ansatz davon. Ich sehe erst recht keine anderen Blumen. Auch keinen Klee oder Löwenzahn. - Löwenzahn... Sattes dunkles Gelb auf grünen Wiesen im Frühling... Die Stängel kann man zu allem möglichen gebrauchen. Die gelbe Blüte habe ich oft schon gegessen. Ich sehe die Fallschirme fliegen, als wenn ich gerade durch eine Wiese gehe. Die kleinen Samen schlagen ihren Widerhaken in die kleinsten Ritzen, wenn sie dort nur ein bisschen Erde finden. Und sie bilden lange Wurzeln. Ich mag diese Pflanze. Wie lange wird es dauern, bis ich sie wieder sehe? ...Das ist die Frage, die ich mir nicht stellen darf. Sie zieht mich sofort herunter.

Auf die Bank, die mir am nächsten ist, setze ich mich und lege meinen Kopf in den Nacken, soweit wie es geht. Wie sieht der Himmel aus? Ich sehe Wolken, ich sehe Blau, aber alles ist so weit weg, zu weit, als dass ich mich darüber freuen könnte. Warum sollte ich auch? Was nützt der Himmel, wenn er nicht erreichbar ist? Wenn ich nicht frei bin?

Zurück an der Eingangstür verbringe ich die restliche Zeit damit, die Fliegen an der Scheibe zu beobachten. Wenn ich mich zwinge, nicht so oft auf die Uhr zu schauen, vergeht die Zeit schneller. Ich versuche, von Mal zu Mal immer länger auszuhalten und dann zu schätzen, wie viele Minuten vergangen sind.

Ich will zurück auf mein Zimmer.

8

Ich kann mich noch gut daran erinnern, wie ich letztes Jahr, an diesem Tag im März, nur mit meiner Jacke im Rucksack bei Pfarrer Mai vor der Tür stand. Das war nicht das erste Mal, dass ich da stand und auf das emaillierte Klingelschild und den gepflegten Vorgarten schaute. Er hatte mir schon zweimal aus der Patsche geholfen. Er hatte unseren Sohn getauft und konfirmiert. Er kannte meine Frau und wusste in etwa um meine und unsere Schwierigkeiten. Er war keiner von diesen Pfarrern, die klug daherredeten, viele leere Worte machten und sich dann auf dem Absatz umdrehten und es dabei beließen. Stefan Mai war einer, der ohne viele Worte einem das Gefühl gab, ein normaler Nachbar, Freund, Kumpel zu sein, der mit anpackte, half und Ratschläge gab, die man umsetzen konnte. Wenn man ihn danach fragte. Er hatte das richtige Gespür für Menschen und scheute sich nicht, die Wahrheit zu sagen, so wie er sie sah. Er war beliebt, ich glaube, auch bei den Frauen. Er selbst war nicht verheiratet, hatte keine Kinder. Ich hatte ihn hin und wieder mit einer Frau gesehen.

Als ich bei ihm schellte war früher Nachmittag. Ich hatte Glück, dass er zuhause war. Er machte mir auf, ich sah, dass er irgendetwas werkelte, er hatte einen Meterstab in der Hand, ein Bleistift steckte hinter dem Ohr, er sah aus, wie einer dieser Männer in der Baumarkt-Werbung. Stefan Mai müsste ungefähr in meinem Alter sein, aber ich würde etwas darum geben, wenn ich aussehen würde wie er. Selbst wenn ich gut angezogen und frisch gewaschen und frisiert vor ihn treten würde, ich würde mir neben ihm immer völlig unscheinbar vorkommen, dabei trug er auch meistens Jeans und karierte Hemden.

Bei einer Flasche Wasser erzählte ich den Abschnitt meiner Geschichte, den er noch nicht kannte. Er bemühte sich nicht besonders, seinen Schrecken zu verbergen, denn dass ich den Winter in einer Obdachlosenunterkunft verbracht hatte, das hatte er nicht gewusst. Dass die gemeinsame Wohnung aufgelöst war, Frau und Kind fort, das war ihm zugetragen worden, aber er war davon ausgegangen, dass ich eine Wohnung gefunden hatte. Ich hatte ihm auch noch nie von all meinen Schwierigkeiten erzählt, nur von meinen Problemen mit Anette, meiner Frau, aber immer eher oberflächlich und ein bisschen untertrieben. Nun schaute er mich ernst und nachdenklich an.

Wovor ich Angst gehabt hatte, das trat nun ein. Stefan wollte mir meinen Plan ausreden. Ich wusste, welche Argumente nun kommen würden. Ich war das auf dem Weg zu ihm im Kopf alles bereits durchgegangen. Ich wusste auch, dass ich seinen Gründen nichts wirklich Einleuchtendes, Erklärendes entgegenzusetzen hatte. Aber es war mir klar: Wenn er mich nicht unterstützen würde, würde ich es trotzdem versuchen, ohne seine Hilfe. Das schien er zu spüren. Schließlich überredete er mich, vorerst ein paar Tage bei ihm zu bleiben, ich könne ihm helfen, er verlege gerade neuen Boden im Keller, und dann würden wir ja weitersehen. Ich bräuchte ja eh erst einige Dinge um mich einzurichten, brauchte Essen, ein Bad usw. Schließlich willigte ich ein, obwohl... So sehr ich mich auch freute über seine Gastfreundschaft oder freuen sollte, - mit jemand „normalem" in einem Haus zu wohnen, würde mir einiges abverlangen. Und ich hatte große Bedenken, alles in mir stand auf Widerstand. Aber wo sollte ich denn hin? Mir fiel nichts ein, also gab ich erst einmal nach.

Nachdem ich tatsächlich nicht um ein Bad herum kam, einen Jogging-Anzug von Stefan trug und wir uns bei einer Brotzeit und einer Flasche Wein stärkten, wurde ich doch etwas gesprächiger. Sein Interesse tat mir gut, der Wein lockerte meine Zunge. Ich freute mich ehrlich, als er nach der ersten noch eine zweite Flasche entkorkte. Er bot mir an, ihn zu duzen.

Meine Frau und ich hatten uns bei einer Betriebsfeier kennengelernt, kurz nachdem ich meine Ausbildung beendet hatte. Ich mochte ihre stille Art, ihr braunes Haar und ihre braunen Augen. Es war damals das erste Mal, dass sich eine junge Frau ernsthaft für mich interessierte. Ich konnte kaum glauben, dass sie einverstanden war, als ich sie zum Pizza-Essen am nächsten Wochenende einlud. Wir hatten damals noch viel zu reden, über die Kollegen, die Arbeit. Meine Mutter mochte sie, ihre Eltern mochten mich. Es war so leicht - wir heirateten, als wir 25 waren. Wir machten gemeinsame Urlaube, gingen tanzen, ich dachte, sie sei glücklich. Sie lachte, stellte nie viele Fragen, schien zufrieden.

Dann wurde sie schwanger. Ich freute mich, vielleicht, irgendwie, doch da waren auch andere Gefühle: Angst vor der Veränderung, davor, Vater zu werden. Niemand hatte mich gefragt. Niemand bereitete mich vor. Wie verhielt man sich als Vater? Was sollte, musste ich fühlen? Würde ich das überhaupt können? Es drückte, dieses Baby, noch bevor es da war, drückte es mich zu Boden. Je mehr der Bauch meiner Frau sich rundete, je sichtbarer das Baby wurde, je mehr zog ich mich zurück. Ich merkte genau, wie falsch das war, ich konnte die Nebeldecke, die sich auf meine Stimmung, auf meine Seele legte, nicht abwehren, ihr nicht entkommen, sie

33

deckte mich zu und schien mich zu ersticken. Nichts ließ sich mehr aufhalten, ändern.

Zuerst versuchte ich es mit mehr Arbeit, machte Überstunden, blieb abends lange fort. Ich behauptete, mein Chef hätte das so angeordnet. Natürlich kam Anette dahinter, dass das nicht stimmte. Das war wohl das erste Mal, dass ich sie richtig enttäuschte. Wir konnten damit nicht umgehen, sprachen nicht darüber, nicht so, dass es uns geholfen hätte.

Dann kaufte ich diese kleine Eigentumswohnung, meine Mutter bürgte für den Kredit. Kaufte ein kleines Auto. Es sollte mein Beitrag zu unserer Familie sein. Und dann war ich derjenige, der bitter enttäuscht war, weil Anette sich nicht wirklich freute, weil ich sie nicht mit eingebunden hatte. Ich habe das damals nicht verstanden.

Natürlich musste ich Schulden machen, aber unser beider Einkommen war nicht schlecht, und wenn ich für die Raten, Telefon und Strom mit meinem Gehalt aufkam, konnte sie den Rest von ihrem Geld bezahlen. Außerdem hatte ich fest vor, Anfang nächsten Jahres zum Chef zu gehen und ihn um eine Gehaltserhöhung zu bitten. Wenn das Baby da war.

Umzug und Einrichtung kosteten viel von unserem Ersparten. Und für die Ausstattung des kleinen Victor, der im Dezember auf die Welt gekommen war, blätterten wir die letzten Scheine hin. Es wäre alles nicht schlimm gewesen, wenn nicht damals diese ständigen Vorwürfe angefangen hätten. Anette mochte die Wohnung nicht, sie mochte das Auto nicht, sie mochte unsere Situation nicht. Sie wäre lieber in unserer alten Mietwohnung geblieben und hätte gesehen, dass ich weiter mit dem Rad zur Arbeit fahre. Für uns beide war es neu, den Gürtel so eng schnallen zu müssen. Und nicht nur das. Alles hatte sich geändert. Wir waren zu dritt, Victor war für mich eine echte Belastung, da er häufig schrie. Mich machte das wahnsinnig. Und der ganze Tagesablauf hatte sich nach ihm zu richten. Ich spürte ein ungutes Gefühl in mir wachsen und bekam Angst vor der Explosion.

Anette dagegen ging ganz darin auf, unseren Sohn zu umsorgen.

Victor war für mich der Grund, warum Anette und ich mehr und mehr auseinander drifteten. Dabei liebte ich sie. Ich wusste nicht, was ich tun, wie ich sie halten konnte. Dass ich mit meinem Verhalten wahrscheinlich viel dazu beitrug, dämmerte mir zwar, aber ich konnte es nicht ändern und alleine schon gar nicht.

Manchmal versuchte sie, mit mir zu reden. Oder besser: Sie stellte mich zur Rede. Ich fühlte mich unwohl dabei, angeklagt, verteidigte mich, wie vor einem Gericht. Immer wurde dann ein Streit daraus. Die Stimmung war immer öfter aufgeheizt. Wir verstanden uns nicht. Ich verstand mich selbst nicht. Wie hätte ich mich da ihr erklären können?

Trotzdem trennte sich Anette viele Jahre nicht von mir. Wir schliefen in einem Bett, aßen zusammen mit Victor, erledigten, was erledigt werden musste, teilten den Alltag. Vielleicht hat mir das genügt? Es kostete mich jedenfalls genug Kraft, das alles hinzukriegen. Das Geld zu verdienen, im Job zu funktionieren, ruhig zu bleiben. Wir sprachen weniger, vermieden die Themen, in denen wir unterschiedlicher Meinung waren. Schon lange sprachen wir nicht mehr über das, was jeden von uns beschäftige, über Gefühle und so was. Hatten wir das jemals getan? Ich weiß es heute nicht mehr genau.

Wenn ich heute zurück schaue, sehe ich mich neben Anette und Victor allein stehen. Ich habe das schon häufiger beschreiben müssen. Das Bild ist immer das gleiche. Ich stehe abseits und schaue auf die beiden und andere, die etwas teilen, an dem ich nicht teilhaben kann. Ich sehe mich abgegrenzt durch irgendetwas, dass ich nicht durchdringen kann, durch das auch niemand zu mir kommen kann. Etwas das dämpft. Das mich schützt. Und das ich nicht ändern will. Es ist vertraut.

Will ich andere vor mir schützen oder mich vor den anderen? Keine Ahnung. Nur das sichere Gefühl, das beides zusammen nicht auf Dauer funktioniert. Ich bleibe besser allein. Das ist einfach und überschaubar - das denke ich oft.

Victor und ich haben kein Band, das uns verbindet. Ich könnte genauso gut der Onkel von nebenan sein. Aber war das nicht auch Anettes und seine Schuld? Sie genügten sich doch beide, brauchten mich nicht wirklich. Wir fanden keine Lösung, wir konnten es einfach nicht ändern. Heute ahne ich, dass es wohl an mir lag. Ich habe es vermasselt.

Es gab Phasen, da wurde mir alles zu viel. Ich hielt den Druck, funktionieren zu müssen, immer schlechter aus, kam mir vor wie ein zum Bersten gefüllter Gummischlauch, der immer poröser wurde auf seinem täglichen Weg hin und her, auf und ab, über Steine und Schotter, winters wie sommers. Oder wie ein Schnellkochtopf, wenn das Ventil nicht öffnet. Wohin sollte der Druck?

Anette arbeitete nur Teilzeit, es gab damals noch keine Krippe, keinen Hort. Das Geld war so knapp, dass wir bei notwendigen Anschaffungen Raten vereinbaren mussten. Irgendwann war das Konto überzogen. Das Gespräch mit meinem Abteilungsleiter hatte nie stattgefunden. Und nicht nur das. Ich war in eine andere Abteilung versetzt worden, weg vom Vertrieb und vom Kundenkontakt, den ich wenn überhaupt nur telefonisch hatte, hin zu mehr und mehr Dateneingabe, Kalkulation, Statistik. Und ich hatte ein Darlehen von meinem Chef gebraucht, als der Wagen kaputt ging. Nun zog mir die Firma immer erst einmal einen Hunderter ab, bevor das Geld auf mein Konto ging.

Vieles von dem hielt ich vor Anette geheim. Die Lohnabrechnungen bewahrte ich in einer Schublade im Büro auf. Ich hatte mich um meinen Teil der Ausgaben zu kümmern, sie sich um ihren. Ich gab ihr jede Woche einen Betrag dazu.

Ich weiß heute nicht mehr, wie ich das all die Jahre geschafft habe. Mal lieh ich mir von meiner Mutter Geld, mal schaffte ich es, Überstunden zu machen, es war ein ewiges Glücksspiel, ob das Geld reichte. Eigentlich reichte es nie. Es war nur die Frage, welches Loch man größer machen konnte, um ein anderes zu stopfen.

Hinzu kam, dass sich meine Stimmungen mehr und mehr aufstauten und dann doch irgendwann explodierten. Je tiefer das Tal, umso höher die Welle. Und ich war als Wellenreiter völlig ungeeignet. Entweder mein Schiff lief auf Grund und bekam Löcher oder - kurze Zeit später - sah ich mich in schwindelerregender Höhe kurz obenauf, bevor ich überspült wurde und fast in den Massen ertrank.

Es war alles dabei. Manchmal trank ich ein paar Schnäpse, um mich herunterzuholen und locker zu machen. Ich hatte auch schon die Spielothek ausprobiert. Doch ich war nicht der Typ dafür, etwas bewahrte mich davor, ich weiß nicht was.

Das war die Zeit, in der ich Stefan Mai das erste Mal zufällig traf und er mich ab und zu zu sich einlud. Victor muss da schon neun oder zehn gewesen sein. Er redete mir ins Gewissen, aber auf eine Art, die mich spüren ließ, dass er sich ehrlich Sorgen um mich machte und mir helfen wollte.

Unsere Situation verbesserte sich dadurch ein bisschen, dass Anette wieder mehr arbeiten konnte, als Victor in die fünfte Klasse kam. Sie meldete sich nur noch, wenn sie besondere Ausgaben hatte und sie dafür einen Zuschuss brauchte. Das Darlehen an die Firma war zurückgezahlt. Dieses Loch schloss sich, aber andere taten sich bei mir auf. Und schwierig

37

war es für mich zu sehen, wie sie alles hinbekam, während ich mit dem Auf und Ab kämpfte. Sie hatte bald eine bessere Stellung als vorher im Betrieb, war sicher beliebter als ich, schien selbstbewusst. Sie sah mit ihren vierzig Jahren fast besser aus als früher.

Ich weiß, dass sie mir in dieser Zeit noch mehrmals die Hand reichte. Und es war gerade diese Größe, ihre Stärke, die mir den Rest gab. Ich kam mir unnütz und klein vor. Jemand, der Geld heranschafft, der halt da ist, den ansonsten niemand braucht. Ja, vielleicht störte ich sogar? Wäre ohne mich nicht alles leichter? Ich bekam das sichere Gefühl, dass Anette es ohne mich besser schaffen würde, dass ich ein Klotz an ihrem Bein war und auch am Bein von Victor, denn ich war ihm kein guter Vater. Wozu sollte ich mich noch anstrengen? Welchen Sinn machte alles?

An der Konfirmation meines Sohnes trank ich zu viel Wein und wohl auch mehrere Schnäpse. Man steckte mir hinterher, ich sei laut und peinlich gewesen. Victor redete kein Wort mehr mit mir. Aber das Geld, das ich ihm geschenkt hatte, das nahm er gerne!

Anette hielt mir eine ihrer Moralpredigten. Zum einen Ohr rein, zum anderen wieder raus. Nein, das habe ich nicht nur gedacht, das sagte sie mir auch ins Gesicht. Und sie hatte recht.

Ich wurde ernsthafter und länger krank. Ich lag wochenlang in meinem Bett, stand nur auf, um zu essen, meist allein, oder um hin und wieder zu duschen. Ich sprach manchmal tagelang kein Wort, kümmerte mich um nichts. Ich begann, die Post für mich abzufangen und in einer Plastiktüte unter dem Bett zu verstecken. Anette bestand irgendwann darauf, dass ich zum Arzt gehe. Wenn ich mich dann anzog und das Haus verließ, ging ich ziellos umher. Ich täuschte regelmäßige Behandlungszeiten vor, ging aber stattdessen in den Wald oder lief sonst wohin aus der Stadt heraus.

38

Schließlich kam auch das heraus. Anette drohte das erste Mal, mich zu verlassen, wenn ich nicht endlich etwas unternahm. Was hatte sie denn für eine Ahnung, wie es mir ging??? Sie lebte in ihrer heilen, schönen, funktionierenden Welt. Sie konnte nicht im Mindesten beurteilen, wie schwer ich es hatte. Ich kam mir vor wie ein alter kranker Ochse, der zu viele Mühlsteine ziehen sollte. Ich trat auf der Stelle und hatte häufiger doch versucht anzuziehen, aber ich WUSSTE, es ging nicht mehr. Es war zu schwer. Was nützten mir da gute Ratschläge? Wie lange sollte ich hier noch angeschirrt stehen? Durch das viele Treten auf der Stelle hatte sich erst eine Mulde, dann ein Loch, dann ein tiefes Loch gebildet. Ich stand in einem viel zu tiefen Loch, ganz oben der Himmel als ein kleiner blauer Fleck, um mich herum Dunkelheit, hinter mir die Mühlsteine, vor mir die Wand. Und von oben, vom Rand des Lochs warf man Steine auf mich, um mich zum Gehen, zum Ziehen zu bewegen. Sie schimpften über mich. Oder machten sich leise lustig, ich hätte nur keine Lust, ich ließe mich gehen. Ich könne, wenn ich wolle.

Ich konnte, ich wollte nur noch zusammenbrechen. Sie würden erst aufhören, es würde sich erst etwas ändern, wenn ich tot war. Oder jedenfalls kurz davor.

9

Ein scharfes Klopfen an der Tür. Ich schrecke auf, bin mit drei Schritten an der Tür. Ich sehe den Essenwagen und ein ausdrucksloses Gesicht mir gegenüber. Wie spät ist es? Das Gesicht drückt mir den abgedeckten Teller und ein Joghurt in die Hände. Wortlos nehme ich es entgegen, stelle es auf den Tisch, warte, bis sich die Tür wieder schließt und lege mich wieder auf mein Bett. Der Vorgang hat meine Gedanken nicht wirklich unterbrochen.

Ich glaube, ich habe damals, nun, es ist ja erst drei bis vier Jahre her, ich habe wirklich öfter über den Tod nachgedacht. Manchmal erschien er mir tatsächlich als das kleinere Übel, als Erlösung, als einziger Weg aus der dunklen Sackgasse. Ich flüchtete mich in diese Gedanken und schottete mich noch weiter ab, gleichzeitig machte ich alle anderen dafür verantwortlich, dass es so weit gekommen war. Sie waren Täter und wussten es nicht. Lebten weiter in ihrer scheinheiligen Welt, lebten ihr verlogenes, falsches Leben. Mein Tod würde ihnen die Augen öffnen, er würde ihnen endlich zeigen, was sie getan hatten, ich würde ihnen die Lehre erteilen, die sie bitter nötig hatten! In mir tobte die Wut, nach außen war ich ruhig wie immer. Niemand merkte mir etwas an, was mich nur noch mehr darin bestärkte, dass ich der Welt gleichgültig war.

Wie die Katze schlich ich um meinen Tod herum, wie die Katze um den heißen Brei. Ich suhlte mich still in Hohn lachender Verachtung meiner Umwelt und mit krankhaftem Vergnügen in der Vorstellung, wie ich sterben wollte, wie sie schauen, was sie tun würden. Für das Sterben gab es so viele Möglichkeiten. Es sollte sicher und schmerzlos sein, vorher keinen Verdacht erregen aber danach umso mehr Aufsehen. Ich würde einen Abschiedsbrief schreiben und mit allen abrechnen. Ich überlegte, wie ich die letzten Tage verbringen würde, welcher Ort, welche genaue Zeit gut für mein Vorhaben war.

Und dabei blieb es.

Die unheimliche Ruhe wechselte sich ab mit äußerster Rastlosigkeit, Unfähigkeit mich zu konzentrieren. Manchmal war ich verwirrt, ich arbeitete höchstens immer mal wieder ein bis zwei Wochen, danach war ich wieder krank. Auch meine Arbeitsstelle war zum Feind geworden. Warum schmiss man mich nicht endlich heraus? Ich hatte mein 25jähriges Jubiläum und war außerstande, Glückwünsche entgegenzunehmen geschweige denn, an einer Feier teilzunehmen mit anderen. Mittlerweile verfolgte mich der Gedanke, alle wüssten von meiner

40

Frau, was für eine Flasche ich sei. Frauen reden mit ihren Freundinnen und Kolleginnen über so vieles. Was wussten andere über mich? Was tuschelten sie hinter meinem Rücken? Ich wurde diesen Gedanken nicht mehr los.

Der Chef zitierte mich dann eines Tages nicht wirklich überraschend zu sich in sein Büro, dort saß auch schon der Sozialarbeiter unserer Firma. Sie eröffneten mir, mir bei einem Antrag auf Reha behilflich zu sein. Ich könne so nicht weitermachen.

Ich machte mir wenig Gedanken, erst recht keine Hoffnungen. Ich kannte nun bereits den einen oder anderen Mediziner, Therapeuten aus verschiedenen halbherzigen Anläufen. Nun würde ich eben durch eine andere Mühle geschoben. Zu Hause schrie ich meine Frau an, ob ihr das nun gefalle, ob ich endlich da sei, wo sie mich haben wolle. Sie sah mich traurig an und sagte nichts.

An meine Zeit in der Klinik habe ich wenige Erinnerungen. Ich hatte das Gefühl, sie brachte mir nichts, aber auch gar nichts. Gestresste Ärzte, hektisches Personal, genormte Anwendungen von der Stange, Menschen auf dem Fließband, die im Schnellverfahren wieder arbeitsfähig gemacht werden sollen. Ich hatte nicht den Eindruck, gesehen, geschweige denn verstanden zu werden. Ich wurde entlassen ohne große Erkenntnisse, mit weiteren Empfehlungen, das vermeintlich Antrainierte weiter zu üben. Und mir einen Therapeuten zu suchen, und, und, und. Schnell, schnell, der Nächste bitte.

Ich war nun offiziell nicht mehr in der Lage, Vollzeit zu arbeiten, nur noch bis zu sechs Stunden am Tag. Mir erschien schon die Vorstellung, jeden Tag aufzustehen, mich anzuziehen und den Weg zur Arbeit anzutreten eine viel zu hohe Hürde.

Es blieb alles beim Alten. Immerhin glaubte ich eine Zeit lang, meine kleinen Versuche, meine Anstrengungen in meinem Verhalten würden gesehen. Aber nein! Es reichte nicht. ICH reichte nicht. Wieder Vorwürfe, Streit, Unverständnis, Therapeuten, die nicht passten, Hoffnungslosigkeit, immer wieder auch mal Alkohol. Dann kam der Abend, ich weiß noch, dass ich versuchte, meinen väterlichen Pflichten nachzukommen und dass ich Victor aufforderte, seine Sachen vom Wohnzimmertisch aufzuräumen. Wie ich meinte und versuchte, in einem vernünftigen Ton. Nach einem Wortwechsel, der mich irgendwie nur immer hilfloser und wütender machte, weil ich mir vorkam wie ein Idiot, mich aber durchsetzen wollte, baute sich Victor vor mir auf und erklärte mir in einem ruhigen, ja emotionslosen, kalten Tonfall, was er von mir hielt und dass ich mir sparen könnte, ihm Vorschriften zu machen. Ich fühlte, wie mir das Blut aus dem Gesicht wich, mir Sprache und Spucke wegblieben und ich einfach ausholte und ihm mit der flachen Hand ins Gesicht schlug.

Anette erschien im Türrahmen und starrte mich fassungslos an. Sie schob den verdatterten Victor mit der Bitte, in sein Zimmer zu gehen, auf die Seite. Dann fasste sie mich energisch am Ärmel und zog mich unsanft auf das Sofa. Ich war plötzlich sehr durcheinander, fühlte Panik in mir aufsteigen, hatte Angst, die Kontrolle völlig zu verlieren. Sie hielt mich fest, wollte eine Aussprache erzwingen. Das machte mich wütend. Die ganze Situation, sie überforderte mich derart, dass ich mich von ihr losriss, mein Portemonnaie griff und meine Jacke, meine Schlüssel und Schuhe und in den Hausflur rannte. Halb blind vor Wut und Scham stolperte ich heraus in die Dunkelheit und lief in irgendeine Richtung.

Es war das zweite Mal, dass ich bei Stefan Mai landete, gegen Abend des nächsten Tages nach meiner Flucht. Er rief nach kurzen Fragen, die er an mich stellte, meine Frau an und sagte ihr, dass ich bei ihm und nichts Schlimmeres passiert sei. Sie war kurz davor gewesen, die Polizei zu alarmieren. Am

42

nächsten Tag begleitete er mich in die Wohnung zurück und versuchte ein Gespräch zu viert.

Der Rest ist schnell erzählt. Wir versuchten es noch ein paar Monate, aber es hatte keinen Zweck mehr. Es war zu spät. Wir versuchten, uns aus dem Weg zu gehen, sprachen fast nicht miteinander, Anette schlief im Wohnzimmer, schon seit längerem. Sie eröffnete mir eines Tages, es war zu Beginn der Sommerferien, dass Victor zu Anettes Eltern ziehen werde und auch da bliebe, um von dort aus sein letztes Schuljahr zu machen. Anette teilte mir sachlich, fast förmlich mit, sie werde sich „die Sache" noch bis September anschauen und dann, wenn sich nichts ändere, ebenfalls gehen.

Gut, mein Leben würde also in sechs Wochen vollständig zu-sammenbrechen. Ich brach meine Therapie ab, ohne ihr etwas davon zu sagen. Wenn das ganze so wenig Erfolg hatte, wa-rum sollte ich es dann noch weiter über mich ergehen lassen? Es quälte mich doch größtenteils nur. Jetzt hatte ich den Be-weis, dass alles Bemühen keinen Sinn hatte.

Anette zog ohne weitere Auseinandersetzungen, fast ohne Worte, ohne einen Blick zurück am 2. September aus der ge-meinsamen Wohnung aus. Mit ihr verschwanden ihre Sachen und ließen ein Umfeld zurück wie ein Puzzle, das kein Bild mehr ergab, nie mehr ergeben würde. Ich hatte plötzlich kei-nen Plan mehr. Ich ließ mich krankschreiben. Doch es rollte noch eine Welle auf mich zu. Irgendwann Ende Oktober stand plötzlich, nach langem heftigem Geklingel, der Bankangestell-te vor der Tür. Ich hatte mir eine Zeit lang überlegt, ob ich überhaupt öffnen sollte. Als er sich vorstellte, hatte ich noch nicht einmal mehr den Elan, meine Entscheidung zu bereuen.

Ich hatte die Raten für das Wohnungsdarlehen einige Monate ausgesetzt. Von Krankengeld kann man schließlich nicht viel bezahlen. Der sorgfältig gekleidete und frisierte Herr versuchte Verständnis zu zeigen, bat mich aber darum, auch die Gren-

43

zen des Geldinstituts zu verstehen. Nach fast einem Jahr könne man nicht mehr abwarten. So lang bekamen die schon kein Geld mehr?? Das war mir nicht bewusst.

Die Raten konnte ich dann aber auch in Zukunft nicht mehr aufbringen. Ohne das Geld von Anette war das unmöglich. Und ich musste noch Unterhalt bezahlen. Auch wenn ich kein Auto mehr hatte, von etwas leben musste ich auch, und der Gerichtsvollzieher kam hin und wieder vorbei und wollte auch Geld, wofür auch immer. Ich hatte keinen Überblick mehr.

Der feine Herr meinte, ohne Zahlung würde der Kredit bald gekündigt und fällig gestellt. Wenn ich nicht zahlen könnte, müsste man die Wohnung verkaufen. Eventuell würden aber Restschulden übrig bleiben. Ich verstand ihn nicht wirklich.

Ich weiß noch, dass ich im November irgendwie die Kraft aufbrachte, meine wenigen Möbel bei der Sperrmüll anzumelden. Ich warf einfach alles weg. Was soll man mit einem Puzzle, in dem zu viele Teile fehlten? Ich entschied nicht lange, ob etwas noch wichtig sein könnte. Ich wollte nichts mehr behalten. Was ich dann noch besaß, passte in einen Koffer. Ich trat meinen Weg zur Bank an und legte meine Schlüssel auf den Tresen. Dann betrank ich mich hemmungslos.

10

Schon wieder geht die Tür auf. Wie benommen mache ich die Augen auf. Was ist denn nun schon wieder? Es ist Andi. „Hey Martin, ich warte schon auf dich. Wo bleibst du denn? Es ist gleich halb sieben." Langsam rappele ich mich auf, schlüpfe in meine Hausschuhe. Immer lässt er die Türe offen stehen, denke ich. Kann er nicht hereinkommen und sie zu machen? Vorsorglich schaue ich nach Nummer sechs und kann sie nicht am Fenster entdecken. „Nun komm aber!", drängt Andi.

Besorgt drehe ich mich um und tappe hinter ihm her. Wir gehen ins Personalzimmer und danach zum Doc. Zu dem, bei dem ich gestern war. Ich versuche, an gestern zu denken und habe kein Gefühl dazu.

„Und? Alles klar bei Ihnen heute?" Fragt er mich und legt mir fürsorglich die Hand auf den Unterarm, während er mir mit einer Lampe in die Augen leuchtet. Ich mag es nicht, auf diese Art angefasst zu werden. „Sehen Sie", fährt er fort, ohne meine Antwort abzuwarten, „das ist die Dosierung. Da müsste heute bei Ihnen alles wunderbar gewesen sein. Wir können das gerne ein paar Tage so lassen und dann versuchen wir, uns da wieder ein wenig herauszuschleichen. Morgen ist nochmal frei. Dann ist eh Wochenende. Muss Sie ganz schön mitgenommen haben, gestern das. Haben Sie sich müde oder unkonzentriert gefühlt heute?" Ich schüttele den Kopf. Es war wirklich ein ganz guter Tag. Ich konnte völlig allein sein und hatte relativ klare Gedanken. Vielleicht liegt es aber auch daran, dass ich einfach meine Ruhe habe? Gut, ich werde mir meine Dosis wieder so geben lassen. Heute geht es oral. Ich trinke Wasser hinterher. Andi bringt mich zurück.

Als er mir vor meiner Tür eine gute Nacht wünscht, erwähnt er wie beiläufig: „Morgen um 15.30 Uhr bei Dr. Andersen. Hab's möglich gemacht. Sie hat dich eingeschoben." Er zwinkert verschwörerisch. „Und nicht vergessen!"

Ich vergesse es nicht. Das ist eine gute Nachricht. In einer knappen halben Stunde kommt der Einschließer. Feierabend für heute. Und morgen nochmal frei! Auf dem Tisch steht noch mein Abendessen.

Während ich esse, warte ich auf Nummer sechs. Sie hat ihren eigenen „Teller". Wie üblich nehme ich ein Stückchen Toilettenpapier und lege darauf winzige Mengen Margarine, Gurke, Wurst. Es dauert heute lange bis sie kommt. Ich beobachte, wie sie sich nach dem Essen putzt. Dann höre ich, wie die Tür hinter meinem Rücken für heute das letzte Mal aufgeht. Der Wachmann schaut herein, ob ich da bin, sagt kurz „Gute Nacht", schließt die Tür und sperrt ab. Ich höre sein Schlüsselbund noch ein paar Meter, dann ist es ruhig. Dieser Gang gehört zu den ganz ruhigen. Ben erzählt mir manchmal, wie es drüben bei ihm ist. Er ist im Bau gegenüber. Ich bin noch in der Aufnahme. Bis alles geklärt ist. Es wird noch eine Verhandlung geben. Und dann das Urteil. Schnell versuche ich, an etwas anderes zu denken.

Anette Marquardt, Ehefrau, Zeugenbefragung, Wiedergabe wörtlich, <u>Datum</u>: 16. Juni 20..

Was wollen Sie von mir wissen? Ich habe ihn seit über anderthalb Jahren nicht mehr gesehen. Nein, ich habe den Kontakt abgebrochen. Er hat auch keinen Kontakt zu seinem Sohn. Hat ihn aber auch nicht gewollt seit dem. Von seiner Seite kam kein Lebenszeichen.

Natürlich habe ich mir Gedanken um ihn gemacht. Wenn man über 20 Jahre zusammen ist, hört das nicht so schnell auf. Aber irgendwann war ich einfach fertig damit. Es war zu viel für mich und unseren Sohn. Ich hatte vieles versucht, aber es ist immer schlimmer statt besser geworden. Ich wusste keinen Rat mehr. Irgendwann muss man ja auch wieder mal an sich denken. Ich konnte ihn ja nicht zwingen. Und ein Gefühl, also ein gutes Gefühl, das gab es zwischen uns schon lange nicht mehr.

Ja, zum Schluss war er schon aggressiv. Deswegen war ja dann auch endgültig Schluss für mich. Es war eine Ohrfeige. Nicht schlimmer. Aber Sie hätten sehen sollen, wie er oft herumlief. Seine Augen, sein Gesichtsausdruck. Manchmal leer, fast erloschen, manchmal panisch, ruhelos, manchmal hämisch und herablassend. Ich konnte ihn nicht mehr einschätzen, er war völlig verschlossen. Manchmal hatte ich Angst. Um

46

ihn zuerst, dann auch um uns. Unser Sohn verließ die Wohnung zuerst, dann ging ich.

Ich habe seit dem versucht, das Kapitel für mich zu beenden. Bekannte haben mir manchmal erzählt, es gehe ihm nicht gut. Ich muss das vergessen, verstehen Sie? Ich will nochmal neu beginnen.

Ob er zu schlimmerem in der Lage war? Ich weiß es nicht. Zwei Jahre ist eine lange Zeit. Wenn sich sein Zustand, seine Krankheit verschlimmert hat, vielleicht. Es gab schon früher Zeiten, da hätte ich ihm alles zugetraut. Aber sowas?

Mehr kann ich dazu nicht sagen. Ich möchte jetzt gerne gehen.

11

Stefan Mai und ich schlossen einen Kompromiss in diesen Tagen im März letzten Jahres, als ich bei ihm wohnte. Ich sollte mich regelmäßig bei ihm melden, bei schlechtem Wetter herunter kommen und entweder in seinem Haus oder in der Hütte im Garten bleiben. Ich könne bei ihm duschen, ihm hin und wieder helfen und auch anderen zur Hand gehen. Ich durchschaute natürlich seine Absicht. Er wollte Kontakt halten und verhindern, dass ich mich wieder völlig zurückzog. Er wollte mich unter Kontrolle haben. Aber es schien mir machbar. Ich wollte mich ja selbst auch nicht in Gefahr bringen, ich wollte nur das Gefühl von Freiheit und Ruhe, mich sammeln, mich neu orientieren, Kraft tanken. Er würde sich nach kleinen Jobs für mich umschauen, sagte er, denn schließlich müsse ich ja von irgendetwas leben. Ohne festen Wohnsitz konnte ich keine Hilfen beantragen, das war klar. Wir vereinbarten eine bestimmte Zeit, dann sollte ich mich wieder um eine Wohnung kümmern. Er würde mir helfen.

Ohne Stefan hätte ich damals nicht die Kurve gekriegt, das ist sicher. Und es gibt noch ein paar andere, denen ich dankbar bin. Stefan hatte viele Kontakte. Wenn er irgendwo vorsprach und um etwas bat, konnte er meist sicher sein, Unterstützung zu bekommen. Man kam ihm nicht nur entgegen, er konnte andere für seine Projekte begeistern, weil er selber voll dahinterstand. Er hat diese Wärme und Begeisterung, das springt auf andere über. So klapperten wir verschiedene Ämter ab. Ich konnte sogar vorerst an meiner alten Adresse gemeldet bleiben. Die Bank suchte bereits einen Käufer. Aber die Wohnung war mittlerweile feucht und in schlechtem Zustand. Stefan würde den Briefkasten hin und wieder leeren, er hatte die Schlüssel. Arbeit und Konto waren mir zwischenzeitlich gekündigt worden. Stefan sicherte verschiedentlich zu, sich um mich zu kümmern. Wir ließen sie glauben, dass ich vorübergehend bei ihm blieb.

Ich stellte mit seiner Hilfe eine Liste zusammen, was ich brauchte. Das war gar nicht viel, denn ich wollte möglichst wenig Ballast. Ein bisschen Kleidung hatte ich schon von ihm bekommen. Eine dicke warme Unterlage zum Schlafen und ein Schlafsack waren das wichtigste. Ein Teller, ein Schälchen, eine Tasse, Besteck. Ein gutes Taschenmesser. Taschenlampe. Plastiktüten, eine Plastikplane. Schnur. Feuerzeug, eine Lampe, Solar oder Petroleum, Campingkocher, Kochtopf. Handtuch. Das waren schon viele Dinge, aber viel mehr wurde es nicht. Wir fuhren herum, um alles zu besorgen.

Wenn Stefan arbeitete, gab er mir ebenfalls Aufgaben. Ich mähte den Rasen, säuberte die Beete, wischte die Fliesen. Auch wenn ich nach einer Stunde Arbeit eine längere Pause brauchte, ich fand meist den Antrieb, wenn auch langsam, aber doch weiterzumachen. Das lag einmal wohl daran, dass ich wusste, Stefan würde nicht locker lassen und darauf bestehen, dass ich die Arbeit fertig machte, zum anderen daran, dass es Arbeiten waren, die kein Problem für mich waren, einfache Dinge. Und die Aussicht auf meinen Sommer in Freiheit

trieb mich an. Trotzdem wusste ich, immer einen Platz zu haben, zu dem ich zurückgehen konnte. Das hörte sich wirklich-
gut an. Ich fand keinen Haken. Was mich aber am meisten
stärkte, war Stefan.

Ich hatte das Gefühl, mich nicht verstellen zu müssen. Er hörte
mir zu, fragte nach, wenn er etwas nicht verstanden hatte,
wollte mir helfen, bei dem was ich für mich wichtig fand. Er
akzeptierte mich und meine Entscheidungen. Ich hörte keine
Vorwürfe, er machte keine Pläne für mich, wusste nicht besser, was gut für mich war. Eine heilsame Erfahrung! Ich wurde
ernst genommen. Trotzdem forderte er etwas von mir, aber ich
merkte immer, dass er mich dabei im Blick hatte, dass er sich
ehrlich wünschte, mein Leben für mich wieder besser zu machen. Es war nicht kompliziert mit ihm. Wenn ihn was störte,
sagte er es mir. Ich konnte es gut von ihm annehmen.

Fast zwei Wochen blieb ich bei ihm, bis ich alles beisammen
hatte, was ich brauchte und das Wetter stabil genug war, dass
er mich mit guten Gefühlen entließ. Zweimal in der Woche
sollte ich mich bei ihm blicken lassen. Wir vereinbarten feste
Tage. Wenn ich nicht kommen würde, sagte er, würde er nach
mir suchen lassen, mein Versteck wäre dann bald kein Versteck mehr.

Ich erinnere mich oft an den Tag, an dem ich mit meinem
Rucksack hochstieg, noch sehr früh am Morgen, ich wollte
nicht beobachtet werden. Mein altes Leben schien weit hinter
mir zu liegen. Meine Arbeit, meine Familie, alles, was ich besessen hatte, es schien zu einem anderen gehört zu haben.

Als ich nun fortging, hatte ich trotz der Vorfreude, trotz der
Hoffnung auf Ruhe und Kraft, trotz meines Glücks über den
Halt bei Stefan viele ungute Gedanken. Sie hingen an mir wie
Geister, die mir hinterher schlichen, an meiner Jacke zupften,
hinter den dicken Baumstämmen im Wald lauerten. Ich ertapp-
te mich dabei, wie ich mich häufiger umsah. Ich war nun wirk-

lich wieder allein, entwurzelt, schutzlos und ausgeliefert, mir selber und vielleicht auch anderen. Ich blieb stehen und drehte mich um. Schon ein ganzes Stück tiefer lag der Ort unter mir, die ersten Autos fuhren schon, die Kirchturmglocke schlug sechs. Zögernd setzte ich meinen Weg fort.

Oben angekommen richtete ich meine Sachen ein. Das ging schnell. Alles sah aus wie immer, niemand war in der Zwischenzeit hier gewesen. Mühsam überlegte ich, während ich die dicke Isomatte auf dem noch feuchten kalten Felsboden ausbreitete und mit Steinen fixierte, was ich noch brauchte. Da war in erster Linie das Essen. Stefan hatte mir ein paar Dosen und ein Brot mitgegeben. Ich könne mir jederzeit Nachschub holen, hatte er mir gesagt. Doch ich hatte viele Ideen, wie ich an Essen kommen konnte, ich wollte schließlich nicht auch noch darum bitten.

Als erstes freute ich mich darauf, das Becken anzulegen, drüben bei der kleinen Quelle. Ich würde auch dort einfach Trinkwasser holen, wenn die Flaschen leer waren und meine kleine Wäsche machen.

Ich musste darauf achten, keine allzu auffälligen Spuren zu hinterlassen. Man konnte nicht davon ausgehen, dass das hier die ganze Zeit unentdeckt blieb, aber wenn ich es irgendwie herauszögern könnte, wollte ich alles dafür tun.

Woher könnte ich trockenes Holz bekommen? Feuchtes würde qualmen. Und Feuer machen können, das war auch etwas, worauf ich nicht lange warten wollte.

Ich trug Steine unterschiedlichster Größe zusammen. Faustgroße und kleine, die ausschauten wie schwarze Bohnenkerne. Mit einem Stück flachen Holzes, das ich wie einen Spatel benutzen konnte, grub ich einen guten Teil tiefer, als die kleine Quelle entsprang, ein großzügiges Becken und hielt erst kurz inne, als ich mein Magenknurren nicht mehr ignorieren konnte.

50

Ich hatte keine Uhr, schon lange nicht mehr. Bald würde mein Werk hier fertig sein, nur noch ein bisschen weiter...

Endlich drückte ich den letzten Stein fest in eine kleine Lücke in der Beckenwand und klopfte ihn fest. Aber das Ergebnis machte mich zufrieden. Es hatte sich schon etwas Wasser gesammelt, aber es war graubraun und trüb, musste sich erst klären. In den nächsten Tagen würde ich noch den Zulauf besser freilegen. Das Becken hatte auch einen Überlauf. Ich war gespannt, wie lange es dauern würde, bis es soweit gefüllt war.

Meine Hände waren von der Arbeit mit dem kalten Wasser eisig und krebsrot geworden. Dazu kam, dass es hier vollkommen schattig war. Die Sonne stand schon ziemlich hoch, doch kaum ein Strahl kam hier unten an. Ich kehrte zurück zu meinen Sachen. Am späteren Nachmittag würde ich sicher Sonne haben. Und an den nächsten Vormittagen würde ich hier nicht herumsitzen, da hatte ich andere Pläne.

Ich schnitt mir ein paar Scheiben Brot ab, verstaute den Laib sorgfältig wieder in der Plastiktüte, griff mir eine der beiden Wasserflaschen und meinen Rucksack und ging los. Ein prüfender Blick zurück - nein, es lag nichts mehr herum, alles war verstaut. Es konnte losgehen. Irgendwo in die Sonne, zum Aufwärmen, zum Essen! Es war Ende März und noch nicht sonderlich warm. Doch für mich kam jetzt der Frühling, ich spürte mein Herz aufatmen, aufblühen und ich musste das erste Mal seit langem über mich selber lächeln!!

12

Als ich aufwache ist es ungewöhnlich hell im Zimmer. Langsam drehe ich den Kopf zum Fenster. Mein Nacken fühlt sich hart und steif an. Wie lange habe ich diese Gymnastik schon nicht mehr gemacht? Irgendwann macht sich das bemerkbar.

Ich schlage die dünne Decke zurück und setze meine Füße nebeneinander auf den grauen PVC-Boden. Meine Fußnägel müssten dringend geschnitten werden. Während ich die fünf Schritte zur Toilette gehe, überlege ich angestrengt, was anders ist an diesem Morgen. Ich bin später aufgewacht als sonst, lag lange wach gestern. Deswegen ist es heller im Zimmer. Die Uhr zeigt kurz vor sieben. Gleich schon wird das Frühstück kommen. Ich drücke die Spülung. Das Klo riecht nicht gut. Ich sollte es putzen. Aber der Geruch ist alt, die Brille ist vergilbt und hatte viele Vorgänger. Ich habe schon öfter geputzt.

Ich stelle mich dicht vor das hohe Fenster und versuche, nach oben zu sehen. Ich kann den Kopf nicht sehr weit in den Nacken legen. Es tut wirklich weh. Aber doch, ich sehe einen blauen Streifen und in diesem Ausschnitt keine Wolke. Kein Gefühl stellt sich dazu bei mir ein. Ich lasse den Kopf etwas sinken und knete mit der rechten Hand meinen Hals.

Nummer sechs! Das ist es! Ich habe sie heute Morgen nicht bemerkt, nichts gehört, sie war nicht da, ich bin von selbst wach geworden…! Wo ist sie? Ich suche das Fenster ab, schaue am Tisch, die Wände entlang, am Waschbecken, am Klo. Auf allen Vieren suche ich den Boden ab. Dann sehe ich sie hinten hinter dem Fußende des Bettes auf dem Boden liegen, …näher zur Wand als zum Bett… Da sind ungefähr 45 cm Platz. Sie liegt auf dem Rücken, dreht sich langsam im Kreis. Ich strecke meinen rechten Arm aus und halte ihr meinen Zeigefinger an die nach oben ausgestreckten zappelnden Beinchen. Meine Knie schmerzen fürchterlich, während ich so auf dem Boden kauere.

Nach mehreren Augenblicken mit zusammengebissenen Zähnen hält sie sich endlich fest. Ich halte die andere Hand darunter, rappele mich auf, wobei ich fast das Gleichgewicht verliere, und gehe vorsichtig zum Fenster, um sie bei Licht zu betrachten. Nummer sechs fällt in meine offene Hand. Ich versuche, sie richtig herum auf die Fensterbank zu setzen, doch irgendetwas funktioniert nicht, nicht mehr bei ihr, sie fällt immer wieder zurück auf den Rücken. Ich ziehe mir einen Stuhl heran, um sie zu beobachten. Das ganze scheint sie sehr angestrengt zu haben, sie liegt nun sehr still. Nur hin und wieder dreht sie sich mit einem leisen tiefen Brummen auf dem Rücken ein Stückchen noch schräg über die Fensterbank. Ein Staubflusen bleibt an ihr hängen. Dann nichts mehr. Wie hypnotisiert starre ich auf den still liegenden Fliegenkörper. Meine Augen brennen.

Der Schlüssel dreht sich im Schloss. Ich drehe mich um, soweit das mein Nacken zulässt. Ein kurzer Blick ins Zimmer, ein knappes „Guten Morgen", ein Teller und ein Apfel werden auf dem Tisch abgestellt. Die Tür schließt sich. Ich schaue wieder zur Fliege. Schaue durch sie hindurch. Sie ist tot. Minutenlang sitze ich da. Schließlich entscheide ich mich, sie liegen zu lassen bis zum Abend. Dann kommt sie zu den anderen.

Irgendwann das Klopfen, Andis Klopfen. „Guten Morgen! Warum bist du noch nicht angezogen?" Ich sitze noch immer auf meinem Stuhl vor der Wand unter dem Fenster. „Und gefrühstückt hast du auch noch nicht. Alles klar bei dir?" Ich murmele etwas von Nacken- und Knieschmerzen und Schlafproblemen. „Wenn du den ganzen Tag hier auf deinem Bett liegst, ist das kein Wunder. Ab Montag kannst du wieder arbeiten. Und lass dich halt mal draußen sehen. Um halb zwei spielen wir Volleyball, vielleicht kriegen wir auch zwei Fußballmannschaften zusammen. Komm halt dazu. Ich will nicht sehen, dass du hier nur rumhängst. So wie du zur Zeit eingestellt bist, müsstest du Bäume ausreißen wollen….! Heute Mittag isst du mal wieder mit den anderen. So krank bist du ja nun wirklich nicht mehr. Und gegen die Nackenschmerzen hilft der Fitnessraum - hey, Alter!" Und er gibt mir wieder einen freundlichen Knuff mit seiner rechten Faust.

‚Andi, geh bitte einfach', denke ich mir nur. Es sind verdammt viele Informationen auf einmal, und das am frühen Morgen. Ich denke kurz nach, ob ich das Gespräch bei Dr. Andersen als Ausrede nutzen kann, um heute Nachmittag nicht draußen erscheinen zu müssen. Aber zwischen halb eins und halb vier wäre natürlich genug Zeit für ein Spiel. Also sage ich nichts.

„Gut, wir sehen uns.", meint Andi nach kurzem Zögern. „Morgen gibt es neue Bettwäsche. Das weißt du!", ruft er noch im Hinausgehen. Dann schließt sich die Tür.

Ich mag keinen Zeitdruck. Auf die Uhr blicken müssen. Überlegen, wie viel Zeit man brauchen wird. Mittagessen in der Kantine.... Vielleicht treffe ich Ben. Das wäre gut.

Ich drehe meinen Stuhl vom Fenster um 180° weg zum Tisch, öffne den Streichkäse und schmiere ihn so auf mein Brot, dass ich keine Unebenheiten mehr erkennen kann. „Salami" steht auf dem Etikett. Aber es schmeckt nur nach Salz und geräuchertem Fett. Nach zwei Bissen lege ich das Brot zurück auf den Teller und trinke den kalten Pfefferminztee.

Sigrid... Warum muss ich jetzt an Sigrid denken? Ob sie auch noch an mich denkt? Ob sie weiß, wo ich bin? Ich habe es mich schon hundertmal gefragt. Ich dachte, es sei etwas großes mit uns. Manchmal hatte ich Träume für sie und mich. Manchmal hatte ich das Gefühl, sie versteht mich wirklich. Der einzige Mensch, außer Stefan, bei dem ich mich in den letzten Jahren halbwegs wohl gefühlt habe, bis ich dazukam, als sie.... Ich kann die Bilder noch nicht ertragen, schiebe sie weg. Vielleicht könnte ich von vorne anfangen mit ihr, woanders, nicht hier. Aber dafür müsste sich so vieles verändern.

Ich musste mein Handy abgeben. Wenn sie versucht mich anzurufen, wird sie denken, ich wolle nichts mehr von ihr wissen. Wir hätten reden müssen. Ich weiß. Aber ich kann nicht reden. Ich habe ein Universum an Gedanken und Gefühlen im

54

Hirn. Es ist unmöglich, daraus Sätze zu formen, Extrakte zu filtern, die mich für andere so verständlich machen, dass ich zufrieden wäre. Es ist besser, manches einfach zu erleben und die Klappe zu halten. Es muss scheitern, wenn ich versuche zu reden. Zu viele Missverständnisse, zu kompliziert.

Reden ging mit Stefan. Und im vergangenen Winter manchmal auch mit Sigrid, aber da waren wir verliebt. Da waren Grenzen aufgehoben, für ein paar Wochen, da war ich im Himmel, hin und wieder. Wir hatten keine Probleme. Mit anderen versuche ich das Reden zu vermeiden, besonders mit Fremden. Es ist natürlich ein Teufelskreis. Je länger ich Gespräche vermeiden kann, umso ungeübter werde ich, umso mehr verschließe ich mich.

Ich organisierte mich auch im Frühjahr letzten Jahres soweit es ging sprachlos. Ich hatte immer wieder Konserven, Brot oder auch mal anderes von Stefan zugesteckt bekommen. Aber ich lernte, mich auf andere Art und Weise zu versorgen. Schon oft hatte ich im Obdachlosenheim davon gehört, was man in den Tonnen der Supermärkte oder Lebensmittelläden an Schätzen finden konnte. Und so versuchte ich während der Öffnungszeiten, wenn die Hoftore nicht geschlossen waren, das eine oder andere zu ergattern. Und ich zog vieles an Land, was noch völlig in Ordnung war. Durch meine heimlichen Kontrollgänge hatte ich schließlich heraus, wann in den Läden aufgeräumt wurde und „geerntet" werden konnte, wie ich es nannte. Wir hatten im Ort und auch im Nachbarort keine Tafel. Die gab es nur in den größeren Städten. So zog ich teilweise Joghurt, Packungen mit Käse oder Wurst oder auch Backwaren aus dem Müll. Wenn mich jemand sah, rief er mir höchstens zu, ich solle verschwinden. Das tat ich dann auch. Mehr ist nie passiert.

Ein Stück weg von meinem Waldquartier an einem immer schattigen Plätzchen hatte ich im Laufe der ersten zwei Wochen eine Art Kühlfach eingerichtet. Das war einfach ein gegrabenes Loch unter ein paar großen Steinquadern, das ich mit Zweigen und Steinen abdeckte. Hier verbarg ich meine gesammelten Schätze und hatte bald mehr als ich brauchte. So kam es auch, dass ich nicht immer ganz regelmäßig bei Stefan auftauchte, ich verspätete mich manchmal um ein höchstens aber zwei Tage, was er nicht immer gelassen nahm.

Wenn ich kam, gab es Arbeit, das hatte er mir angekündigt, und das zog er auch durch. Entweder es gab jemandem, der Hilfe am Haus oder im Garten brauchte, zumindest aber gab es ein Auto zu waschen oder einen Einkaufsdienst für eine ältere Dame zu erledigen. Stefan wusste, dass er mir mit nichts zu kommen brauchte, was mich über mehrere Tage beschäftige. Und so waren auch feste Anstellungen nichts für mich, wo ich regelmäßig zu bestimmten Uhrzeiten hätte erscheinen müssen. Wenn der Dienst an einem Vormittag erledigt werden konnte, war ich bereit ohne allzu viel Murren, auf mehr ließ ich mich nicht ein.

Es war auch nicht so, zu Stefans Enttäuschung, dass ich das Geld wirklich brauchte. Wir hatten vereinbart, dass ich von meiner Rente, die ich ja weiter bezog und die auf ein neues Konto kam, jeden Monat einen festen Betrag bekam. Stefan verwaltete und betreute alle Kontobewegungen mit der Vollmacht, die ich ihm unterschrieben hatte. Das Geld, das ich zugeteilt bekam, war immer ausreichend. Ich brauchte ja fast nichts. Mit dem Rest zahlte Stefan einen Teil meiner Schulden ab. Das war in erster Linie mein weit überzogenes Konto. Aber er erfuhr auch immer wieder von neuen Baustellen, da er meine Post abholte. Dann wartete er mit dem Öffnen der Briefe auf mich, bis ich kam.

Trotz manch unangenehmer Gespräche für mich war und blieb Stefan meine Verbindung zur „normalen Welt", der Mensch, mit dem ich am besten zurechtkam und reden konnte. Er war wie Betreuer und Freund gleichzeitig. Manchmal saßen wir bei schlechtem Wetter auf seiner überdachten Terrasse und tranken eine Flasche Wein. Dann blieb ich bei ihm und war nicht unglücklich, den feucht-kalten Felsboden gegen eine warme Matratze eintauschen zu können. Während zwei Wochen im April gab es so viel Regen, dass ich zeitweise wieder mehr bei Stefan übernachten musste als im Wald. Doch so oft es ging stieg ich hoch, um wenigstens nach dem Rechten zu schauen.

Eines Morgens überraschte er mich mit einer neuen Idee, die mich aufhorchen ließ. „Ich habe eine neue Arbeit für dich!", zwinkerte er mir zu und lachte. „Aber eine, die länger dauert, aber sie wird dir gefallen, da wette ich um eine Kiste Bier!" Ich wartete, dass er fortfuhr und ahnte nichts Gutes. „Du kennst doch den Spediteur vorne an der Kreuzung, den Kerner. Der hat sich das Bein gebrochen. Er kann zwar am Schreibtisch sitzen, halbwegs arbeiten und telefonieren. Aber er hat da einen Wachhund im Zwinger, der langweilt sich nun ziemlich und braucht Bewegung. Der Kerner kann das jetzt unmöglich machen, und er ist doch allein. Was meinst du? Nimmst du seinen Hund in Zukunft mit, wenn du unterwegs bist?"

Ich sagte erst einmal gar nichts. Ein Hund. Ich hatte nie einen Hund gehabt, mochte aber Tiere sehr. Ich kannte den Hund nicht, es kam darauf an. „Wie oft soll ich denn kommen?", fragte ich vorsichtig. „Na ja, das wird sich schon ergeben. Lernt euch erst mal kennen, dann wird man sehen." Stefan freute sich wirklich, das sah ich ihm an. „Ja, wir werden sehen.", murmelte ich. Wir vereinbarten für das nächste Mal ein Treffen mit Kerner.

13

Ich hatte im Laufe der Zeit jeden kleinen Weg und Trampelpfad um den Ort herum ausgekundschaftet, außer im Süden, wo sich Industriegebiet und Autobahn anschlossen. Ich kannte die Wege hinter den Höfen und Scheunen, wo ich hin und wieder einen trockenen Scheit Holz für meine Feuerstelle mitgehen ließ. Ich kannte jede Bank im Umkreis von vier bis fünf Kilometern. Ich hatte mir angeschaut, welche Obstbäume blühten und bedauerte, dass ich zur Erntezeit vermutlich schon wieder eine richtige Wohnung haben würde, haben sollte. Aber wer wusste das schon? Vielleicht ließe sich ja nicht so schnell etwas finden? Ich sah das Getreide auf dem Feld in hellem Grün explodieren und auch das Gras auf den Wiesen. Ich hörte die Kühe ungeduldig in ihren Ständern in den Ställen brüllen, durch die jetzt wieder geöffneten Türen witterten sie den Frühling.

Ich sah die Vögel ihre Nester bauen, hörte dem Kauderwelsch der Stare beim Werben und dem abendlichen Konzert der Amsel auf dem Dachfirst zu. Ich empfand, wie sich der Duft der Natur, des Bodens, der Luft veränderte, je mehr sich die Temperatur erwärmte. Ich sah den Bodennebel von den Feldern aufsteigen, wenn ich morgens pünktlich zum Sonnenaufgang auf der Bank mit dem besten Ausblick Platz nahm. Ab und zu hatte ich sogar einen Becher Malzkaffee oder kalten Tee bei mir - ich genoss meine Zeit, meine Freiheit mit jeder Faser meines Herzens.

Immer, wenn ich mich fit genug fühlte, und das war immer öfter, zog ich herum mit meinem Rucksack auf dem Rücken. Hin und wieder kaufte ich mir gegen Abend im Supermarkt im Nachbarort ein oder zwei Bier, setzte mich an den Fluss und beobachtete, wie die Sonne tiefer sank, hörte dem Glucksen des Wassers zu, wie es gegen die Uferböschung spülte, schmatzte und blobbte, und war mit meinem Leben sehr zufrieden. Es ging mir wirklich viel besser als all die Jahre zuvor. Ich war überwiegend unabhängig und ertappte mich immer häufiger bei der Überlegung, wie ich diese Zeit noch verlängern könnte. Brauchte man denn wirklich all das, was ich gehabt hatte? Wenn ich an eine eigene Wohnung, das Einrichten müssen, Ordnung halten, eigenes Geld verdienen, Behörden, Formulare, Anweisungen, vielleicht sogar Arbeit, Kollegen,

Chefs dachte, der ganze Alltag, das Funktionieren müssen, spürte ich sofort Unbehagen und Angst.

Sicher, wenn ich Stefan nicht hätte, nicht bei ihm Zuflucht suchen könnte, hätte ich spätestens im Herbst ein Problem. Dann müsste ich wieder in die Unterkunft zurück. Das war für mich unvorstellbar. Ich nahm einen großen Schluck aus meiner Bierflasche.

Meistens trieb mich schon sehr früh morgens die Kälte von meinem Lager hoch. Ich sah den Himmel im Osten hell werden, wenn ich aus meiner Höhle kroch, von Sonnenaufgang war noch keine Spur. Undeutlich sah ich noch die Sterne funkeln. Aber selbst der beste Schlafsack nützt wohl nichts, wenn alte Knochen auf eiskaltem Stein liegen. Hart war es obendrein, daran änderte auch die Isomatte nicht sehr viel. Ich schlug meine Arme ein paar Mal um den Leib und machte Kniebeugen, was mir schwer fiel. Ich wurde wirklich immer steifer! Morgens war es besonders schlimm - wenn ich mich dann tagsüber warmgelaufen hatte, fühlte ich mich besser.

Ich kann mich noch deutlich an einen Sonntagmorgen im Juni erinnern. Ich war ohne Hund unterwegs, denn der Kerner wollte nicht, dass ich sonntags kam. Ich war wieder sehr früh auf gewesen und lief einen Waldweg parallel zur Kreisstraße. Um diese Zeit fuhr nur sehr selten ein Auto. Ich wollte herunter zum Fluss und die Abfalleimer an den Bänken auf Pfandflaschen durchsuchen. Außerdem war auf einem Platz in der Nähe ein Frühlingsfest, nicht selten bekam man da Leergut von fünf oder zehn Euro zusammen. Sonntag war dafür der beste Tag.

Ein gutes Stück bevor der Wald lichter wurde, hörte ich plötzlich ein Auto abrupt quietschend abbremsen, dann einen dumpfen Schlag. Nach ein paar Sekunden fuhr das Auto wieder an und davon. Ich war etwas irritiert von dem Geräusch, setzte meinen Weg aber fort. Hinter der nächsten Kurve sah ich dann das Tier im Dickicht liegen. Es bewegte sich zappelnd, hielt dann inne und sah mich mit aufgerissenen Augen an, als ich direkt neben ihm stand.

Es war ein sehr junges Reh. Aus Nüstern und Maul lief Blut. Ich kauerte mich daneben, starr vor Schreck und völlig überfordert, was ich tun sollte, blickte mich um, nach irgendeiner Hilfe suchend - völlig überflüssig - kein Mensch war um diese Zeit im Wald! Ich begann, mit ihm zu reden. Ich suchte den Körper zunächst mit den Augen dann mit den Händen nach weiteren offenen Verletzungen ab. Ich konnte keine entdecken. Auch die Beine schienen nicht gebrochen. Dem Schlag nach zu urteilen, war es dennoch voll vom Auto erfasst und in den Graben geschleudert worden. Wahrscheinlich hatte es schwere innere Verletzungen. Ich begann, ihm sacht über das Fell zu streichen. Minutenlang saß ich so da, während es mich schier zerriss, weil ich nicht wusste, was zu tun war. Das Reh zuckte und zitterte. Ich sah, dass es starb.

Nach endlosen Minuten und hilflosem Nichtstun wurde das Zittern schließlich schwächer und ging in eine Art Schaudern über, das durch das hellbraune Fell lief. Es schein eine Ewigkeit zu dauern. Ich wagte fast nicht zu atmen, Schweiß stand auf meiner Stirn. Schließlich wurden die Augen starr. Das Reh war tot.

Ich weiß nicht, was danach in mir passierte, wie lange ich einfach nur da stand. Ich spürte nichts, rein gar nichts. Das Gefühl der Überforderung, die laute Stimme in mir, irgendetwas tun zu müssen, war verstummt mit dem letzten Lebenszeichen des kleinen Tieres. Nun, da es da lag, breitete sich auch in mir eine unheimliche Stille aus, eine pragmatische Ruhe, die mich schließlich auf einen Gedanken brachte.

Wenn das Tier nun schon gestorben war, dann sollte es hier nicht liegen bleiben und von Füchsen, Mardern, Krähen und Käfern zerfressen werden, sollte nicht langsam und entwürdigend zerfallen. Nein, vielleicht war es kein Zufall, dass es mir vor die Füße gefallen war. Meine linke Hand umschloss in der Jackentasche mein gutes Taschenmesser, das ich immer mit mir führte. Ich dachte nicht eine Sekunde darüber nach, ob ich dazu im Stande war. Ich wusste, ich war es. Ich überzeugte mich nur noch einmal davon, dass es wirklich tot war, aber das Auge, der ganze Körper zeigte keine Reaktion mehr auf Bewegung, Berührung, und auch als ich es nun an den Läufen aufhob, um es ein Stück weg vom Weg in den dichteren Wald hineinzutragen, war da kein Leben mehr.

Hinter einem vom Sturm entwurzelten Baum, bestimmt mehr als hundert Meter vom Weg entfernt, legte ich das kleine Reh ab. Ich klappte mein Messer aus und tat einen tiefen Schnitt oberhalb der Kehle ohne zu Zögern. Dann fühlte ich den Brustkorb, die unteren, letzten Rippenbögen und setzte genau mittig noch einmal an und schnitt bis zwischen die Hinterläufe.

Ich überlegte kurz, zog die Kordel aus meinem Anorak, band die Hinterbeine an den Zehen zusammen und überkreuz und hängte das Reh mit dem Kopf nach unten an einer nach oben ausgestreckten einzelnen Wurzel des Baumes auf. Blut lief heraus und lief in einem kleinen Rinnsal in das Loch, das der Wurzelballen der Buche im Waldboden aufgerissen hatte. Regungslos schaute ich zu. Als nur mehr wenig Blut tropfte, schnitt ich den Kopf ganz ab und warf ihn ebenfalls in das Loch. Grotesk sah es aus, wie er dort lag, ein Kopf ohne Körper. Fast ein beunruhigender Anblick.

Ich schob Walderde und Laub darüber, ertrug die offenen Augen, die auf mich gerichtet schienen, plötzlich nicht mehr. Dann ging ich zum Waldrand zurück, riss einen ganzen Arm voll trockener Gräser ab und ging zurück. Das Tier musste ausgeweidet werden. Ich fasste mit beiden Händen in den noch warmen Leib, zog, riss und schnitt und war schließlich zufrieden mit dem Ergebnis. Sorgfältig deckte ich alles am Boden zu und stopfte den Körper dann mit dem trockenen

61

Gras aus. Keine Spur, kein Blutstropfen sollte mich auf meinem Rückweg, den ich nun antreten würde, verraten. Mein eigentliches Ziel musste ich aufgeben. Das hier war wichtiger. Ich besah meine Hände, meine Jacke. Zumindest meine Hände musste ich waschen. Der Fluss war zu weit weg, es war nun schon ziemlich hell. Ich suchte einen Bach oder Tümpel, fand aber nichts außer einem alten Baumstumpf, in dem modriges Regenwasser stand. So wusch ich mir damit die Hände und rieb sie zusätzlich mit Walderde ab. Das Blut an den Händen war mir nun doch widerlich.

Das Reh über Schultern und Nacken, ging ich den Weg zurück zu meinem Quartier, legte es verborgen hinter einem Felsvorsprung ab, wusch mich sowie mein Taschenmesser gründlich an meinem Wasserbecken, ließ das Wasser ablaufen und setzte mich auf ein Stück Isomatte auf den Stein, um zu verschnaufen.

Mein Herz klopfte und verriet mir meine Aufregung. Auf dem ganzen weiten Rückweg hatte ich das Gefühl, mich verbergen zu müssen, etwas Verbotenes getan zu haben. Aber jetzt, nach längerem Nachdenken, fiel mir nicht ein, was man mir vorwerfen könnte. Ich hatte das Tier schließlich nicht umgebracht. Den Autofahrer müsste man bestrafen, der ein Tier zu Tode fährt und noch nicht einmal nachsieht. Das Reh hätte auch Stunden oder Tage verletzt herumliegen können.

Nein, ich hatte keinen Fehler gemacht. Und das Fleisch zu essen, erschien mir natürlich, wenngleich ich noch nie Reh gegessen hatte. Wenn ich schon in einer Höhle wohnte, konnte ich doch auch mein eigenes Fleisch braten - wie, um mich selbst zu beruhigen, nickte und grinste ich vor mich hin.

Plötzlich musste ich an meinen Vater denken. Ich hatte wenig Erinnerungen an ihn, aber auf einmal sah ich ihn oder das Bild, das ich von ihm hatte, ein sehr verschwommenes, vor mir in seinem Kittel. Mein Vater ist Großhandelskaufmann gewesen und hatte bereits mit Ende zwanzig einen kleinen Schlachthof zur Leitung übergeben bekommen, das war Ende der Sechziger Jahre. Wir wohnten damals auf dem Firmengelände in einem Haus, das das „Vogelhaus" genannt wurde, weil es auf einer Holzständerkonstruktion aufgebaut war und auch das Haus selbst vollständig aus Holz bestand. Der Unterbau war nicht hoch, vielleicht einen dreiviertel Meter, es lebte immer eine kleine Horde halbwilder Katzen darunter, die mein Vater abends fütterte. Trotzdem hatte das Haus auch einen Keller.

Der Betrieb hatte doch eine beträchtliche Zahl Angestellte, trotzdem half er öfter beim Schlachten aus, warum weiß ich nicht. Anschließend ging er mit den anderen zusammen in der Kantine „einen trinken" und wenn er dann, kurz bevor ich ins Bett musste, über den Hof nach Hause kam, schwankte er oft.

Wenn ich ihm „Gute Nacht" sagte, roch seine Kleidung nach Schwein und Blut und Fleisch und Alkohol. In der Garderobe hing bis zum nächsten Morgen der schmutzige Kittel neben meiner kleinen Kinderjacke.

Schon als kleines Kind war für mich der Anblick von Wagen voller Tiere, die die Schlachtrampe herauf getrieben wurden, tägliche Gewohnheit. Ich half sogar, mit Meterstücken eines Gummischlauches, die Schweine durch die abgesperrten Gänge zu treiben. Doch vergessen habe ich nicht ihre Blicke, die fühlbare Angst, das Geschrei der Tiere und die Panik, wenn sie merkten, dass kein Weg zurückführte. Ich bin überzeugt, jedes Tier hat bemerkt, was da passierte. Allein der Geruch von Blut und Fleisch, die Schreie... Heute sind Schlachthöfe und Viehtransporter vielleicht anders eingerichtet, früher nahm niemand Rücksicht auf das Adrenalin im Schweinefleisch. Jedes Schwein musste miterleben, wie seinem Vorgänger die Elektro-Zange angesetzt wurde. Und auch ich schaute zu. Ich schaute auch zu, wie der nächste Mann einen Haken oder eine Kette an einem Hinterfuß des gerade

63

umgefallenen Schweines befestigte und das teilweise noch zappelnde Tier hochgezogen wurde, bis es senkrecht mit dem Kopf nach unten in Position hing, um von oben bis unten aufgeschlitzt zu werden. Ich sah das Blut in einem Schwall austreten, gegen die Gummischürze des Schlachters spritzen, die Tiere zuckten noch immer. Erst dann transportierte die Förderkette den Körper hinter den ersten blassgelben Gummivorhang, wo dann das weitere Ausnehmen und Zerteilen stattfand.

Ich erinnere mich an einige Tiere, die es irgendwie geschafft hatten, sich in Todesangst durch eine kleine Lücke in den aufgestellten Abwehrgittern zu drängen und über den Hof und teilweise durch unseren Garten rannten, mehrere Männer mit Mistgabeln hinterher. Manchmal hatte ich in der Nacht Alpträume. Meine an der Decke hängende Kinderzimmerlampe verwandelte sich mir regelmäßig in eine wilde Sau.

Ich kann mich an die blassblauen Augäpfel erinnern, die mit dem Hochdruckgerät in die Gullis gespült wurden, nachdem sie den Tieren aus den Höhlen gesprungen waren, und dann oben auf schwammen. Wie kam es, dass sie den Tieren aus den Augenhöhlen traten? Passierte es, wenn ihnen die Borsten abgebrannt und sie kochend heiß abgebrüht wurden? Auch das geschah, wenn ich mich recht erinnere, direkt nach dem Betäuben und Umfallen des Tieres.

Wenn ich heute daran denke, wird mir flau im Bauch. Doch der Anblick Schweinemassen mordender Männer war für mich normal. Niemand hinderte mich daran zuzuschauen.

Ich mache die Augen auf. Die ersten hellgelben Sonnenstrahlen treffen links neben dem Spind auf den PVC-Boden. In eineinhalb Stunden ist Mittagessenszeit. Ich bin noch immer nicht angezogen.

14

Der Hund vom Kerner. Wir mochten uns vom ersten Augenblick an. Als ich ihn das erste Mal in seinem Zwinger sah,
wusste ich, dass wir Freunde werden würden. Es war ein
fuchsbrauner Schäferhund-Mix ohne weitere Abzeichen. Um
einiges kleiner als ein Schäferhund. Er lag an der Rückwand
auf einer rohen Holz-Palette, ohne Decke, Hütte oder anderen
Annehmlichkeiten. Der Zwinger war zwar mit Wasser frisch
ausgespritzt, stank aber trotzdem scharf nach altem Urin. Der
Hund stand erst auf, als Kerner den Riegel der Tür zurück-
schob. Schwach wedelte er niedrig mit dem Schwanz. Freude
war was anderes. Die beiden sahen nicht so aus, als ob sie
ein sehr inniges Verhältnis hatten, und das schien nicht an
Kerners gebrochenem Bein zu liegen.

„Er heißt Dingo.", sagte Kerner. Dingo beschnüffelte uns vorsichtig, immer noch zurückhaltend wedelnd. „Vier Jahre alt ist
er." Ohne weitere Worte holte er die Halskette vom Haken und
eine speckige Leine. Er legte dem Tier die Kette um und klink-
te den Karabiner-Haken der Leine so in einen der Ringe, dass
das Halsband auf Zug war. Dann hielt er mir das andere Ende
hin. „Ich stell das Futter da außen auf die Kiste. Wenn du ihn
wiederbringst, gibst du es ihm einfach."

Kerner duzte mich ungefragt. Wir würden sicher keine Freunde werden, soviel war klar. Er war vielleicht Mitte fünfzig, hatte
einen auffälligen Bierbauch und Halbglatze. Seine Augen
schauten gelangweilt und herablassend auf mich herunter. Ich
bezweifelte, dass er jemals mit seinem Hund draußen unterwegs gewesen war, sich irgendwie mit ihm beschäftigt hatte.
Sicher war er einfach da, um Unbefugte und Gesindel abzu-
schrecken und wurde abends, wenn das Tor geschlossen
wurde, im Hof laufen gelassen. Als hätte der Kerner meine

Gedanken erraten, sagte er: „Bis sieben musst du ihn zurück-
gebracht haben, dann mach ich hier zu und lass ihn laufen. Du
kommst danach nicht mehr rein. Wann du ihn holst, ist egal.
Wochentags halt, am Wochenende läuft er den ganzen Tag
frei hier auf dem Gelände und ich komm nur zum Füttern gegen Abend vorbei. Pass auf, er hört nicht besonders gut. Ich
würde ihn nicht so bald von der Leine lassen, wenn überhaupt."

Er fragte nicht nach meinem Namen, vielleicht hatte er ihn
schon von Stefan erfahren. Es kamen überhaupt keine Fragen. Er stand da, Hände in den Hosentaschen, und sagte nur:
„Na, dann viel Spaß." „Danke", erwiderte ich, drehte mich um
und ging Richtung Tor. Dingo lief mit, allerdings nicht besonders euphorisch. Das sollte sich bald ändern.

Niemals zuvor hatte ich einen Hund besessen, aber ich mochte Dingo, das schien er zu merken. Man konnte ja sofort sehen, dass er unglücklich und einsam war, da hatten wir was
gemeinsam. Ich hatte nun auch eine gute Ausrede, warum ich
nicht immer mehr Jobs von Stefan annehmen konnte, schließlich musste ich mich um den Hund kümmern. Tatsächlich ging
ich nun häufiger, anfangs noch zweimal, später fast täglich
zum Zwinger, denn Dingo hatte sich so schnell an mich gewöhnt, dass er nun immer schon wartete und einen richtigen
Freudentanz aufführte, wenn er mich um die Ecke biegen sah.
Häufig schaffte ich es, vorher bei Stefan genau in dem Moment vorbeizuschauen, wo er den Kaffee fertig hatte und seinen Tag plante. Wir konnten dann auch meist anstehende
Dinge kurz besprechen, so dass die bisher üblichen längeren
Gespräche eher entbehrlich wurden.

Es war Mitte oder Ende Mai, als Dingo zu mir kam. Ich war
anfangs schon etwas überfordert, da ich mich tatsächlich nicht
traute, ihn von der Leine zu lassen. Aber mit einem Hund an
der Leine machte das Laufen auf Dauer keinen Spaß. Denn je
mehr Dingo sich an mich gewöhnte, umso euphorischer wurde

66

er auch und nahm sich bald heraus, mich an der Leine hinter sich her zu ziehen. Das ging bis zu dem Wochenende, an dem ich das Reh „heim" brachte. Ab da erledigte sich das Problem von allein.

Meine Fleischvorräte waren mehr als reichlich und mussten zügig verbraucht werden. So nahm ich jedes Mal, wenn ich mit Dingo unterwegs war, eine Tüte voll kleingeschnittener Stückchen in einer Plastiktüte mit. Als ich merkte, dass er mich nicht mehr aus den Augen ließ und nah bei mir und meinem Tascheninhalt blieb, konnte ich problemlos die Leine lösen. Dann lief ich ein Stück von ihm weg, rief ihn beim Namen, er rannte hinter mir her und bekam ein Stück Fleisch. Das machte ich ein paar Tage. Und er flitzte immer, wenn er seinen Namen hörte, so schnell er konnte zu mir hin.

Seit dem brauchten wir überhaupt keine Leine mehr. Der Fleischvorrat reichte viele Tage. Die letzten Stücke und auch die Läufe bekam Dingo ganz, denn es wurde selbst in meinem „Kühlfach" zunehmend wärmer Ende Juni. Tagsüber durchstreiften wir die Gegend, holten die Dinge, die wir brauchten, ließen es uns gut gehen. Mit Dingo zusammen spürte ich wieder Freude, und mein Tagesablauf machte Sinn. Ich redete viel mit ihm, das Laufen war nicht mehr nur für mich gut, sondern auch für ihn. Er bekam ein glänzenderes Fell und Muskeln zeichneten sich ab. Sein Gesichtsausdruck hatte sich nach ein paar Wochen völlig verändert. Und ich sah ihm zu, wenn er Mauselöcher aufbuddelte, an flachen Uferstellen des Flusses herumsprang und Stöcke holte, sich im Sommergrünen Gras wälzte oder auch mal im Misthaufen auf dem Feld. Ich freute mich mit an seiner Lebensfreude, die er offen zeigte. Ich beobachtete ihn gern, wenn ich auf einer Bank saß am Berg und Dingo aufmerksam mit gespitzten Ohren wie ein König über sein Reich schaute und einfach nur stolz und zufrieden schien.

Ja, wie kleine Könige fühlten wir uns manchmal. Fühlte sich so Glück an? Abends, wenn ich Dingo fortgebracht und wieder allein den Berg hochgestiegen war, saß ich dann meist an meinem kleinen Feuer mit einer Flasche Bier, schaute gen Westen, wo die Sonne unterging und war einverstanden mit meinem Leben. Ungelöstes schob ich beiseite. Und oft klappte das ein paar Tage lang.

Es gab Nächte, da hatte ich Angst. Das waren nicht wenige. Ich lauschte auf jedes Geräusch, das hereindrang in meine provisorische Behausung, in der ich lag, eingepackt in meinen Schlafsack auf meiner Isomatte. Wäre tatsächlich einmal jemand gekommen, wäre ich fast schutzlos gewesen. Manchmal hielt ich mein Messer beim Schlafen in der Hand. Es gab aber auch Nächte, da rückte ich nah an die Spalte, durch die ich mich hinein- und hinausdrückte und sah einen kleinen Streifen des Nachthimmels und manchmal sogar ein paar Sterne.

Und dann gab es Nächte, die ich bei Stefan verbrachte. Manchmal lud er mich ein am Abend und ich wollte zu später Stunde nicht mehr in den Wald zurück. Doch ich wurde spätestens am nächsten Morgen unruhig und wollte wieder gehen. Ich glaube, Stefan machte sich oft Sorgen um mich. Er freute sich zwar, dass es mit Dingo und mir so gut klappte und ich mehr und mehr körperlich wieder fit wurde, aber ansonsten wollte ich einfach, dass er mich in Ruhe ließ mit seinen Themen, Wohnung suchen, Schulden regeln, Ämter besuchen und all das. Manchmal zeigte er eine leichte Enttäuschung, aber er ließ nicht locker mit mir zu reden und meist freundschaftlich auf mich einzuwirken.

Der Juli war heiß. Die Nächte waren warm. Ich brauchte schon länger keine Jacke mehr und nahm sie mit in eine Wäscherei unten im Ort. Die Blutflecken würden hoffentlich wieder herausgehen und auch sonst war sie in üblem Zustand. Ich konnte sie unmöglich so irgendwann wieder anziehen.

68

Dingo und ich verbrachten Stunden und Tage am Fluss, hatten ein Plätzchen ausgemacht, wo die Strömung am Ufer nicht so stark war und wir beide uns erfrischen konnten. So lagen wir unter den Bäumen im Schatten und warteten die größte Mittagshitze ab. Manchmal lag ich so dicht neben ihm, dass mein Gesicht sein Fell berührte: Ein unbeschreiblich herrlicher Duft nach frischer Luft und Tier und Natur - ich mochte diesen Geruch tatsächlich sehr. Dingo hatte seinen anfänglichen Zwinger-Gestank völlig verloren. Seine Pfoten rochen nach Erde und Wiesengras, in der Nähe seiner Ohren duftete er süßlich. Manchmal schlief ich neben ihm ein, und er blieb wach und passte auf mich auf.

15

Widerwillig öffne ich die Augen und schaue auf die Uhr. Es ist Zeit, mich anzuziehen, mich für das Mittagessen fertig zu machen. Ich habe überhaupt keinen Appetit.

Die Glocke draußen schrillt. Ich verlasse meine vier Wände und schließe die Tür. Sofort fühle ich mich unwohl, Unsicherheit und Angst kriechen vom Bauch in den Hals.

Die Stimmung in der Kantine ist fast ausgelassen, als die Jungs direkt von der Arbeit hineinströmen. Klar, es ist Freitag, Wochenende. Ich schaue zu, dass ich am Rand bleibe, lasse die anderen vor und sich ihre Plätze suchen. Ich setze mich immer erst hin, wenn an einem Tisch nur noch ein Stuhl frei ist und ich sehe, bei wem ich sitzen werde. Ich habe Glück, dort hinten ist Ben. Er schaut zu mir rüber, hält den Platz neben sich frei. Toni haut mir von hinten im Vorbeigehen auf den Rücken: „Hey, Martin, Alter, auch mal wieder da? Hast dich ganz schön dünne gemacht in letzter Zeit, du faule Sau. Hab gehört, hast die Hosen voll gehabt, häh?" Er lacht hämisch, Richie kommt und rempelt mich unsanft an, obwohl ich versuche, ihm schnell aus dem Weg zu gehen. Ich habe es ja gewusst … Ich bemühe mich, gelassen auszusehen und schlendere betont langsam zu Ben hinüber. Mein Herz klopft in meinem Hals, ich merke, wie mir Blut in den Kopf schießt. Richie, Toni und die anderen, die zu ihrem Gefolge gehören, setzen sich an den Tisch neben uns. Immer wieder schaut Richie zu uns herüber. Ich spüre, wie sich der Stein in meinem Magen langsam bewegt und mir übel wird.

Schüsseln werden auf den Tisch gestellt. Ein undefinierbarer Brei, von der Farbe her vielleicht Kartoffel und Möhre mit Soße. Dazu Spiegelei. Ich kenne längst noch nicht alle Gesichter, geschweige denn die Namen von denen, die mit mir hier am Tisch sitzen. Ein paar Neue sind dabei, glaube ich. Der Essendienst rotiert, jeden Tag gibt es für jeden hier andere Aufgaben im Küchendienst. Aufdecken, Essen verteilen, Geschirrwagen in die Küche schieben, Spülmaschinen einräumen, ausräumen. Nur Kochen müssen wir nicht, das machen andere. Ich bin mir nicht sicher, welchen Dienst ich heute habe, oder bin ich befreit?

Ich sehe Ben an, versuche ein Lächeln. Er hat ein hübsches Gesicht, lächelt erst zurück, schaut dann besorgt und mustert mich. „Geht's dir wieder besser? Alles klar? Kommst du gleich mit raus? Bist blass irgendwie. Aber am Montag kannst du wieder arbeiten, oder?" Für ein paar Sekunden legt er seine Hand auf meinen Unterarm. Ich murmele ein bisschen vor mich hin, seine Anteilnahme tut mir gut. Den Rest der Essenszeit verbringen wir schweigend. Dafür labert der Kerl gegenüber ununterbrochen auf mich ein. Ich weiß nicht, was er will. Was er sagt, ergibt für mich wenig Sinn. Und ich glaube, das liegt diesmal nicht an mir.

Eine Viertelstunde nach dem Essen stehe ich im Hof. Mich blendet die Sonne. Mir ist warm. Ich habe nicht wie die anderen Trikot und kurze Hosen an. Ich mag keine kurzen Hosen. Ich überlege, wie ich vermeiden kann, mitspielen zu müssen. Zumindest ist die Chance gering, dass ich in eine Mannschaft gewählt werde. Ich kann gar nicht schnell genug laufen. Ob ich nochmal auf's Klo gehen darf? Als ich durch die Glastür wieder rein Richtung Klo will, gleich neben der Kantine, kommt mir unglücklicherweise Richie entgegen. Er kommt direkt auf mich zu, stellt sich mir in den Weg. Ich habe tatsächlich Angst, dass ich mir wieder in die Hosen mache. Seit den vielen Nächten draußen spüre ich, dass nicht immer mehr alles so funktioniert wie es sollte. Aber bevor ich lange nachdenken kann, packt mich Richie mit seinen groben klobigen Händen an den Oberarmen und quetscht sie schmerzhaft zusammen. „Lass Ben in Ruhe, hörst du?", presst er ohne Vorwarnung durch seine zusammengebissenen Zähne dicht vor meinem Gesicht. Ich verstehe nicht, was er von mir will. sehe große Poren auf seiner Nase, rieche seinen Schweiß. „Lass ja die Finger von ihm, sag ich, sonst brech' ich dir ein paar von deinen alten, gammeligen Knochen." Und er stößt mich von sich weg, dass ich fast das Gleichgewicht verliere. Ich würde gerne etwas sagen, bringe aber kein Wort heraus. Während ich nur etwas stammeln kann, lässt er mich stehen. Benommen taumele ich irgendwie zum Männerklo. Ist die Hose noch trocken?

Den Rest der Zeit sitze ich allein draußen auf einer Bank und schaue den anderen zu. Jedenfalls hoffe ich, dass es so aussieht. Ich möchte nicht angesprochen werden, unsichtbar sein wäre gut. Am liebsten zurück auf mein Zimmer, aber die Tür ist zu, alle sollen draußen bleiben. Mir ist schlecht. Mein Magen rebelliert. Ich sitze ganz still. Die Hose ist doch ein bisschen feucht.

Die Zeit vergeht unheimlich langsam, eigentlich vergeht sie gar nicht. Ich schaue jede Minute manchmal noch öfter auf die Uhr. Sehe Richies wütendes Gesicht vor mir. In meinem Bauch liegt wieder der Stein, der immer schwerer wird, sich langsam um sich selber dreht. Meine Stirn wird feucht. Die Sonne ist zu heiß. Ich stehe auf. Mir wird schwindelig. Mein Magen...!! Zu spät... Ich sehe, Erbrochenes läuft über meinen Bauch an meinen Beinen herunter, tropft auf meine Schuhe.

Ich beuge mich nach vorne, viel zu spät. Da ist auch schon irgendwer an meiner Seite und hält mich. Ich glaube, es ist Ben. Der Wachmann kommt dazu, bringt mich hinein. Hinsetzen, Durchatmen, dann Ausziehen, Duschen mit Hilfe und Beobachtung, Anziehen, ich werde in mein Zimmer gebracht, endlich. Mein Herz geht noch schnell, etwas atemlos, aber hier wird es besser. Es dauert nicht lange und ich beruhige mich und auch mein Magen wird ruhig, seit meine Tür zum Flur, zur Außenwelt wieder fest geschlossen ist.

Nach einiger Zeit öffne ich die Augen, suche die Uhr. Mein Blick ist etwas verschwommen. Ich muss noch warten. Halb zwei. Ich dämmere weg.

16

Als ich die Augen wieder aufmache, sehe ich in Andis Gesicht. Er beugt sich über mich, rüttelt mich am Arm. Habe ich was vergessen? Ist was passiert? Ich setze mich auf. Nein. Er will nur fragen, wie es mir geht. Ob ich zu Dr. Andersen kann. Ich schaue auf die Uhr. Kurz nach drei. Ja, ich kann. Ich will. Ich muss. Ob er mich hinbringen kann? Ja, das wäre gut. Ich will niemandem begegnen da draußen.

Andi bringt mich bis vor ihre Tür. Da sind zwei Stühle, ich setze mich immer auf den linken und warte. In der Luft liegt ein Hauch ihres Parfums. Innen wird er stärker sein. Aber nicht aufdringlich. Es riecht nach frischen Blüten, Fresien fallen mir ein, Fresien und Seife. Meist lächelt sie, wenn sie mich hereinholt. Ihre langen blonden Haare sind zu einem Dutt zusammengesteckt. Sie ist vielleicht um die fünfzig. Sie hat Würde und Eleganz.

Sie schafft es, dass ich keinen Druck verspüre. Jedenfalls keinen, der von ihr ausgeht. Ich lege mich auf eine Liege. Sie sitzt an meinem Kopf hinter mir in einem bequem aussehenden braunen etwas abgenutzten Ledersessel. Ich kann sie nicht sehen. Nach der Begrüßung ein paar belanglose Worte bis ich liege. Danach sagt sie nichts mehr. Ich muss den Anfang machen. Sie wartet immer so lange, bis ich den Anfang mache. Ich schaue auf eine Wand, an der ein Bild hängt. Tiefe Blautöne. Abstrakte Malerei.

Irgendwann fange ich dann an zu sprechen. Entweder sie stellt Fragen dazu oder sie gibt wieder, was sie verstanden hat. Sie schlägt Brücken, stellt Verknüpfungen her, fragt nach. Ich, meine Gefühle, meine Gedanken, alles ist hier ganz wichtig. Als ich nach einigen Treffen merkte, dass sie mir keine Vorschläge macht, nicht ihre Meinung sagt, mich nicht korrigiert, war ich erst sehr irritiert. Mittlerweile habe ich mich daran gewöhnt. Sie erzählt nichts von sich, aber das Bild, das ich mir von ihr mache, interessiert sie. Aber nur, weil sie dann etwas über mich lernt. Sagt sie. Es geht immer nur um mich.

Ich bin froh, dass ich zu ihr kann. Obwohl es oft anstrengend ist. Seit ich in diesem Haus bin und warte, durfte ich mich entscheiden, ob ich mit ihr arbeiten will oder nicht. In den ersten Monaten bis zum Gutachten, jetzt in der Zeit bis zur Verhandlung, bis zum Urteil.

Ich habe Erinnerungslücken. Ich weiß aber, dass ich noch mehr Probleme habe. Meine Diagnosen füllen eine halbe DIN-A4-Seite. Ich kann sie mir nicht alle merken.

Dr. Andersen interessiert sich für alles. Ich habe ihr viel über die letzten Jahre erzählt. Manchmal schäme ich mich. Sie bleibt immer entspannt. Ich weiß nicht, wie sie das macht. Ich schäme mich für mein ganzes Versagen, für meine Zeit in der Männerunterkunft. Für das, was passiert ist im letzten Sommer und im Frühjahr dieses Jahres. Sie kann vieles verstehen, sagt sie. Ich hätte für alles meine Gründe. Ich weiß, dass viele Menschen Obdachlosen eine bestimmte Vorgeschichte unterstellen und viele Vorurteile haben. Mir hat man oft das Gefühl gegeben, ich sei ja selbst schuld. Ich hätte es nicht soweit kommen lassen müssen. Ich sei doch nicht blöd, hätte Schulbildung, einen Beruf, sei intelligent. Mir hätte so etwas nicht passieren dürfen. Und dann das Alkoholproblem. Ich habe die meiste Zeit nicht mehr als zwei oder drei Bier am Tag getrunken. Nichts Härteres. Manchmal habe ich gar nichts getrunken. Tagelang. Okay, es gab Tage, da war es mehr. Aber ist das ein Alkoholproblem...?

Die Vorurteile machen krank. Ich habe Menschen in der Unterkunft kennengelernt, die waren da, weil sie aus der Wohnung geflogen sind wegen Mietschulden. Oder vor die Tür gesetzt wurden von einer Frau, der sie mal vertraut haben, so wie ich. Oder weil sie einfach nicht schnell genug eine Wohnung gefunden haben, die sie sich leisten konnten. Da waren für mich relativ normale Leute darunter. Die meisten sind nur ein paar Tage oder Wochen dort. Keiner, der nicht muss, will da länger bleiben.

Seit einigen Treffen rede ich über meine Mutter. Sie ist mittlerweile eine Frau von fast achtzig Jahren. Ich möchte ihr keine Vorwürfe mehr machen. Aber hier hört sie mir ja nicht zu. Hier kann ich erzählen. Sagt Dr. Andersen. Niemand wird mir böse sein.

Meine Mutter hat ihr Bestes gegeben. Sie hat so gut sie konnte für mich gesorgt. Da bin ich mir sicher. In den Jahren meiner Kindheit, in der Zeit, an die ich mich erinnern kann, war sie streng. Wer weiß, was sonst aus mir geworden wäre? Sie musste ja auch viel arbeiten. Hatte wenig Zeit. Da musste alles funktionieren. Ich verstehe das.

Das waren ja auch noch andere Zeiten damals. Es wurde nicht geredet, diskutiert. Ich hatte einfach zu tun, was gesagt wurde.

Sonst gab es Strafe. Ich kann mich an all das erinnern als wäre es gestern gewesen. Häufig hatte ich „Stubenarrest", wie es hieß. Der konnte schon mal über mehrere Tage gehen. Ich durfte mein Zimmer nicht verlassen. Bis ich heraus hatte, dass ich aus dem Fenster auf unseren überdachten Kellereingang springen konnte. Das Dach war mit schwarzer Teerpappe überzogen, man konnte nicht so leicht ausrutschen. Wenn ich ausgerissen war, trieb ich mich alleine herum oder machte irgendeinen Blödsinn. Das, was einem so einfällt, wenn man fünf, sechs oder sieben ist.

Ohne Essen ins Bett. Das passierte nicht oft, denn ich war dünn und sollte eigentlich zunehmen. Auch an Schläge kann ich mich erinnern. Schläge mit dem Gürtel, wenn mein Zimmer nicht in Ordnung war. Es half nicht immer. Oder immer weniger. Ich entwickelte im Laufe der Zeit nur Trotz und ein dickes Fell. Darauf war ich besonders stolz. Irgendwann fühlte ich mich unverwundbar.

Ich kann mich an viele Nächte erinnern, als ich als sehr kleines Kind allein vor dem elterlichen Schlafzimmer saß. Im Dunkeln auf dem Boden auf einem dicken Teppich im Flur. Lange Zeit. Ich hatte hartnäckig wiederkehrende Krankheiten. Eine davon war Bindehautentzündung. Oft wachte ich nachts auf und merkte, dass meine Augenlider völlig verklebt waren und ich die Augen nicht öffnen konnte. Es brannte und juckte. Ich tastete mich also blind aus dem Bett, durch das Kinderzimmer, durch zwei kleine Flure, ein Wohnzimmer, ein Esszimmer in den Hausflur vor die Schlafzimmertür meiner Eltern. Dort setzte ich mich auf diesen Teppich, weinte leise vor mich hin und wartete. Ich wusste, dass ich nicht in ihr Zimmer durfte. Es war verboten. Irgendwann wachte meine Mutter auf und wusch mir mit heißem Kamillentee die Augen aus, bis die Lider sich wieder öffneten.

Mein Zimmer war weit weg von dem Zimmer meiner Eltern. Ich glaube nicht, dass ich gehört wurde, wenn ich weinte. Auch nicht als Säugling. Es war nicht üblich, das Babybett ins elterliche Schlafzimmer zu stellen. Ich bekam von Anfang an die Flasche. Meine Mutter war vom 4-Stunden-Rhythmus überzeugt. Angeblich lehrten das früher die Hebammen. Und die eigenen Mütter ihre Töchter, wenn sie schwanger waren. Zumindest in unseren Kreisen. Meine Mutter richtete sich nach der Uhr. Wenn vier Stunden herum waren, wurde ich gefüttert, gewickelt und wieder ins Bett gelegt. Erst nach ein paar Monaten durfte ich mehr am Familienleben teilnehmen. Kleine Kinder sollten nicht verwöhnt werden, das galt von Beginn an.

Dann hatte ich häufig einen schlimmen Virus am Mund, der schlimmstenfalls sogar verhinderte, dass ich den Mund öffnen konnte. Manchmal half noch eine Creme. Aber einmal, ich war zwei oder drei, musste ich in ein Kinderkrankenhaus ungefähr 100 km weg von zuhause. Es war nicht üblich, dass die Eltern zu Besuch kamen oder gar ein Bett im Zimmer des Kindes bekamen. Es hieß, bei einem Besuch würde sich das Heimweh nur verschlimmern. Ich sah meine Eltern mehrere Wochen nicht. Mir wurde der Mund mit Gewalt geöffnet, mein Zustand machte den Ärzten Sorge, erzählte man mir viele Jahre später. Grobe Behandlung, kein Trost, der mir gefühlsmäßig in Erinnerung wäre. Die Gefühle können sich erinnern. Fast immer.

Ich hatte als sehr kleiner Junge dunkle Locken. Ich erinnere mich, dass ich lange Zeit wach in meinem Gitterbettchen in meinem abgedunkelten Zimmer saß und einzelne Locken so lange und so fest um meinen Finger drehte, bis die Locke herunterfiel. Das löste Bedauern aus, denn alle fanden meine Locken schön. Sonst aber passierte nichts.

Vielleicht war das Schlimmste aber die Kellerstrafe. Aus unserer Küche führte eine Tür ein paar Stufen hoch in ein kleines Vorratskämmerchen, hinter der Tür daneben eine gewundene Treppe herunter in den Keller. Ich weiß nicht mehr, was ich getan hatte, aber immer wieder musste ich in den Keller. Ich glaube, ich sollte mich da beruhigen. Ja, es war, wenn ich tobte und schrie. Dann machte meine Mutter die Kellertür auf, schob mich aus der Küche und schloss die Tür hinter mir.

Meistens setzte ich mich unten auf die unterste Stufe und wartete. Ich schluchzte immer sehr lang, das weiß ich noch. Ich hatte immer diesen sinnentleerten Gedanken „keine Lust", „keine Lust", starrte auf die runde Kellerleuchte an der Decke über der Treppe und weinte. Die Tür oben war geschlossen. Abgeschlossen. Meine Mutter brauchte oft lang, gefühlte Stunden, bis sie sie wieder öffnete. Dann wurde es ein bisschen heller auf der Treppe, denn meist war das Licht nicht an.

Manchmal, wenn ich mich beruhigt hatte, ging ich im Keller umher. Zuerst kam ein Vorraum, von dem ging es rechts ab in den Eisenbahnkeller meines Vaters. Da roch es nach feinem Maschinenöl und Klebstoff. Geradeaus ging es in einen Raum, in dem standen oft Altkleidersäcke, aussortiertes Spielzeug, ein Kasperletheater und anderes Zeug. Ich spielte nicht, ich besah mir nur alles.

Ging man durch diesen Raum hindurch kam man zum Heizungskeller, in dem wir manchmal versuchten, Landschildkröten zu überwintern. Die Tiere gab es damals, wenn Frühling war, in einer Drogerie im Ort. Fische, Hamster, Kaninchen, Meerschweinchen. Und manchmal eben auch einen Wäschekorb mit griechischen Landschildkröten. Sie waren klein, krabbelten über- und untereinander in dem Plastikkorb und kosteten das Stück 5,00 DM. Weil unsere meist nicht durch den Winter kamen, durfte ich mir im nächsten Jahr neue kaufen.

In diesen Räumen hielt ich mich auf. Manchmal, wenn meine Mutter nach längerer Zeit oben die Tür aufmachte und herunterkam, hatte sie ein schlechtes Gewissen, nahm mich kurz in den Arm und forderte mich dann auf, mit dem Schluchzen aufzuhören. Das wollte ich zwar, aber es war nicht so einfach. Es kam immer wieder, wie ein Schluckauf, tief aus dem Bauch.

Natürlich gibt es auch vieles Schöne, an das ich mich erinnere. Auch das erzählte ich Dr. Andersen schon. Im Gegensatz zu dem, was Kinder heute erleben, nämlich wohl überwiegend

Rundum-Betreuung, war unsere, meine Kindheit eher noch abenteuerlich und über Stunden und Tage unbeobachtet. War der Kindergarten mittags zu Ende, was ich immer herbeisehnte, denn ich fühlte mich dort nicht wohl, durften wir nach Hause, und nach dem Essen hieß es: Raus zum Spielen. Entweder waren da andere Kinder, was bei uns nicht immer der Fall war, denn es wohnten viele alte Leute in der Nachbarschaft, oder man war eben allein unterwegs. Allein war entspannt.

Auf unserem Hof, dem Schlachthof, gab es zwei Erwachsene, die immer mal wieder Zeit für mich hatten. Das war Onkel Rudi und Onkel Miller. Natürlich waren das keine echten Onkel. Man sagte „Onkel", wenn jemand ein Freund der Familie war. Onkel Miller war ein schon älterer Mann mit einem herzlichen Lächeln, bei dem er immer ein paar Goldzähne entblößte, und er war unser Hausmeister. Wenn ich ihn traf, hatte er entweder seinen Schubkarren dabei, in den er mich mit Schwung hinein hob, nicht ohne sich mit mir vorher einmal um die eigene Achse zu drehen, so dass meine Beine nach hinten durch die Luft flogen und ich jauchzte.

Oder er stand an der Feuertonne mit einer Mistgabel und verbrannte irgendetwas, und ich durfte auf seinem Arm im Feuer herumstochern mit einem Stock, den ich mir selbst gesucht hatte. Oder er nahm mich in seiner Pause mit zu sich nach Hause, wo seine Frau mit dem Kaffee wartete und ich auf seinem Schoß sitzen und von seinem Kuchen mitessen durfte. Onkel Miller hatte selbst keine Kinder und das sicher unfreiwillig, denn ich merkte, dass er mich gern hatte. Wenn ich ihn sah, durfte ich ihm immer helfen, ich hatte nie das Gefühl, ihn zu stören, und er brachte mich häufig zum Lachen.

Onkel Rudi war noch etwas jünger, vielleicht Mitte vierzig. Er wohnte in einem Zimmer auf dem Firmengelände in einem älteren Gebäudeteil. Man musste eine alte gewundene Holztreppe hochsteigen, vorbei an einer miesepetrigen älteren Frau, die immer schaute, ob man keinen Dreck ins Treppenhaus brachte. Ganz oben angekommen gab es zwei kleine Zimmer, in einem davon wohnte Rudi. Es war spartanisch eingerichtet: Ein quietschendes Metallbett, eine Art Schreib- und Esstisch, ein Regal, zwei Einbauschränke, in denen immer präparierte Mausefallen zu finden waren, und ein niedriger Tisch direkt vor dem Bett. Das war alles. Dass das Bett quietschte, wusste ich daher, weil es bei Rudi erlaubt war, auf dem Bett zu hüpfen, und das tat ich ausgiebig, denn zuhause war es verboten, seit ich mir dabei bei einem Sturz auf die Bettkante den Kopf aufgeschlagen hatte, so dass ich zum Nähen ins Krankenhaus musste.

Onkel Rudi war als Schlachter angestellt, verdiente nicht viel Geld, und hatte für mich etwas gefährlich-abenteuerliches an sich, weil ich wusste, dass er betrunken ein Kind totgefahren hatte und deshalb im Gefängnis gewesen war. Trotzdem mochte ich ihn. Als Kind machte ich mir keine großen Gedanken darüber, und er war nett zu mir. Ich durfte oft auf seinen Arm, er trug mich herum und auch er machte Späße mit mir. Oft konnte ich ihn um einen „Silbertaler" anpumpen - 50 Pfennig, die ich sofort danach im nahen Zeitschriftenladen in eine Tüte mit selbst zusammengestellten Süßigkeiten umsetzte.

Onkel Rudi fuhr einen schnellen, schicken Opel Manta. Oft fuhr er mit mir herum, wir gingen „im Moor" spazieren, sammelten Pilze, er vertrieb die Kühe von den Wiesen, die wir durchqueren mussten, gingen in einen Tierpark mit traurigen Löwen in stinkigen kleinen Gehegen oder machten andere tolle Sachen. Seit ich erwachsen war und kritisch auf meine Kindheit schaute, habe ich mich oft gefragt, ob Rudi wohl noch etwas mit mir getan hat, von dem ich nichts mehr weiß. Niemand hätte wohl etwas bemerkt, meine Mutter fragte nie nach. Aber ich glaube, ich hätte dann kein so unbeschwertes Gefühl, wenn ich heute an ihn zurückdenke.

Meine Mutter war sehr erfinderisch darin, wohin sie mich stundenweise oder auch für Tage abgeben konnte. Da gab es auch noch eine andere Familie, die zu einem Arbeitskollegen meines Vaters gehörte. Sie hatten schon große, erwachsene Kinder. Die große Tochter, sie hieß Marion, nahm mich oft mit zum Kindergottesdienst sonntags früh. Dort bekam man dünne DIN-A-4-Heftchen mit einer schönen Geschichte und Bildern zum Ausmalen. Auch Rätsel waren darin, die man lösen konnte, wenn man in der Stunde zugehört hatte. Das gefiel mir sehr. Ich sammelte sie alle.

Der Sohn, er hieß Helmut, machte mit mir tolle „Weltraum"-Bilder, hergestellt aus mehreren Schichten unterschiedlich dünnflüssiger Farbe, die man mit Hilfe einer Maschine auf eine schnell rotierende Pappscheibe spritzte und die sich durch die Zentrifugalkraft so vermischte, dass die Bilder aussahen wie Fotos von bunten Nebeln, Planeten und Monden aus dem Universum.

Ich erinnere mich auch noch daran, dass mir Mutter eines Abends eröffnete, ich werde ein paar Tage Urlaub auf einem Bauernhof machen. Sie setzte sich mit mir an den Tisch, kratzte mir mit der Spitze einer Nagelfeile schmerzhaft die Nägel sauber, schnitt und feilte sie. Ich kannte die Leute nicht, zu denen ich kam, ich war noch keine sechs Jahre alt. Es war ein freundliches aber wortkarges und eher zurückhaltendes Ehepaar, die Schweine züchteten, die in unserem Betrieb dann geschlachtet wurden. Sie hatten selbst keine Kinder. Ich weiß nur noch, dass ich mir verloren vorkam und uns alle die Situation irgendwie verlegen machte.

Als im letzten Jahr, bevor mein Vater plötzlich starb, der Schlachthof abgerissen wurde und das ganze Gelände bis auf das Vogelhaus dem Erdboden gleichgemacht wurde, samt Häusern der Angestellten, trieb ich mich stundenlang in den Abrissruinen herum. Wenn die Baggerführer Feierabend machten, zog ich alte Tapeten von den Wänden, schaute in zurückgelassene Schränke oder Backöfen, suchte unter Bauschutt nach irgendetwas Brauchbarem und prüfte, ob wackelige Treppen noch hielten. Natürlich wusste ich, dass das verboten war. Das machte das ganze ja so interessant.

Noch heute habe ich den Geruch der alten Gemäuer in der Nase, modrige feuchte Tapeten, die in Fetzen herunterhingen, überall Staub, der durch aufgerissene Dächer in herunter gewaschenen Schichten den Boden und alles, was noch darauf stand, schmutzig überzog, verwittertes Stroh mit Lehm verschmiert, das aus unzähligen Löchern in den Wänden klaffte. Und überall dazwischen Erinnerungen an Leben, an Menschen, die ich kannte, an Alltag: Eine vergilbte Zeitung, ein altes Kleidungsstück, ein zerbrochener Bilderrahmen.

Oder ich watete barfuß im Fluss unter der Brücke ein paar Gehminuten von unserem Haus entfernt. Dort war das Wasser so flach, dass es nicht gefährlich war. Auch da, unter der Brücke, suchte ich oft nach kleinen Schätzen, die man von der Brücke aus ins Wasser geworfen hatte. Nur leider lagen dort auch oft Scherben, und mehr als einmal schnitt ich mir die Füße auf, was meine Mutter meistens zur Weißglut brachte.

Auf unserem Gelände standen mehrere Viehställe, einer mit Kälbern. Wir nannten ihn die „Ponta Rosa". Als wir einmal aus einem Urlaub in Österreich nachts zurückkamen, sahen wir schon von weitem, dass von dort nur noch Rauch aufstieg. Der Stall war abgebrannt. Niemand hat mir erzählt, was mit den Tieren geschehen war, aber ich träumte lange davon.

Ein paar Häuser neben unserem Schlachthof am Fluss war eine Gerberei. Dort wurden die Felle gesäubert und gegerbt. Es stank wie die Pest, war aber ein toller Abenteuerspielplatz für Kinder. Nur erwischen lassen durften wir uns nicht, wir wurden sofort verscheucht, denn überall lagerten giftige Chemikalien.

Häufig war ich auch bei meinen Großeltern. Mein Opa ging mit mir angeln, meiner Oma durfte ich beim Backen helfen oder mit ihrem Dackel spazieren gehen. Noch später verbrachte ich oft die gesamten Schulferien, sogar einmal mehr als ein ganzes Schuljahr dort.

Manchmal fuhr ich mit dem Fahrrad weiter als ich gedurft hätte. - Hätte ich gefragt. Aber mich fragte selten jemand etwas, und so fragte ich auch nicht.

Mit dem Tod meines Vaters änderte sich viel für mich. Er hatte sich umgebracht. Das habe ich erst sehr viel später erfahren. Zufällig, und nicht von Mama.

17

Dr. Andersen gibt mir die Hand. Sie hat einen leichten Händedruck und lächelt. Sie trägt ein rotes Kleid mit weißen Blumen. Margeriten sind es. Sie sieht so schön aus. Ich bin sehr verlegen, schaue zu Boden. Es ist besser, von der Liege aus gegen die Wand zu sehen. „Auf Wiedersehen, bis nächste Woche.", sagt sie. Ich merke, dass ich noch immer ihre Hand drücke. Schnell lasse ich los und gehe, ohne noch etwas zu sagen, zur Tür.

Gedankenverloren laufe ich hinter dem Schließer her, der mich zurückbringt. Während wir endlose Gänge entlanglaufen, versuche ich mich langsam zu erinnern, was ich über den weiteren Ablauf dieses Tages weiß. Hat Andi was über das Abendessen gesagt? Ich will nicht mit den anderen essen, auch wenn ich langsam so etwas wie Hunger verspüre. Zwischen halb vier und Abendessen ist Freizeit. Viele Türen bleiben offen. Man trifft sich, macht Sport, quatscht. Ich werde versuchen, in meinem Zimmer zu bleiben. Andi wird nochmal vorbeikommen, vielleicht. Vor dem Essen ist Medikamenteneinnahme. Ich werde nicht kneifen.

Drinnen bei mir ist die Luft schlecht. Ich öffne das Fenster einen Spalt. Auf der Fensterbank liegt Nummer sechs. Unverändert wie heute früh. Natürlich. Nach einigem Zögern ziehe ich sehr vorsichtig den Staubflusen von ihrem Körper und umfasse mit den vorderen Fingerspitzen zwei der steifen, starren Fliegenbeine. Sorgsam platziere ich sie neben den anderen auf der Ablage über dem Waschbecken und schaue, dass der Abstand passt. Das ist mir wichtig.

Ich setze mich auf meine Bettkante, die Ellbogen auf die Knie, den Kopf auf die Hände gestützt. Ich werde einfach nicht zum Abendessen gehen. Ich müsste sonst bald schon wieder los. Das ist unmöglich. Ich muss weiter nachdenken. Andi wird schon irgendwann kommen und nach mir sehen. Im Schrank ist noch eine Packung Butterkekse, die ich mir neulich am Kiosk gekauft habe. Ich reiße sie auf und stelle mich mit einer Handvoll vor mein Fenster. Der Himmel ist noch immer blau, nur ein paar Wolken sind zu sehen, die sich teilweise mit scharfen Umrissen vom Hintergrund abzeichnen.

Der Ausschnitt, den ich sehe, ist zu klein, um beurteilen zu können, ob ein Gewitter heranzieht. Ich sehe einen Vogel eilig durch das Rechteck fliegen. Ich laufe ein paar Schritte hin und her, fahre dabei mit den Fingern die kleinen Rundungen am Keksrand nach, bevor ich ein Stück in den Mund stecke, lasse es auf der Zunge zergehen, bevor ich schlucke. Schließlich setze ich mich auf meinen Stuhl, den ich nahe ans Fenster rücke und starre an die Wand. Das Schmutzig-Weiß verschwimmt nach wenigen Sekunden, ich sehe nichts mehr genau, bin wieder ganz bei mir und meinen Bildern.

Ich habe wenige Erinnerungen an meinen Vater. Er war starker Raucher. Er zündete sich die erste Zigarette bereits an, wenn er morgens im Bett lag noch vor dem Aufstehen. Ich kannte ihn nur mit seinem Husten, mit dem er vergeblich versuchte, sich von Schleim zu befreien. Daumen, Zeige- und Mittelfinger der rechten Hand waren immer gelb. Er hatte einen tollen messingfarbenen Aschenbecher. Es war ein geschlossener Behälter mit einem Deckel, in dessen Mitte ein dicker Stab mit einem schwarzen Knopf darauf angebracht war. Man legte den ausgerauchten noch qualmenden Zigarettenstummel auf den eingelassenen Deckel, drückte den Knopf mit dem Stab schwungvoll nach unten, was wiederum den Deckel in eine schnelle Drehbewegung nach unten versetzte, und der Stummel wurde durch die Rotation in das Innere des Behälters befördert. Danach schloss sich der Deckel des Behälters wieder, wenn er nicht zu voll war, und der Nikotingestank blieb darin. Obwohl es in unserer Wohnung überall danach roch. Jedenfalls am Abend. Oft rauchte mein Vater auch Pfeife. Das war angenehmer, der Tabak duftete nach Vanille. Ich schnupperte oft am frischen Tabak, der in einer runden flachen Dose in weißem, dünnem Papier eingeschlagen war.

Ich kann mich nicht daran erinnern, dass mein Vater jemals mit mir spielte. Sobald er abends von der Arbeit nach Hause kam, goss er sich etwas ins Glas, ich glaube, Cognac oder Weinbrand, setzte sich in seinen Sessel und rauchte. Ich durfte manchmal, wenn er gut gelaunt war, auf seinen Schoß. Manchmal aßen wir miteinander zu Abend, oft aber aß er in der Kantine und kam erst spät und schon angetrunken nach Hause. Er kam immer später. Manchmal hörte ich ihn erst, wenn er mit Mutter in der Nacht stritt und ich davon aufwachte. Dann schlich ich mich hinter den dicken, schweren, braunen Vorhang, der den Flur zwischen Kinderzimmer und Wohnzimmer abteilte und hörte verstört zu, was sich meine Eltern an den Kopf warfen. Ich habe nie verstanden, worum es ging. Ich weiß nur, dass sie sich übel beschimpften, meine Mutter weinte und schrie, ich weinte oft leise mit.

Meist endete der Streit damit, dass einer von beiden das Haus verließ. Meine Mutter lief zu Bekannten, mein Vater schlief manchmal im Auto in der Garage oder auch auf einem Sofa, das in meinem Zimmer stand. Dann rannte ich schnell in mein Bett, stellte mich schlafend und hoffte, dass mein Schluchzen, das ich nicht unterdrücken konnte, mich nicht verriet. Ich war oft sehr unglücklich, niemand sprach darüber. Meine Eltern schwiegen sich am nächsten Morgen an. Außen auf der Küchenfensterbank stieg der Dampf auf von der Milchsuppe, die abkühlen sollte. Meine Mutter kochte meinem Vater oft zum Frühstück Milchsuppe, weil er Magengeschwüre hatte. Milchsuppe, das war gekochte Milch mit Haferflocken und Zucker.

Mein Vater war auch im Schützenverein. Ich war sehr stolz auf ihn, wenn das Schützenfest gefeiert wurde und er so toll gekleidet mit klimpernden Orden mit den anderen in einer Formation zur Blechmusik lief. Einmal lief ich an seiner Hand, mein Arm war verbunden, denn ich hatte mich ein paar Stunden zuvor am Bügeleisen verbrannt, als meine Mutter noch schnell eine Bluse oder ein Hemd aufbügelte. Aber ich weinte nicht mehr und schaute stolz und froh zu meinem Vater empor. In der überschwänglichen Stimmung, in der wir waren, fragte ich meinen Vater, ob er mir einen Wunsch erfüllen und mir einen Hund kaufen würde, einen echten Hund, einen Freund, der immer bei mir sein würde. Und er versprach es. Erst viel später, als ich immer noch und schon viele Monate auf den Hund wartete, sagte mir meine Mutter, dass er wohl betrunken gewesen sein musste.

An guten Tagen, wenn alles in Ordnung war, saßen Mama und Papa manchmal im Eisenbahnkeller und bauten an der Anlage. Meine Mutter klebte und bastelte die Häuschen zusammen, mein Vater gestaltete die Landschaft. Später durfte ich dann den roten Knopf am blauen Trafo drehen. Wenn ich daran denke, höre ich noch das leise rauschende Sirren der Züge auf den Schienen und rieche das warm gewordene feine Maschinenöl in der Lokomotiv-Mechanik. Ich habe mich später nie selbst für Modelleisenbahnen interessiert. Ich habe sogar eine gewisse Aversion dagegen entwickelt. Eine künstliche Welt, Fassade aus Pappmaschee und Drahtgestellen. Unbeweglich, unveränderlich, Leben vortäuschend und doch nichts als Plastik und Metall. Kleinlich nachgebildet. Verlogen. Irgendwie peinlich. Ich kriege Kopfweh davon.

85

Das ist es, was ich am wenigsten ertragen kann: Heitere Fassaden, die zum Himmel stinken. Und dann ein Teil davon sein müssen. Überall verstellen. Immer Erwartungen erfüllen. Hier lächeln und freundlich sein, da vielleicht noch ein Witzchen im rechten Moment, eine gute Figur machen, Masken tragen, Uniformen, Rüstungen, zu lautes Lachen. Das ist unerträglich. Ich habe keine Kraft, keine Lust, an dieser Welt teilzunehmen und muss es doch. Diese Welt mit ihren perfekten, wohlhabenden, verstellten, gut aussehenden Menschen im Hochglanzformat, die sich alle meist nur ihre Schokoladen-Seite zeigen. Sie fotografieren sich selbst, ihr Essen, ihre Dinge, ihren Erfolg, ihre Fassade wie für einen Prospekt - ein künstlich-inszenierter Ausschnitt, erstarrt und erfroren, stellen ihn ins Netz, warten auf Lob, auf Zuspruch, auf Bewunderung, zählen Klicks, zählen Freunde. Und können den Anspruch, den sie an sich, an ihr Leben, an ihre Kinder stellen, selber nicht erreichen. Immer mehr, immer weiter, immer wieder anders. Sie teilen, was sie sehen, in ihre Schubladen ein, für die Ordnung im Kopf, für die Ordnung in ihrem Leben. Ich habe auch eine Ordnung, aber meine Ordnung ist anders.

Wie war das schön mit Sigrid. Unsere Welt war einfach, hässlich, ehrlich, leicht. Meistens. Stefan, Sigrid, Dingo. Meine Welt. Der Sommer letztes Jahr.

Ich weiß noch, dass Stefan mich eines Abends im Juli besuchen kam. Er stand plötzlich da, ich hatte Dingo schon zurück gebracht und saß mit meinem Feierabend-Bier draußen in der Abendsonne an meinem Waldquartier. Die Grillen zirpten laut aus dem trockenen hohen Gras weiter unten an den Feldern. Ich erschrak furchtbar. Noch nie war jemand hier oben gewesen, wie hatte er den Weg gefunden? War er mir gefolgt? Fast hätte ich ihn angefahren, aber er kam mir zuvor und entschuldigte sich. „Ich habe dir gesagt, ich schau nach dir, wenn du so lange nicht kommst. Weißt du, dass du dich schon über eine Woche nicht hast blicken lassen? Sei mir nicht böse. Komm, das ist wirklich ein schöner Abend, ich will einfach hier oben mal mit dir quatschen." Während er sich neben mich auf den Felsvorsprung setzte und mir eine Flasche Wein in die Hand drückte, schaute er sich um: Meine Feuerstelle, die schon seit Wochen kalt geblieben war, weil ich wegen der Trockenheit zu große Angst hatte, der schmale Zugang zu meiner Schlafstelle, ein paar Wäschestücke, die ich auf einem Stein ausgebreitet hatte, eine aufgerissene Tüte mit Wurst und einem Kanten Brot, mein Rucksack auf dem Boden - mehr gab es hier nicht zu sehen.

Stefan sah mich prüfend an. „Gut siehst du aus. Geht's dir auch so?" „Hm", murmelte ich. Ich hatte mich noch nicht ganz von dem Schrecken erholt und musste mich erst an den Gedanken gewöhnen, nun den Abend redend zu verbringen. Das ging bei mir nicht so schnell. Ich stand auf, um die Flasche Wein zu öffnen. Die beiden Becher, die ich hier oben besaß, waren beide gespült und standen verkehrt herum in einer Felsnische. Oberflächlich putzte ich mit dem Saum meines Shirts über den Rand, schenkte ein und trank einen großen Schluck. Ein paar Minuten saßen wir schweigend nebeneinander. Der dunkelrote Wein war gut, und er tat gut.

Schließlich begann Stefan zu erzählen. Er sei auch gekommen, weil er demnächst zwei Wochen weg fahre und Urlaub mache. Ob ich seinen Garten gießen könne? Und den Briefkasten leeren? Im September würden Flüchtlinge in den Ort kommen. Er habe sich angeboten, eine Familie mit zwei Kindern aufzunehmen, vorübergehend versteht sich. Für mich wäre zwar immer noch Platz, schließlich habe er noch das Gartenhaus, das sei sicher warm genug. Aber es wäre gut, auch langsam wieder nach einer Wohnung zu suchen, er höre sich schon hier und da für mich um. Für meine alte Wohnung habe die Bank einen Käufer gefunden, alles sei schon vorbereitet worden, schon vor über einer Woche kam ein Brief. Ich müsse mich dann dort abmelden und brauche eine neue Adresse. Die Bank würde sicher demnächst die Kreditabrechnung schicken. Ansonsten würde alles ganz gut ausschauen.

Wir müssten uns demnächst dann mal hinsetzen und mit den neuen Briefen zur Beratung gehen. Wenn ich Miete zahlen würde, könne ich sicher nichts mehr weiter an die Bank zahlen.

Seine Worte rauschten durch meinen Kopf. Ich hörte erst zunehmend halbherzig, dann widerwillig zu. Ich griff zur Flasche, um mir nachzuschenken.

„Hattest du nicht gesagt, du wolltest dir einen schönen Abend mit mir machen? Nennst du das schön, hier aufzukreuzen und mir sofort mein altes und mein neues Leben um die Ohren zu hauen? Ich will von beidem hier heute nichts wissen!", fuhr ich ihn nun doch gereizt an und wunderte mich über mich selbst.

Glücklicherweise war Stefan nicht der Typ für Moralpredigten. Er lächelte einsichtig. „Du hast Recht, alter Junge. Der Abend ist wirklich zu schade. Wann wirst du kommen, damit wir wieder mal über alles drüber schauen können? Heute ist Dienstag. Lass uns bis Freitag einen Tag finden, Samstag will ich packen und fahren." Wir vereinbarten übermorgen. Da würden auch die Ämter noch lange offen haben. Ich müsste Dingo früher zurückbringen, das war schade und ärgerlich. Ich genoss jede gemeinsame Stunde. Dann fragte er mich, was ich denn die ganze Zeit über so mache, dass ich noch nicht mal Zeit hätte, ihn zu besuchen. Wie es mit Dingo klappe, wie ich alles so auf die Reihe bekäme, wie ich es schaffen würde, innerhalb so weniger Wochen so gut auszusehen? Er lachte wieder und stieß mich leicht mit seiner Schulter an.

Und während ich meinen zweiten Becher Wein leerte, kam ich ins Erzählen und dann doch langsam ins Schwärmen. Stefan hatte eine wohltuende Art zuzuhören. Irgendwie schaffte er es immer wieder, nur Fragen zu stellen, die mich beim Antworten immer froher werden ließen. Fast hatte ich das Gefühl, während ich mehr und mehr redete, er sei ein bisschen neidisch auf meine Freiheit und Unabhängigkeit Ich erzählte von Dingo, unseren langen Spaziergängen morgens, wenn es noch kühler war, wie ich mir mein Essen organisierte, dass ich keineswegs darben musste, mit Dingo die besten Stücke teilte, erzählte von den Nachmittagen am Fluss, unseren geheimen Plätzen, an denen wir unsere Schläfchen hielten. Ich schwärmte von den Abenden und Nächten unter freiem Sternenhimmel und wie mich morgens meist das Vogelgezwitscher weckte. Dass ich mich lange schon viel besser fühlte, vorausgesetzt, ich könne verdrängen, was mich an Sorgen wegen Vergangenem oder Zukünftigem einholen wolle.

„Weißt du, ich habe manchmal Augenblicke, da passt einfach alles. Ab und an ist es besser, wenn ich gar nichts denke. Das ist dann auch so überflüssig. Warum soll ich denken, wenn ich gerade auf einer Wiese liege, die Wolken beobachte und die Sonne mir auf den Bauch scheint? Was wird dadurch anders, außer dass ich die Sonne nicht mehr spüre und die Vögel nicht mehr höre und das Gras nicht mehr rieche? Und dass ich nicht mehr spüre, was ich alles habe, dass Dingo neben mir liegt und glücklich ist? Dass ich frei bin und ziemlich ohne Schmerzen? Ich kann mit dem Denken immer noch anfangen, wenn es etwas zu denken gibt. Aber der Augenblick selbst ist meistens perfekt. Warum soll ich mir da Gedanken machen?"

Stefan schaute erst komisch, aber dann lächelte er und nickte.

Wir redeten an diesem Abend noch lange und über Gott und die Welt. Und es wurde so spät und es folgten noch ein paar Flaschen Bier, dass Stefan sich schließlich neben mich auf die draußen ausgebreitete Isomatte und den Schlafsack legte, weil er unmöglich den langen Weg nach unten mehr antreten konnte.

Gott und die Welt. Stefan und ich hatten oft interessante Ge-spräche gehabt, auch über Religion, natürlich, da war er lei-denschaftlich.

Ich öffne die Augen und schaue unwillkürlich vom Boden auf und hin zu dem schmalen Blaustreifen, der hier mein Himmel ist. Graue Wolkentürme. Wo war Gott jetzt? Hier? Wie kommt es, dass er manchmal nah ist und dann wieder für lange Zeit weit fort? Dass ich mich doch oft verlassen fühle?

Stefan meint, es liegt an uns selbst. Wenn wir glücklich und zufrieden mit uns sind, fühlen wir uns eins, sind einverstanden mit dem was ist, sind in Verbindung. Sind wir unglücklich, unzufrieden, enttäuscht, wollen wir uns und den Augenblick anders, als es gerade ist, fühlen wir uns meist auch einsam und verlassen. Wenn wir nicht annehmen, trennen wir uns selbst. Wir kappen die Leitung. Der Strom kann nicht fließen.

Stefan hat immer versucht zu verstehen, wie ich glaube. Irgendwie ist Gott phasenweise immer wieder wichtig gewesen für mich. Liegt es an den frühen Kindergottesdiensten und an den Geschichten, die ich gehört und gemocht habe? Aber sie waren auch grausam. Oft hatte ich Angst und habe mir diesen Gott sehr streng vorgestellt, der von uns Menschen sogar verlangen kann, das eigene Kind zu opfern. Oder sie aus ihrem Paradies verjagt. Und die Bösen straft und vernichtet.

Ich habe lange nachdenken und suchen müssen, bis sich das alles für mich halbwegs sinnvoll anfühlte, bis ich es auf meine Art verstehen konnte. Aber es hat mir nicht immer geholfen, natürlich nicht, wie könnte ich dann jetzt hier sitzen? Aber ist Gott die Garantie dafür, dass es immer bergauf geht? Kann, soll es immer bergauf gehen? Und hatte nicht im Nachhinein, in der Rückschau manchmal ein offensichtliches Bergauf auch wieder ein neues Unglück gebracht, war es nicht auch oft im Kern bitter oder fad, kündigte sich nicht oft schon mitten im Glücksgefühl der Abschied an? Was war gut und schlecht, richtig und falsch, oben und unten? Oft scheinen mir die Grenzen zu verschwimmen, scheinen sich aufzulösen, Bewertungen werden zu Trugschlüssen, zu klein, zu dumm, zu kurzsichtig.

Aber wie kann ich einverstanden sein hier zu sein? Wie kann ich das annehmen? Unfrei!? Vollgepumpt mit Medikamenten, ohne die ich zurück in mein dreckiges, dunkles Loch fallen würde!? Zu den Stimmen, die mich verhöhnen und auslachen, die mich auf unsicheres Gebiet treiben!? Es ist doch gar nicht meine Leistung, dass ich jetzt und hier klar denken kann, ruhig bleiben, die Dinge sehen kann, ohne dass die Angst mich umwirft! Stark und ganz bin ich doch nur, wenn ich das ohne Tabletten schaffe, oder etwa nicht? Bin ich nicht auch ein Teil dieser verlogenen, unechten Welt, wenn ich mich nur manipuliert ertrage? Wie soll ich mich, wie soll ich das so annehmen?

Stefan sagte einmal, wir müssten uns und einander dann am meisten lieben, wenn wir meinen, es am wenigsten verdient zu haben - weil wir es dann am meisten brauchen. Nicht nur ein anderer muss, kann diesen Dienst für uns tun, wir müssen es in erster Linie auch selbst tun. Sonst glauben wir auch dem anderen nicht.

Wenn wir klein sind, noch kein eigenes ganzes Ich sind, müssten und sollten uns unsere Eltern, unsere Bezugspersonen eigentlich bedingungslos lieben. Denn als Kinder können wir es annehmen. Nicht nur das, wir sind darauf angewiesen, lernen durch sie uns selbst zu lieben. Haben wir es als junge Menschen nicht gelernt, fällt es uns später schwer. Zu groß sind dann die Vorbehalte, Wenn und Aber, Hürden und Anforderungen uns selbst gegenüber. Die Mauer ist da, und wir glauben einfach nicht mehr, dass wir uns so lieben dürfen, wie wir sind. 1000 Vorbehalte, Vergleiche, viel zu viel Rationalität.

„Was meinst du?", hat Stefan mich damals gefragt. „Wenn ein geübter Seiltänzer, bevor er das Seil betritt, sicher daran glaubt, bei der nächsten Vorstellung herunterzufallen, wird er dann überhaupt einen Fuß darauf setzen? Und wenn ja, wird er heil herüberkommen? Und wie würde es gehen, wenn er ganz sicher ist, wenn er fest glaubt, dass er es schaffen wird? Spürst du den Unterschied?

Und wie würde ein Geiger vor Publikum sein langes Stück spielen, wenn er hinter dem Vorhang glaubt, nicht gut genug zu sein, wenn er sich die enttäuschten, erschrockenen Minen der Zuschauer schon im Voraus vorstellt, die Fehler hört, die er machen wird, die Stellen weiß, an denen er sich verhaspeln wird, wie wird er spielen im Gegensatz zu dem, der in Gewissheit heraustritt, dass er das Publikum mitreißen, begeistern, berühren wird, der den Applaus schon in sich spürt und weiß, dass er gut genug ist, dass auch Unvollkommenheit gut genug ist? Beide haben gleich viel geübt, haben den gleichen Stand. Was meinst du, wer spielt besser?"

„Und wie fühlt sich ein Mensch, der sich sicher ist, geliebt zu werden, egal, wie viele Fehler ihm passieren, der weiß, nie verlassen zu werden, in Liebe gehüllt zu sein, ja, ein Recht darauf zu haben, ein uraltes Geburtsrecht, darauf blind vertrauen zu können und sich dessen sehr bewusst ist, wie fühlt er sich gegenüber einem Menschen, der meint, von Gott und der Welt verlassen zu sein, einsam, ungeliebt, ungenügend, wertlos, nutzlos? Kannst du das spüren? Nimm dir einen Augenblick Zeit.

Es ist ein uraltes Gesetz, dass gute Gedanken, gute Gefühle Gutes hervorbringen, während schlechte Gedanken und Einstellungen schlechte Früchte bringen. Das eine ist die Ursache, das andere die Wirkung. Die Wirkung spüren wir, deutlich. Wir spüren sie und wir sehen sie in der Welt, die wir erschaffen. Auf schlechtem Boden wächst kein fettes Getreide. Das ist kein Hokuspokus. Deswegen ist bewusstes Denken und guter Glaube so wichtig. Glauben ist noch mehr als Denken. Denken bleibt oft rational, auf das beschränkt, was wir verstehen und beweisen können, was wir bereits erlebt haben. Glauben ist mehr, weil es diese Grenze nicht zieht. Weil es darüber hinaus Dinge für möglich hält, die unser Gehirn noch

nicht verstehen kann, und dadurch neuen Realitäten erst
Raum gibt.

Wir können die Wirkung dieses Gesetzes deutlich spüren und
wir können, nein, wir sollen es nutzen, ausprobieren. Wir spüren, was gut ist."

Oder ein andermal sagte er. „Wenn du dir etwas Gutes tun
willst, Martin, dann schaffe dir in deinem Inneren einen Raum,
den nur du betreten kannst. Die Tür ist immer offen, du kannst
sie jederzeit öffnen. Der Raum ist behaglich, ruhig und schön.
Die Wände haben eine angenehme Farbe. Vielleicht gibt es
ein Fenster, durch das du in die Natur auf einen Wald, eine
Wiese, einen See schauen kannst. Vielleicht gibt es Pflanzen
in dem Raum, einen gemütlichen Sessel. Male ihn dir aus, so,
dass du dich ganz und gar wohl fühlst. Vielleicht hörst du ganz
leise, ruhige, schöne Musik. Vielleicht ist es ganz still. Wie du
willst. Spürst du die Ruhe? All deine Gedanken und Gefühle,
das Empfinden, dein Körper, alles an und in dir darf sein, wie
es ist. Du darfst hier und jetzt in diesem Raum den Luxus genießen, dass du nichts verändern musst, es ist, wie es ist, und
es ist richtig so. Du darfst aufhören, dich zu bemühen. Es gibt
koino Bowortung. Deswegen kannst du auch alles, was dich
bewegt und dich beschäftigt, entspannt ansehen und ziehen
lassen, als würdest du einem Film zuschauen. Du kannst hier
und jetzt deinen Frieden damit machen. Du darfst es. Du
musst es nicht hinterfragen. Nur annehmen. Nur glauben. Einfach glauben und zulassen. Und spüren, wie es sich anfühlt,
dich ganz anzunehmen.

Klar, dass das nicht leicht ist. Du darfst es üben. Du musst es
noch nicht können. Draußen hast du es anders gelernt. Und
erfahren. Aber hier in deinem Raum, in deinem geheimen nur
dir zugänglichen Raum, wirst du daran erinnert, dass es dein
Recht ist, angenommen und geliebt zu werden.

Vielleicht sitzt jemand in diesem Raum, vielleicht ist dort ein Wesen, das dir das sagt, das es dich fühlen lässt durch den Ausdruck seiner Augen, seines Körpers. Jedenfalls ist der

Raum davon erfüllt, und du spürst es und nimmst es an, du gehst das Risiko ein, etwas Neues zu tun, wider all deine Vernunft, wider allem Erlernten, Erfahrenen. Bleibe, spüre, gehe hinaus, komme wieder hinein. Mach dir den Weg zur Gewohnheit. Mach den Weg kurz in deine eigene Wellness-Oase. Halte dir die Tür offen und sei gespannt, was es mir dir macht."

Ich mache meine Augen auf, weil ich spüre, dass mir Tränen die Wangen herunterlaufen. Warum fällt mir das alles jetzt ein? Wie lange habe ich nicht daran gedacht? Wie weit ist es weg, wie lang ist es her? Und doch! Wie lebendig Stefans Worte in mir sind! Ich höre noch immer seine Stimme, den Klang, seine Wärme in meinem Herzen. Es tut weh. Und es ist schön. Gleichzeitig. In meinem Zimmer ist es dunkel geworden. Der graue Schmutzstreifen, der sich Himmel nennt, zuckt kurz in hellem Licht auf.

Andi verabschiedet sich kurze Zeit später in sein Wochenende. Er drückt mir die Bettwäsche für morgen in die Hand. Weil ich ihm von Bauchschmerzen und flauem Magen erzähle, verschont er mich mit dem Abendessen. So ein Glück! Dann gehen wir schweigend zum Doc. Ich schwöre mir, die Medikamente heute Abend zum letzten Mal zu nehmen.

18

Der Einschluss ist Freitagabends und am Wochenende ein-einhalb Stunden später als sonst. Wir haben die Zeit zur freien Verfügung. Viele Türen sind offen. Aber nach draußen geht nicht, es schüttet, blitzt und kracht, als ich vom Behandlungs-zimmer allein zurückgehe. Um mir die Beine noch ein wenig zu vertreten, könnte ich eine Runde durch die Bibliothek gehen, da ist meist wenig los, erst recht um diese Zeit nach dem Abendessen. Die meisten werden danach in den Gemeinschaftsräumen, beim Kickern und im Fernsehzimmer sein. Ich könnte auch unten an den Flurfenstern am Ausgang nach Fliegen schauen. Nach meiner Nummer sieben. Jetzt, wo alle noch essen. Und dann zurück in mein Zimmer.

Langsam gehe ich an den Bücherregalen entlang. Ich sehe alte Klassiker von Charles Dickens, Marc Twain, die ich als Kind selbst besessen habe. Neue Bücher interessieren mich nicht. Wie lange habe ich schon kein ganzes Buch mehr gelesen? Bei den Bildbänden bleibe ich stehen und ziehe „Die Rückkehr der Wölfe" heraus. Diese Tiere interessieren mich schon viele Jahre, ich weiß nicht warum.. Großflächige schöne Fotos von Wäldern, Landkarten, einzelnen Wölfen, Rudelbilder... Ich trage das Buch und meinen Namen in eine ausliegende Liste ein und verlasse leise die Bibliothek. Sie liegt gleich unten im Erdgeschoss neben dem Fitnessraum und den Werkräumen. Weiter vorne kommt dann die Kantine, die Klos, jemand sitzt allein im Wachzimmer, der diensthabende Aufseher, und mustert mich.

Schließlich winkt er mich heran. „Kein Essen heute Abend?", fragt er. „Bin freigestellt.", antworte ich knapp. Er nickt und wendet sich wieder seinen Bildschirmen zu. Wahrscheinlich hat er mich eben in der Bibliothek schon beobachtet. Ich schlendere betont entspannt an ihm und der Kantine vorbei bis zum Flur mit den Gesprächsräumen und Büros. Zum Hof hin blicken große Fenster in die Welt nach draußen, auf Beton und Pflastersteine. Überall rinnt, fließt oder steht Wasser. Ich drücke meine Nase gegen die kalte Scheibe, in der sich das kalte Flurlicht spiegelt, und kneife die Augen zusammen. Nicht einzelne Regentropfen sondern ein ganzer Wasservorhang ergießt sich wie aus Kübeln, ich kann die gegenüberliegende Wand, die keine 50 m entfernt ist, nicht mehr erkennen. Der Gulli rechts kommt mit dem Schlucken nicht hinterher. Immer wieder zucken Blitze und tauchen für eine Sekunde den Hof, den Baum, die große Uhr in gespenstisch blau-weißes Licht.

Ich trete einen Schritt zurück und mustere verstohlen die Fensterscheiben von innen, die Fensterbänke vor mir. Da fliegt ein dicker Brummer dumm und blind immer wieder mit kleinen Anläufen beharrlich gegen die Scheibe. Die Fensterbänke sind abgewischt, die Putzkolonne war bereits da. Langsam schreite ich die Fensterreihe weiter ab, nichts weiter zu sehen. Nur mit meinem Buch unter dem Arm gehe ich langsam weiter. Als ich mein Zimmer erreiche und die Tür hinter mir zuziehe, froh, meine sicheren vier Wände wieder um mich zu wissen, schrillt draußen im Flur die Klingel und zeigt das Ende der Abendessenszeit an. Gerade rechtzeitig!

Ich sitze keine fünf Minuten auf meinem Bett mit dem geschlossenen Buch auf meinem Schoß, als jäh meine Tür aufgerissen wird. Es ist Ben. Er stürzt ein paar Schritte herein. Als er mich sitzen sieht, prallt er zurück, und gibt seinen Bewegungen auffallend plötzlich etwas gelassenes, ein erzwungenes Grinsen, das nicht zu seinen geweiteten Augen passt, verzerrt sein Gesicht, während er der Tür hinter sich einen Stoß gibt, so dass sie laut zufällt. Er steckt seine Hände in die Hosentasche. Nun sieht er aus wie ein Schuljunge. Ich sehe ihn fragend an.

Während er langsam auf mich zukommt, um sich neben mich auf mein Bett zu setzen, dreht er sich noch einmal zur Tür um. Belanglos fragt er nach dem Buch, das er liegen sieht, ohne wirklich auf eine Antwort zu warten, und warum ich nicht beim Abendessen gewesen sei. Ich erinnere ihn an meinen Vorfall heute Mittag im Hof. Ich bemerke ein leichtes Zittern seiner Hände. Auch seine Augen gefallen mir nicht. Seine Pupillen sind riesig und lassen nur einen schmalen Streifen der Iris frei. Ok, vermutlich hat auch Ben gerade seine Medikamente erhalten. Trotzdem ist er anders als sonst. Und er wirkt, obwohl er das Gegenteil vorgibt, gehetzt, ängstlich, verunsichert. Sein Blick geht immer wieder zur Tür.

„Was ist los mit dir?", frage ich ihn schließlich. Ben knetet seine Finger, ich sehe seine abgekauten Fingernägel, die eingerissene Haut drum herum. Statt zu antworten, stellt er mir eine Gegenfrage: „Wie war das heute Mittag mit Richie und Toni? Was haben die mit dir gemacht? Was haben sie gesagt? Bist du deswegen nicht zum Abendessen gekommen? Geht es dir deswegen so schlecht?"

Die Drohung von Richie heute Mittag… Durch den Zwischenfall anschließend und meine gute Zeit bei Dr. Andersen am Nachmittag, habe ich wirklich noch nicht wieder daran gedacht. Als ich es Ben jetzt erzählen muss, fühle ich Unruhe aber keine Angst.

„Er meint, du hast was mit mir.", presst Ben heraus. „Das wäre mir auch echt lieber.", fügt er sehr leise hinzu ohne mich anzusehen. Ich brauche eine Zeit lang, um seine Worte richtig zu verstehen. Langsam sehe ich ihn an, schaue in seine geweiteten Pupillen. Er senkt den Blick. Wir schweigen eine Zeit lang. Ich traue mich nicht, weiter zu fragen. Bilder gehen mir durch den Kopf.

„Richie ist hinter mir her. Und er kriegt immer, was er will. Toni und die anderen helfen ihm dabei. Keiner traut sich, etwas gegen ihn auszurichten. Und von da oben mischt sich keiner ein." Ben meint natürlich das Personal. Andi hat mir mal erklärt, dass es Rangordnungen gibt, die sich hin und wieder von innen heraus verändern können, in die man von außen aber wenig eingreife, solange alles halbwegs im Rahmen bleibe. Überwachung sei maximal, aber trotzdem sei es nicht möglich, hier Harmonie und Gerechtigkeit zu erwarten oder zu schaffen, dafür sei das hier der falsche Ort. Die Sitten seien rau. Wenn mir etwas auffalle, was ich nicht akzeptieren könne, solle ich ihm Bescheid geben, am besten, ich halte mich so gut es gehe aus dem Geschehen heraus, ich sei für das alles hier eh nicht aus dem richtigen Holz geschnitzt. So oder so ähnlich hat er sich ausgedrückt, ist noch nicht lange her.

„Du musst dich vor ihnen in Acht nehmen, versprich mir das." Bens Blick wird fast flehend.

„Und was ist mit dir?", frage ich ihn vorsichtig. „Kannst du dir nicht irgendwie Hilfe holen oder jemandem Bescheid geben?" Aber Benny starrt nur dunkel vor sich hin, während er an der Haut um seine Fingernägel zupft. „Ich kann es dir nicht erklären, Martin. Es geht nicht so einfach wie du dir das vorstellst. Du bist noch nicht so lange hier. Ich bin froh, wenn ich hin und wieder mit dir zusammen sein kann." Und er lehnt tatsächlich seinen Kopf gegen meine Schulter. Ich spüre die Wärme an meinem Oberarm. Es ist angenehm. Den Impuls, meinen Arm um ihn zu legen, unterdrücke ich. Doch als er nicht aufhört, seine Nagelhaut zu malträtieren, nehme ich seine Rechte zwischen meine beiden Hände und halte sie fest. Lange sitzen wir so. Niemand spricht. Als Ben schließlich aufsteht, schaut er mich gequält an, nimmt mich kurz in die Arme, dreht sich um und verlässt den Raum.

19

An dem Donnerstag im Juli letzten Jahres brachte ich Dingo wie besprochen früher zum Kerner zurück. Kerner hatte sich in all den Wochen, in dem ich mich, wie ich meinte, gut um seinen Hund gekümmert hatte, nicht einmal bei mir blicken lassen. Er wusste ja, wann ich ihn ungefähr immer zurückbrachte. Nun gut, vielleicht war es ihm zu spät. Meist war er schon weg und ich stellte Dingo das Futter hin und zog das Tor hinter mir ins Schloss. Aber manchmal, wenn noch was anstand, kam ich auch eher. Und morgens, wenn ich ihn abholte, war er auch immer schon da. Aber kein Danke, kein nettes Wort, obwohl Dingo so gut aussah, um so vieles mehr Lebensfreude hatte, es war kein Vergleich. Nun, Kerner war mir von Anfang an unsympathisch gewesen.

Ich meldete mich pünktlich um vier Uhr bei Stefan. Ich bekam keinen feinen Kaffee aus seinem tollen Automaten, wie ich gehofft hatte, nein, wir mussten gleich los und die Behördengänge erledigen. Um nicht dem Stempel „ohne festen Wohnsitz" in den Personalausweis zu bekommen, musste ich mich nun vorerst und vorübergehend an Stefans Adresse anmelden. Wir mussten einen kleinen Untermietvertrag schließen mit der Verabredung, dass wir uns beide um ein Appartement oder anderes Zimmer für mich bemühen würden.

Gleich neben dem Rathaus war die Schuldnerberatung. Stefan hatte alle Briefe dabei, die in der Zwischenzeit für mich angekommen waren. Wir gaben meine neue Adresse an und machten einen Termin aus, zu dem ich allein hingehen sollte, während Stefan im Urlaub war. Da sollte der weitere Fahrplan besprochen werden. Auch da wolle man mir helfen, eine neue Bleibe zu finden.

Als wir auf dem Rückweg waren nach Hause, sah ich die Reinigung noch offen, und meine Jacke fiel mir ein. Ich bat Stefan, einen Moment zu warten, kramte den rosa Zettel mit der Abholnummer heraus und trat ein. Das kleine Glöckchen an der Tür bimmelte leise, ein Mann, vielleicht Anfang 50 trat durch einen Fliegenvorhang aus einem Hinterzimmer in den Laden, stutzte, musterte mich - sein stummer Blick machte aus seiner Missbilligung keinen Hehl. Ich achtete eigentlich noch immer auf mein Aussehen, ging hin und wieder zum Friseur, wechselte mehrmals die Woche die Kleidung, die ich immer wieder auswusch. Wenn ich von Stefan kam, war ich frisch geduscht. Trotzdem schaute ich instinktiv an mir herunter, konnte aber nichts Auffälliges erkennen. „Ihre Jacke ist lang fertig. Ich dachte schon, Sie wollen sie nicht mehr. Bald hätte ich sie entsorgt. Wäre wohl auch schlauer gewesen, Sie hätten sich gleich eine andere besorgt!", fuhr er mich unfreundlich an.

Ich war wie vor den Kopf gestoßen und versuchte, seine schroffe Anrede herunterzuschlucken, zeigte ihm dennoch den Zettel, doch der Reinigungsmann winkte ab. „An diese Jacke werde ich mich in zehn Jahren noch erinnern!" Er hielt sich demonstrativ die Nase zu, drehte sich um und nahm meine Jacke nicht vom Ständer, wo die anderen hingen, sondern von einem Schrank, wo sie in einer durchsichtigen, dünnen Hülle anscheinend schon bereit gelegt worden war.

Ich war verunsichert. Mir fielen in solchen Situationen nie die passenden Worte ein, deswegen schwieg ich weiter, meine aufsteigende Wut kam nur bis zu meinem Hals und wurde da zu einem dicken, harten Kloß, an dem sich mein Blut, wie es sich anfühlte, von oben und von unten aufstaute. Doch ich blieb stehen und wartete darauf, dass er mir den Preis nannte. „Hauen Sie ab, Mann, hier weiß jeder, dass Sie kein Geld haben." Dabei schaute er so unfreundlich, dass ich unwillkürlich einen Schritt zurückwich.

Am liebsten hätte ich ihm einen Zehn-Euro-Schein vor die Füße geworfen, der Kloß und mein Blutstau brachten meinem Kopf durcheinander. So nahm ich die Jacke in der Folie und stolperte heraus. Schon lange war jemand nicht mehr so unverschämt zu mir gewesen. Ich sagte Stefan nichts davon und würgte weiter sprachlos meine wütende Hilflosigkeit hinunter.

Stefan achtete ausnahmsweise nicht weiter auf meine Stimmung, denn er hatte gleich die Idee gehabt, bei Alberto Pizzen zu bestellen. Da er in zwei Tagen in den Urlaub fahren wollte, hatte er nicht mehr allzu viel zu Essen im Haus. Und es war Tradition, dass wir es uns gut gehen ließen, wenn wir beieinander saßen. Gut gehen lassen hieß für mich, Essen bis zum Anschlag und ein paar Bierchen oder Wein dazu.

Während wir auf die Pizzen warteten, unterhielt sich Stefan mit Alberto. Er hatte an der Tür ein Schild hängen gesehen: „Nette Aushilfe gesucht". Nicht, dass das etwas für mich gewesen wäre, das hätte ich niemals leisten können, aber Stefan plauderte mit ihm darüber, denn er kannte viele Leute und hatte immer überall seine Hände mit im Spiel, wenn es darum ging, etwas zu vermitteln und jemandem zu helfen. Und tatsächlich fragte er nun auch, ob Alberto nicht hin und wieder auch für mich ein bisschen was zu tun hätte. Dabei nickte er mir lächelnd und aufmunternd zu. Spülen, Kehren, Tische abwischen, Boden wischen, Müll entsorgen, ja, das könne klappen. Ich solle hin und wieder einfach vorbeikommen, dann werde man weitersehen ‚Mal sehen…‘, dachte ich mir. Stefan könnte ja wenigstens vorher mal fragen. Wer war ich eigentlich, dass jeder mich wie ein unmündiges Kind behandelte? Und außerdem hatte ich doch Dingo!

Dann fragte Alberto, ob es etwas Neues gäbe im Fall Sabina. Stefan wurde ernst und schüttelte den Kopf. „So schrecklich…", murmelte Alberto, „wenn ich mir vorstelle, dass eine meiner Töchter…" Stefan nickte und schaute nachdenklich vor sich hin. Ich hatte keine Ahnung, worum es ging. Dann zahlten wir. Die Pizzen waren sehr heiß noch durch den Karton, ich konnte sie fast nicht mit bloßen Händen halten. Aber der Duft ließ mir das Wasser im Mund zusammenlaufen.

Später beim Essen fragte ich nach dem Mädchen, über das gesprochen worden war. Es war die Tochter eines Ortsansässigen, den ich aber nicht kannte. Geordnete Familienverhältnisse, sie das einzige Kind, acht Jahre alt. Vor über fünf Wochen war sie nicht mehr nach Hause gekommen, nachdem sie mittags nach der Schule zu einer Freundin mitgegangen war und dann von dort aus hätte nach Hause laufen sollen. Beide Häuser lagen nur einen knappen Kilometer voneinander entfernt am Ortsrand. Sie waren allein im Haus der Freundin gewesen, bevor Sabina am frühen Abend dann allein losgelaufen sei. Die Mutter der Freundin sei einkaufen und daher nicht zuhause gewesen. Nach dem Abschied der Freundinnen gab es keine Hinweise mehr. Sabina kam nicht zu Hause an. Ob ich nichts gehört hätte? Es seien mehrmals Taucher im Fluss gewesen. Auch habe man die ganze Gegend, den gesamten Wald durchkämmt, Hubschrauber seien geflogen, aber nichts, überhaupt nichts habe man gefunden. Sie sei wie vom Erdboden verschluckt. Auch mehrere Suchhunde habe man eingesetzt.

Ich wunderte mich selbst, dass ich erst jetzt davon erfuhr. Hubschrauber hatte ich öfter gesehen, das stimmte, aber ich hatte mir nie Gedanken darüber gemacht. Natürlich las ich keine Zeitung und sprach nicht mit vielen Leuten hier im Ort, und wenn nur das allernötigste. Aber warum erzählte Stefan mir erst jetzt davon? Nun ja, wir hatten uns, seit ich Dingo hatte, wirklich nicht mehr so oft gesehen und dann konnten wir nicht immer alles besprechen, was wichtig gewesen wäre. Aber der ganze Ort sei seit dem in Aufruhr, verständlicherweise. Ich solle mal vorsichtshalber Augen und Ohren offenhalten, riet Stefan mir.

Wir saßen auf seiner Terrasse und öffneten zwei weitere Bierflaschen, schwiegen eine Weile. Mein Blick streifte das Gartenhaus, ich dachte an die vor mir liegenden Wochen. Alles würde sich wieder verändern. Stefan weg. Das erste Mal in diesem Sommer, dass ich für zwei Wochen allein auf mich gestellt war... Nicht, dass ich ihn in letzter Zeit ständig gebraucht hatte. Aber es ist ein Unterschied, ob man weiß, dass jemand da ist, wenn man Hilfe braucht, oder eben nicht. Zu wem könnte ich gehen, wenn ich wirklich ein Problem hätte? Mir fiel niemand ein. Dann die Flüchtlinge. Wenn er wiederkam, würde nichts mehr wie früher sein. Es sei eine Familie aus Syrien, sagte Stefan. Ihr Asylstatus sei anerkannt und nun sollten sie raus aus der Gemeinschaftsunterkunft. Er werde ihnen helfen, die Anträge zu stellen, eine Wohnung zu finden, vielleicht Arbeit, bis alles läuft. Klar, Stefan hilft immer allen...! Auch für mich hatte er wirklich viel getan, trotzdem spürte ich einen bitteren Beigeschmack. Ich kam mir gedrängt und vor die Tür gesetzt vor.

Stefan schien meine Gedanken zu erraten, denn er sah, wie mein Blick auf dem Gartenhaus wie festgewachsen schien. Und er erinnerte mich sogleich an unsere Verabredung im Frühjahr. Mein freizügiges Leben, wie er es nannte, hatten wir beide im Einvernehmen bis zum August begrenzt. Das sei auch gut so, denn bis wir eine Wohnung fänden, könne schnell Oktober sein. Vorübergehend könne ich wirklich im Gartenhaus wohnen, denn in meinem Waldquartier würde es bald ungemütlich, nass und kalt werden. Aber auf Dauer würde das auch ihm zu viel, und es sei ihm wichtig, dass ich selbst wieder Anschluss finde an ein normales Leben.

Mein Verstand musste ihm Recht geben, aber trotzdem graute mir vor all dem. Ich hatte berechtigte Angst, dass mit all den Veränderungen, Verpflichtungen, mit all den Alltagsproblemen und -sorgen auch meine Schwierigkeiten wieder beginnen würden. Wie schnell ich verunsichert und aus der Bahn geworfen war, hatte ich ja gerade in der Reinigung gesehen. Ich konnte mir einfach nicht vorstellen, in einem Häuserblock zu wohnen, Nachbarn neben, unter und über mir, einen Mietvertrag, den ich zu erfüllen hatte, Ämter, denen ich Rechenschaft ablegen musste, vielleicht wieder Geldsorgen, Rechnungen, im schlimmsten Fall noch Bewerbungen, Chefs, die mich abfällig musterten, Kollegen, die hinter meinem Rücken tuscheln würden.

Ich gab dem leeren Pizzakarton auf meinem Schoß einen Stoß, der stärker ausfiel als ich es beabsichtigt hatte, so dass er ein Stück über den Boden segelte, stand auf und ging auf der Terrasse auf und ab, ohne zu sprechen. Stefan ließ mir Zeit und schwieg. Schließlich konnte ich mich wieder hinsetzen und schaute ihn an. „Ich werde weiter für dich da sein, Martin.", sagte er ruhig und in fast versöhnlichem Ton. „Ich muss nur auch ein bisschen auf mich aufpassen, weißt du. Manchmal ist das alles auch für mich ganz schön viel. Und der

Zeitpunkt ist gekommen, dass du Entscheidungen nicht mehr weiter vor dir herschieben kannst, sonst fallen sie dir bleischwer auf die Füße. Na komm, das kriegen wir schon hin. Bis ich wieder da bin, am 15.08., bleibt doch erst mal noch alles beim Alten." Das dachte er! Das Karussell in meinem Kopf hatte sich schon wieder zu drehen begonnen.

20

Tatsächlich verfolgte mich der Ärger in Stefans Abwesenheit. Es begann damit, dass ich am nächsten Morgen meine Jacke auspackte, weil ich in der Folie der Reinigung Brot und Kuchen von Stefan frisch halten wollte. Stefan hatte mir neben seinem Schlüssel auch seine restlichen Vorräte mit in meinen Rucksack gepackt. Ich besah mir die Jacke genauer, da ich sehen wollte, ob alle Flecken herausgegangen waren. Da war doch an der Seite neben der Tasche ein größeres Loch! Es sah aus wie ein Dreieck. War das schon vorher gewesen? Ich war mir ziemlich sicher, dass ich die Jacke heil abgegeben hatte. Hatte dieser Reinigungsheini das nicht bemerkt? Nun, ich würde deswegen nicht zu ihm gehen und mich noch einmal von ihm blöd anreden lassen. Aber wenn er diesen Schaden verursacht und trotzdem diese Ansage gemacht hatte, dann war er einfach nur feige und dumm!

Die erste Woche im August war sehr heiß. Ich hielt mich mit Dingo fast überwiegend im Wald auf, wo es schattig und kühl war. Wir mochten nicht weit laufen bei der Hitze. Mülltonnen ernten ging aus diesem Grund auch nicht. Die Lebensmittel waren nach kurzer Zeit in der Wärme schon verdorben und ich hatte keine Lust, mir Magen-Darm-Probleme einzufangen. Ich kannte einen verwilderten Garten, in dem ein paar Bäume mit August-Äpfeln standen. Niemals hatte ich da einen Menschen gesehen, und die ersten Äpfel fielen schon herunter. Dingo und ich sammelten sie auf, und, ich muss gestehen, ich nahm auch ein paar vom Baum noch dazu.

Der Rucksack war schwer, ich hatte auch noch zwei Flaschen mit Quellwasser dabei, weil Dingo mit seinem dicken Fell während unserer Touren meist stark hechelte. Auch ich schwitzte, der Weg zurück zum Ort führte leicht bergan. Den ganzen Tag hatte die Sonne heruntergebrannt. Dingo lief vielleicht 100 m voraus. Links von uns erstreckte sich ein noch nicht abgedroschenes Weizenfeld. Ich blieb stehen, um mir ein paar Ähren abzureißen. Auch, wenn ich noch ein paar Dosen im Wald hatte, was ich gebrauchen konnte, nahm ich mit. Während ich da stand und mir einen kleinen Strauß zusammenpflückte, hörte ich plötzlich lautes Rascheln, aufgeregtes heiseres Bellen und dann lautes Gackern, das plötzlich erstarb.

„Dingo!!", schrie ich sofort, denn ich begriff, was passiert war. Dingo hatte sich eins von den Hühnern geschnappt, die sich leichtsinnigerweise öfter ein Stückchen von ihrem Hof entfernten. Hier im Weizenfeld konnte ich sie natürlich nicht sehen. Aber es war zu spät. Ich sah Dingo mit dem Huhn in der Schnauze in den Wald laufen. Er drehte sich noch nicht einmal um, obwohl ich mir fast die Seele aus dem Leib schrie. Wenn er doch wenigstens hier bleiben würde! Ich versuchte, ihm hinterherzukommen, aber er war zu schnell. Schwer atmend blieb ich stehen, sah mich um, sah die Gehöfte auf der anderen Seite des Feldes jenseits der Straße. Zu welchem Bauernhof hatte das Huhn gehört? Ich musste Bescheid geben. Eigentlich. Doch ich musste nur kurz nachdenken und wusste, dass ich das niemals tun würde. Von Haus zu Haus gehen und nachzufragen. Mehrmals die Geschichte erzählen. Ich sah doch schon ihre Gesichter vor mir. Voller Verachtung. Sie würden mich beschimpfen. Mich von oben bis unten mustern. Mich vom Hof jagen. Nein, das konnte ich nicht. Ich setzte mich auf einen Stein, verschnaufte und überlegte, was zu tun war.

Würde Dingo hierher zurückkommen? Oder sollte ich ihn suchen? Das wäre wie die berühmte Suche nach der Nadel im Heuhaufen, der Wald war zu groß. Ein Hund könnte in alle

Richtungen laufen, würde sich nicht an Wege halten. Das beste war zu warten. Und wenn er nicht kam? Wann musste ich Kerner Bescheid geben? Verflixt! Noch nie war mir das passiert....

Ich weiß nicht, wie lange ich da saß. Es wurde schon dämmrig. Da sah ich plötzlich einen sehr verstörten, ängstlich wirkenden Hund den Weg in meine Richtung herunterlaufen. War das Dingo? Im ersten Moment erkannte ich ihn fast nicht, so verändert wirkte er. Er lahmte. Als ich aufstand und er mich erkannte, freute er sich wahnsinnig, und trotzdem wich er vor meiner ausgestreckten Hand zurück, er ließ mich nicht an sich heran. Wahrscheinlich hatte er mich lange gesucht und war sehr durcheinander. Aber was war das? Sein linker Hinterlauf war blutig. Auch das noch! Es war eine beachtliche Wunde, Dingo versuchte, den Lauf abzulecken. Schmutzig war sie noch dazu, sie musste versorgt werden. Ich ließ meinen Rucksack stehen, nahm noch einen Schluck aus der fast leeren einen Flasche und bot Dingo aus der anderen Flasche zu trinken an. Das klappte, er trank aus meiner Hand, wie so oft vorher. Gierig schlabberte er das Wasser, das ich langsam in meine hohle Handfläche laufen ließ. Er war schon ziemlich geschwächt. Doch wir mussten uns eigentlich sofort auf den Weg machen.

Natürlich war das Tor bei Kerner schon zu. Das hatte ich mir gedacht. Ich kam nicht mehr herein. Aber damit hatte ich gerechnet. Ich ging zu Stefan, schloss das Gartenhaus auf und legte Dingo, den ich das letzte Stück schon hatte tragen müssen, auf den Boden auf den alten Teppich. Ich besah mir noch einmal seinen Hinterlauf, holte sauberes Wasser, einen Schwamm und den Verbandskasten aus dem Haus, dann reinigte ich die Wunde, so gut ich konnte. Sie war tief, aber vielleicht doch nicht so schlimm, wie sie aussah. Da sie nun wieder leicht zu bluten begonnen hatte, verband ich sie. Der Hund ließ alles geschehen. Ich legte mehrere Auflagen der Gartenliegen dicht neben Dingo auf den Boden und ließ mich darauf fallen. Eigentlich hätte ich noch die Blumenkübel bei Stefan gießen müssen, aber ich hatte einfach keine Kraft mehr. Das musste warten bis morgen.

Mit der ersten Helligkeit erwachte ich, auch weil Dingo versuchte, auf die Beine zu kommen. Er schaffte es auch, hob aber seinen Hinterlauf in die Luft und ließ den Kopf hängen. Ich überlegte, wann ich bei Kerner frühestens aufkreuzen konnte. Aber es war noch viel zu früh. Die Kirchturmuhr nebenan zeigte halb sechs. Mein Magen knurrte. Ich überlegte, ob ich bei Stefan eventuell noch Vorräte finden würde. Er hätte sicher nichts dagegen. Mit einer Packung Knäckebrot und einer Dose Tomatenfisch kam ich zurück.

Um sieben machte ich mich auf den Weg. Ich wollte keinesfalls, dass Kerner schon da war und vielleicht ein großes Trara veranstaltete, wenn er den Hund und mich noch immer nicht vorfand. Ich machte mich auf das Schlimmste gefasst und spürte Unruhe und Angst vom Hals bis ins Gedärm. Mir war schlecht. Meine Stirn war nass, obwohl es noch kühl war. Da fuhr er auch schon an mir vorbei und in die Einfahrt. Er ignorierte mich zuerst. Sein Gesicht war versteinert. Er blickte einfach an mir vorbei, stieg aus, machte das Tor auf, fuhr sein Auto auf den Parkplatz neben dem Eingang, stieg aus, sperrte ab, blieb dann stehen und schaute in meine Richtung. Er sagte kein Wort. Ich nahm Dingo auf den Arm und ging zu ihm. Meine Kehle war wie zugeschnürt.

„Was ist passiert?", fragte er dann doch barsch. Ich versuchte, ihm mit so wenigen Worten wie möglich das Geschehene zu schildern. „Besser, Sie fahren mit ihm zum Tierarzt. Soll ich mitkommen?", beendete ich meine unschöne Geschichte. Das war nett gemeint. Natürlich fühlte ich mich verantwortlich.

Kerner blieb ganz ruhig. „Du scherst dich jetzt zum Teufel. Du musst dich hier nicht mehr blicken lassen, hörst du? Ich weiß nicht, was du mit meinem Hund die ganze Zeit über treibst,

107

aber ich höre hier die tollsten Dinge. Jetzt ist Schluss. Ich lass mir nicht nachsagen, dass mein Hund herumwildert. Ich bring das in Ordnung und das war's. Und jetzt geh!" Er fixierte mich scharf, so dass ich einen Schritt rückwärts zurückwich und gegen den hinteren Kotflügel seines Autos stieß. Das konnte er nicht machen...! Er konnte mir nicht Dingo wegnehmen....! Nicht so plötzlich, nicht jetzt. Er war verletzt. Er brauchte mich. Wir brauchten uns beide... Ich blieb stehen, bückte mich zu meinem Hund, nahm seinen Kopf in beide Hände, legte meine Wange an seine Stirn. Das war doch alles nicht möglich, er musste etwas falsch verstanden haben, ich musste versuchen, Kerner...' „Geh jetzt!", unterbrach Kerner meine Gedanken scharf. „Und zwar schnell, sonst hole ich die Polizei." Kerner hatte mich am T-Shirt gepackt und versuchte mich hochzuziehen. Seine Augen machten mir Angst. Ohne ihn noch einmal anzuschauen, drehte ich mich um und ging vom Hof so schnell ich konnte. Um mich herum drehte sich alles. Das Pflaster, das Hoftor, die Bäume an der Straße. Mein Herz bebte. Ich habe Dingo nie wieder gesehen. Ich bin nie wieder in seiner Nähe gewesen.

21

Ich konnte ihm das nicht verzeihen. Seine Worte dröhnten den ganzen Tag in meinem Kopf, während ich ziellos durch den Wald lief. Ich verstand nicht, was er gemeint hatte. Was warf er mir vor? War das mit dem Huhn wirklich so schlimm? Wusste er eigentlich, was er anrichtete? Konnte ein Mann wie Kerner sich vorstellen, was einem ein Hund bedeuten kann? Was Dingo mir bedeutete? Dingo und ich verstanden uns einfach. Ich wusste, was er mochte, verstand seine Sprache. Was ihm gefiel, gefiel meist auch mir. Seine Natur war auch meine. Unverfälscht, einfach, nachvollziehbar, verständlich. Die Sinnlichkeit von Wald und Feldern, Ruhe, draußen essen, baden, schlafen, im Hier und Jetzt zuhause sein. Wir wurden zu einem Teil der Natur, wenn wir unterwegs waren, es brauchte keine Worte. Er war mein Seelenbruder geworden. Ich hätte meinen letzten Bissen mit ihm geteilt.

Mit dem Zipfel meines T-Shirts fuhr ich mir unwillig über das Gesicht. Tränen nützten nichts. Gar nichts nützte jetzt mehr. Es war vorbei. Mein Sommer war zu Ende. Ich hatte es gespürt auf der Terrasse bei Stefan.

Als ich am Abend bei Stefan die Blumen goss, zogen Gewitter auf. Ich beschloss, noch einmal in der Gartenhütte zu übernachten. Als ich die Gießkanne zurückstellte, fiel mir ein Zettel und ein Geldschein auf, den Stefan auf den Wohnzimmertisch gelegt hatte. Er erinnerte mich noch einmal an den Termin bei der Schuldnerberatung, daran, in der Zeitung nach Wohnungsangeboten zu schauen und an Alberto. Und irgendwas von einem Nachbarn stand noch da, der Hilfe im Garten bräuchte. Ich las alles nur oberflächlich, knüllte das Papier zusammen und stopfte es in meine Hosentasche.

Ich musste Essen kaufen. Das Geld von Stefan stammte vermutlich von meinem Konto. Also nahm ich es an mich. Ohne ein Wort betrat ich den kleinen Bäckerladen, der auch noch ein paar andere Lebensmittel führte. Die ältere Frau, die gerade hinter der Kasse den Backautomaten auswischte, drehte sich kurz zu mir, sagte aber auch nichts. Ich nahm ein paar Wurstbüchsen, Zwieback, ein Stück Käse und Kekse. „13,50.", war alles, was die Verkäuferin zu mir sagte. Ich legte den Fünfziger hin und wartete wortlos auf mein Wechselgeld. Ohne Gruß verließ ich den Laden. Ich hörte, wie sich hinter mir der Schlüssel im Schloss umdrehte. Die Glocken schlugen sechs.

Ich weiß noch, dass ich mir aus Stefans Keller eine Flasche Rotwein nahm, mich unter das Dach auf seine Terrasse setzte und das herunter wütende Gewitter, den Regen, Blitz und Donner empfand wie mein eigenes Strafgericht. Ich trank aus der Flasche und hoffte einfach, dass der Alkohol seine Wir-

kung tun würde, bevor in meinem Kopf die erwachten Quäl-
geister weiter ihren teuflischen, hämischen Plan schmiedeten.
Ich wusste nicht, wie lange ich die Kraft hatte, mich dagegen
zu wehren. Ich vermisste Stefan. Er war nicht da.

Vielleicht musste ich diesen Ort verlassen, vielleicht war es
das... Hier verfolgten mich die Blicke, jeder schickte mir Verachtung entgegen und hinterher, obwohl ich nicht wusste warum. Ich zermarterte mir den Schädel, Kerners Worte kreisten
noch immer in meinem Hirn. „Ich höre hier die tollsten Dinge...!" Was meinte er damit? Was konnte man mir vorwerfen?
Ich nahm einen langen Zug aus der Flasche, langsam spürte
ich die Wirkung. Gesegnet ist der Wein, dachte ich mir. Wie
wenn ein Engel kommt und Wattebäusche stopft in dein Hirn,
immer mehr, bis die Räder langsamer gehen, immer langsamer, schließlich stehen bleiben müssen und eine herrliche,
schuldlose Müdigkeit dich überkommt und du nichts mehr
denken musst.... Ich trank die Flasche aus, stellte sie so acht-
sam und vorsichtig, wie ich noch konnte, neben den Garten-
tisch, wankte in „mein" Gartenhaus, sank auf die Auflagen,
noch einmal Dingos Duft in meiner Nase, mein Herz krampfte,
doch dann schlief ich augenblicklich ein.

Am nächsten Morgen erwachte ich wie gewohnt trotzdem früh.
Es wurde gerade hell. So wie ich war stand ich von meinem
Lager auf, ignorierte das flaue Gefühl im Magen, den schlech-
ten Geschmack im Mund, nahm den Rucksack, sperrte ab und
machte mich auf den Weg. Auf welchen Weg? Automatisch
lief ich den Feldweg hoch in den Wald zu meinem Quartier.
Doch als ich vor den Felsen stand und umher schaute, hatte
alles seinen Zauber verloren. Die Feuerstelle hatte der Gewitterregen sauber ausgewaschen, einige Äste lagen herum,
alles war schmierig, matschig und wenig einladend. Nichts
desto trotz kroch ich durch den Spalt, rollte Isomatte und
Schlafsack zusammen und schnallte beides draußen auf meinen Rucksack. Ich packte meine Siebensachen dazu, leerte
Kuchen und Brot aus meinem „Vorratskeller" und schaute

nach meiner Quelle. Auch hier hatte der Starkregen schon dafür gesorgt, dass nichts mehr so aussah wie früher: Laub und Erde waren abgerutscht und hatten das Becken fast verschüttet. ‚Früher…, das war gestern früh!', dachte ich spöttisch.

Ich verließ das alles ohne ein spürbares Gefühl. Die große Gleichgültigkeit hatte mich erfasst. Aus meiner Vergangenheit wusste ich, dass das ein schlechtes Vorzeichen war.

Der Regen hörte nicht auf. Immer wieder zogen Gewitter herum, die sich mehr oder weniger heftig entluden. Es kühlte merklich ab. Ich triefte. Mein Rucksack war durchnässt. Ich lief den ganzen Tag, nur ganz selten war ich mit Dingo so weit gegangen. Irgendwann würde ich ausruhen müssen. Meine Kondition war gut, aber endlos konnte ich trotzdem nicht laufen, zumal meine Schuhe nass waren und meine Füße schon schmerzten. Ich meinte mich zu erinnern, dass in der Nähe ein schmaler Waldweg zu einem Wildgehege führte und dort in der Nähe eine alte Hütte lag mit einem Futterspeicher. Ein Teil meines Gehirns begann sich automatisch damit zu befassen, ich hatte das Gefühl, er gehörte nicht zu mir. Doch er funktionierte anscheinend, denn nach einiger Zeit fand ich den Weg, und ich folgte ihm, bis ich die Hütte sah. Ich steuerte den Heuschober an, hier war es trocken, die Tür war nur mit einem vorgeschobenen Riegel verschlossen. Durch die vielen Ritzen in den Holzwänden fiel genug Licht, so dass ich mich nach kurzer Zeit gut orientieren konnte.

Als sich meine Augen an das Halbdunkel gewöhnt hatten, machte ich im hinteren Teil der Scheune eine Leiter aus, die zu einer Luke im Dachboden führte. Vorsichtig prüfte ich jede Sprosse, doch sie schien stabil. Oben angekommen nahm ich meinen nassen Rucksack von den Schultern, zog Schuhe, Strümpfe, Hose, Jacke und T-Shirt aus, legte mich ins Heu, deckte mich damit zu und registrierte nun doch mit einem gewissen Wohlbehagen den intensiven Duft, der mich umgab. Es dauerte eine Weile, bis ich mich an das kratzige Gefühl auf der Haut gewöhnen und mich entspannen konnte. Doch schließlich erlösten mich Wärme und Erschöpfung von meinen Gedanken, ich hörte noch die Tropfen trommeln auf dem Wellblechdach über mir, dann schlief ich ein. Doch diesmal war der Schlaf schlecht und oberflächlich.

22

Tief war ich ins Heu gekrochen, trotzdem spürte ich den frischen Nachtwind durch jede Ritze ziehen, ich lag seit Stunden nur noch im Halbschlaf, bald würde es sicher schon hell werden. Mein Magen knurrte. Ich war nicht sicher, was von meinen Vorräten im Rucksack die Dauerdusche gestern wohl halbwegs überstanden hatte. Und ob meine Kleidung schon trocken war? Hin und wieder hörte ich merkwürdige Geräusche in der Nacht. Das konnten nur die Rehe sein. Vor meiner Zeit im Wald dachte ich immer, Rehe seien stumme, stille Wesen. Aber bis hierher hörte ich deutliches Schnalzen und Brummen und Grunzen, oder waren das Wildschweine? Die Futterstelle war ja nicht weit. Irgendwie war mir unheimlich zumute.

Es war noch immer stockdunkel, als ich plötzlich das Auto wahrnahm. Fuhr es mit Standlicht? Es parkte direkt neben der Hütte, vielleicht fünfzig Meter neben meinem Nachtquartier. Ich hörte eine Autotür, die leise ins Schloss gedrückt wurde. Gehörte das alles hier nicht dem Jagdverein? Oh Himmel, hoffentlich entdeckte mich niemand. Aber war nicht noch Schonzeit? Ich kannte mich nicht aus. Mein Gehirn versuchte mich zu beruhigen, niemand würde mitten in der Nacht in einem dunklen Heuschober auf den Dachboden steigen. Doch ganz beruhigen konnte ich mich nicht.

Angestrengt, fast ohne zu atmen, schaute ich durch die Ritze. Ich konnte nichts erkennen. Vermutlich war jemand in die Hütte oder in das Gehege gegangen oder auf die Jagd. Wie spät mochte es sein? Nachdem lange Zeit alles still blieb und nichts zu sehen war, beruhige ich mich dann doch und dämmerte wieder vor mich hin. Als ich Stunden später erwachte, war das Auto weg, und es war hell. Noch immer regnete es.

Ich stand auf und rieb mich mit meinem T-Shirt ab, das noch immer feucht war. Was sollte ich tun? Ich zog es an. Auch meine Hose. Strümpfe hatte ich noch im Rucksack, die waren auch nicht viel trockener. Aber Kuchen und Brot, die ich ja sorgsam in die Folie der Reinigung eingepackt hatte, waren durchaus ganz geblieben und essbar. Ich aß mich satt. Meinen Wasservorrat musste ich im Auge behalten. Vielleicht gab es ja hier einen Wasserhahn?

Ich beschloss, ein oder zwei Tage hier zu bleiben. Bei dem Wetter konnte ich unmöglich herumziehen. Und solange die Vorräte reichten, würde ich mich hier ausruhen. Das Heu würde sicher eher im Winter gefüttert und einfahren tat im Moment auch kein Bauer etwas. Wahrscheinlich war ich doch ziemlich sicher hier.

Im Erdgeschoss fand ich ein paar staubige Gummistiefel, in die ich schlüpfte. Es hatte sicher niemand etwas dagegen. Bald wären meine Schuhe wieder trocken, ich hatte sie mit Heu ausgerieben und ausgestopft. Ich schaute mich draußen um, meine leere Wasserflasche in der Hand. Richtig, an der Rückseite der Hütte fand ich einen großen Wasserbehälter mit Wasserhahn. Es würde mir hoffentlich nicht schaden, wenn ich ein wenig davon trank, was anderes gab es hier oben nicht, und es lief frisch und relativ klar in meine Flasche.

Hatte ich mir das mit dem Auto heute Nacht eingebildet oder war da wirklich eines gewesen? Ich besah mir den Boden neben dem Haus, aber alles war so aufgeweicht und verwaschen, dass ich kein Reifenprofil ausmachen konnte. Dann besah ich mir das Häuschen. Alle Fensterläden waren zu. Nichts deutete auf einen nächtlichen Besucher hin.

113

Ich fand noch ein Regencape, das ich mir auslieh. Es hing unter einem Vordach am Hinterausgang. Ich merkte mir den Platz, es gab mehrere Haken. Ich würde es später wieder zurück hängen.

Ohne Hund im Regen schlecht bekleidet machte das Herumstreifen überhaupt keinen Spaß. Es gab hier einfach nichts, aber auch gar nichts. Alles war trostlos, dunkelgrau, nass und einsam. Ich hoffte, der Regen würde bald aufhören. Ich verbrachte den restlichen Tag damit, im Heu zu liegen, den Tropfen auf dem Dach zuzuhören und meinen Gedanken nachzuhängen. Gegen Abend aß ich den restlichen Kuchen, eine weitere Wurstdose mit reichlich Zwieback. Für morgen würde der Rest noch reichen. Wenn es dann nur noch so tröpfelte wie jetzt, würde ich weitergehen. Ich sehnte mich nach einem Bier zum Einschlafen oder auch zwei. Aber weder ich hatte etwas dabei, noch hatte ich am Haus oder in der Scheune etwas gefunden. So versuchte ich zu schlafen.

Vielleicht zur gleichen Zeit wie in der Nacht davor erwachte ich wieder. Wieder fuhr ein Auto neben die Hütte. Wieder die leisen Geräusche beim Aussteigen. Wieder danach die stundenlange Stille. Doch ich war ausgeruht. Diesmal wollte ich wachbleiben und wissen, was weiter passierte. Aber nach ein oder zwei Stunden, ich hatte ohne Uhr nur ein schlechtes Zeitempfinden, war noch immer alles ruhig und meine Spannungskurve sank wieder. Was machte ich mir Gedanken? Es war ein Jäger, der vor Morgengrauen auf die Pirsch ging. Ich fragte mich, wie das für mich wäre. Stundenlang in einem Hochsitz hocken und warten, bis das lohnende Objekt einem von selbst vor die Flinte spaziert, nichts ahnend, hungrig. Was war die eigene Leistung daran? Außer die Geduld aufzubringen, auswählen und gut zielen zu können und zu wissen, wie man hinterher die feinen Bratenstücke heraustrennt?

Mir fiel mein Reh vom Juni ein. Es war mir wie ein Geschenk fast vor die Füße gefallen. Ich hatte das Fleisch gegessen. Aber selbst ein Tier dafür töten? Das schien mir nicht reizvoll. Ich wollte nicht über Leben und Tod entscheiden, das war nicht meine Sache.

Es war immer noch fast dunkel, als ich eine Gestalt aus der Hütte treten sah. Der Statur nach war es ein Mann. Er versperrte die Tür sorgfältig, stieg wieder in sein Auto und fuhr leise davon. Mehr war nicht zu erkennen. Selbst die Automarke oder das Kennzeichen nicht. Etwas enttäuscht schlief ich, bis es hell wurde.

23

Den ganzen Morgen bummelte ich herum. Meine Kleidung war trocken, Gummistiefel und Regencape wieder an ihrem Platz, es hatte zu regnen aufgehört, der Himmel war wieder heller geworden. Mein Stimmungsbarometer hätte steigen können, wären da nicht zu viele ungelöste Fragen gewesen. Die größte Frage: Wo sollte ich hin? Mir fiel nur das Gartenhaus ein, eigentlich mein „Zuhause". Aber das einzig Gute an dieser Adresse war der Weinkeller und Stefan. Und der war noch immer nicht da. Ich erinnerte mich an den Zettel in der Hosentasche. Wann war dieser Termin? Sollte ich da wirklich hingehen? Was sollte das alles bringen? Und Alberto? Nun, Alberto war anders als Kerner oder der Reinigungsmann, trotzdem stieß mich alles an diesem Ort ab. Mir graute davor zurückzukehren. Aber so lange ich auch überlegte und den Aufbruch hinauszögerte, ich kam nicht darum herum. Also machte ich mich auf den Weg. Wieder wurde mir flau im Magen.

Nach der Hälfte des Weges hörte ich ein Auto. Es befuhr den Waldweg, ich lief einen Trampelpfad, der parallel dazu zwischen den Bäumen entlang führte. Ich zog schmale Wege immer den langweiligen breiten Straßen vor. Als das Auto auf meiner Höhe war, wurde die Scheibe herunter gelassen. Ein rotgesichtiger, unfreundlich dreinblickender Mann schaute zu mir herüber. „Dich kenn ich doch!", rief das Rotgesicht von seinem Steuer aus und zog seinen Hut noch weiter in die Stirn. Vielleicht war er ein paar Jahre älter als ich. ‚Warum duzen mich immer alle?', fragte ich mich unwillig und ging in Lauerstellung, denn der Mann war nicht nur unsympathisch sondern wirkte wütend. „Was machst du denn hier, häh? Wieder wildern und rumlungern? Man sollte dafür sorgen, dass Leute wie du sicher untergebracht werden. Ich werde mal ein Wörtchen für dich einlegen, nicht, dass du dir im Winter noch deinen alten Arsch verkühlst...!", und er lachte über seinen eigenen dummen Witz. „Ich rate dir jedenfalls dringend, lass unsere Tiere, lass am besten unser ganzes Revier hier in Ruhe!", und um noch eins drauf zu setzen, griff er neben sich auf den Beifahrersitz und hielt plötzlich drohend und gut sichtbar für mich ein Gewehr am gestreckten Arm aus dem Fenster. Dann gab er Gas und fuhr davon. Es war ein alter Mitsubishi, das Kennzeichen voller Dreck.

Ich war nicht stehen geblieben, obwohl ich das lähmende, sprachlose Gefühl in mir herauf kriechen spürte. Schon wieder hatte ich nicht rechtzeitig etwas erwidern können! Innerhalb weniger Tage so viel Schmach hinnehmen zu müssen! Und doch war da Ärger, ja, aber nur wenig richtige Wut. Hatte ich bereits resigniert? Was war ich mehr als ein Straßenköter, den man von einem Viertel ins nächste jagte und ihm überall einen Tritt in den Hintern verpasste? Was bitte war passiert, dass man mich ständig so beschimpfte? Herumwildern... hatte sich das mit diesem blöden Huhn so schnell herumgesprochen? Diesem spießigen kleinen Ort war alles zuzutrauen. Mir wurde immer klarer, dass ich diesem Kaff bald Adieu sagen würde, ich wusste nur noch nicht wie. Traurig, enttäuscht und völlig mutlos setzte ich langsam meinen Weg fort.

Stunden später warf ich meinen Rucksack ins Gartenhaus, nahm von meinem verbleibenden Geld einen Zehn-Euro-Schein und ging zu Alberto. Mein Geld musste reichen bis

Stefan in fünf Tagen wiederkam. Ich wollte keinen Schritt mehr in die Bank setzen. Nicht in diese.

Die Tür bei Alberto stand ein Stück offen. Das tat sie sonst nie. Jemand hatte einen Keil untergeschoben. Vor dem Ladenfenster stand ein Stuhl unter einem geöffnetem Sonnenschirm, obwohl keine Sonne mehr schien, daran lehnte eine Tafel: „Heute Tiramisu". Das Schild „Aushilfe gesucht" war verschwunden. Als ich den Laden betrat, sah ich: Der Grund dafür stand hinter dem Tresen, lächelte und wischte die Arbeitsfläche ab. Unsicher wurde ich, als sie mir ohne weitere Worte oder Erklärung immer noch lächelnd eine Pizza vorsetzte. Wir sprachen kein Wort, und es war eines der wenigen Male, wo es nicht zu stören schien. Ich spürte keine andere Erwartung als dass ich nun dort sitzen und essen und trinken sollte. Auch Geld wollte sie keines. Anscheinend war sie von Alberto angewiesen und vorbereitet. Man hatte mich also erwartet... Selbst ihre Arbeitsanweisung für den nächsten Abend war klar und deutlich und einfach. Trotzdem nicht unfreundlich. Etwas an diesem Verhalten tat mir gut. Es war meine erste Begegnung mit Sigrid.

Die Nacht im Gartenhaus verbrachte ich mehr draußen im Gebüsch als auf meinem Lager. Irgendwas musste ich mir eingefangen haben. Ich hatte übelste Bauchschmerzen, mein ganzer Leib rumorte, ich konnte nichts bei mir behalten. Auch das noch! Ich lag den ganzen folgendenTag nur herum, knabberte an meinem Zwieback und trank Leitungswasser. Das Wasser aus dem Fass war es vielleicht gewesen, ich hätte es nicht trinken sollen....! Am Abend raffte ich mich auf und schleppte mich trotzdem zu Alberto. Schließlich hatte ich so eine Art Arbeitsverhältnis, ich musste Bescheid geben. Na ja, und ich hoffte auch, kurz Sigrid zu sehen. Sie war auch da und arbeitete Telefonaufträge ab. Das meiste ginge über den Straßenverkauf, meinte sie, während sie fünf Pizzen parallel in gerade gefaltete Kartons verfrachtete. Der Fahrer stand schon parat. „Ich bin krank. Magen-Darm.", sagte ich nur knapp. Und:

„Tut mir leid, wirklich." Das war nicht gelogen. Sigrid lächelte wieder ihr nettes Lächeln. „Dann geh zum Arzt.", sagte sie und schaute mich freundlich an. „Der gibt dir was. Ist viel los hier im Moment. Wäre gut, wenn du bald dabei wärst. Und jetzt geh besser, bevor du hier noch alle ansteckst." Ich schleppte mich wieder zurück. Gut, bis morgen also.

Der Sommer kam nicht mehr zurück. Obwohl es noch nicht einmal Mitte August war, fühlte sich der nächste Morgen fast herbstlich an. Ich fühlte mich schwach, aber mir war nicht mehr schlecht. Trotzdem ging ich zum Arzt. Vielleicht nur, weil Sigrid es gesagt hatte. Ich sah ihr Lächeln vor mir, während ich beim Doc war. Er gab mir gleich etwas mit. „Das schlimmste ist überstanden.", meinte er und nickte mir aufmunternd zu. Wir kannten uns schon lange. Er stellte keine weiteren Fragen. Glücklicherweise hatte ich auch gestern noch einmal auf meinen Zettel geschaut und festgestellt, dass heute auch der Termin bei der Schuldnerberatung war. Außerdem hatte ich überlegt, zum Friseur zu gehen. Haare und Bart waren einfach zu lang. Beim Arzt war ich schnell fertig geworden. Danach überlegte ich lange, wo ich mein Haar schneiden lassen sollte. Ich war mir sicher: Wenn es Gerüchte und Lügen über mich gab, die hier in diesem Ort kursierten, dann wussten auch die Friseure Bescheid. Also ließ ich es. Zu Haus benutzte ich Stefans Gäste-Bad. Er hatte meine Sachen stehen gelassen, demnächst musste ich es mir dann wohl mit der Flüchtlingsfamilie teilen. Recht hatte er. Es war wirklich nur eine Übergangslösung, das merkte ich selber. Und doch hatte ich keine Ahnung, wie ich es anstellen sollte, eine billige Wohnung zu finden. Im alten Badezimmerschrank fand ich dafür allerlei, sogar eine Haushaltsschere. Ich schaute meinen Bart an und schnitt ihn einfach ab und in Form. Dann nahm ich einen Gummiring und machte mir einen Pferdeschwanz. Gut sah das auch nicht aus, aber zumindest besser als vorher. Dann duschte ich gründlich.

Auch den Termin in der Schuldnerberatung schaffte ich irgendwie. Die Dame gab sich alle Mühe mit mir und versuchte einen Fahrplan aufzustellen. Ihr Bemühen rührte mich fast, aber die Kluft zwischen diesen Helfern und mir ist einfach zu groß. Das habe ich schon oft bemerkt. Und das war schon früher so. Das sind gesunde Menschen, erfolgreiche Menschen, Menschen, die sich Ziele stecken und sie auch erreichen. Die können ihre Probleme natürlich lösen, aber meist haben sie nur kleine. Ist es nicht so? Niemand normales, gesundes kann sich wirklich voll und ganz in Menschen wie mich hineinversetzen. Die meisten meinen, ich müsse mich nur bemühen, anstrengen, einen Plan haben, etwas ändern. Sie wissen nicht wie es ist, wenn die Kraft dafür einfach nicht reicht, schwankt, von einem Tag zum andern. Das einzig Konstante ist die eigene Unzuverlässigkeit. Die Helfer möchten Hoffnung machen. Hoffnung, dass es besser wird, wenn man nur das richtige tut. Sie brauchen die Hoffnung, weil sie es selbst nicht aushalten können, dass sie nichts verändern können, dass es wenig oder keine Besserung gibt. Sie tun mir leid. Sie strampeln und rackern umsonst. Ich habe die Hoffnung aufgegeben. Und das aus gutem Grund. Und ich lebe besser so. Ohne Erwartung, dass sich etwas ändern muss. Früher habe ich manchmal noch versucht, das zu erklären. Aber sie lassen es nicht zu, sie glauben es nicht. Deswegen lasse ich es.

Andere wieder wollen, dass ich Medikamente nehme. Auch das natürlich, damit es besser wird. Für wen? Für sie? Sie wollen Ordnung, können mit dem Chaos nicht leben, das so ein Leben wie meins mit sich bringt. Manchmal scheinen sie mir damit schwächer zu sein, als ich es bin. Im Aushalten bin ich stark.

Ich wünsche mir einfach einen Menschen, der es so mit mir aushält wie es ist. Es ist schwer, es ist manchmal unerträglich schwer, aber mit ein bisschen Abstand kann es gehen. Man muss seine Freiheit behalten.

Die Dame bei der Beratung rechnet, nachdem wir die Papiere sortiert haben, mit mir meine Restschulden aus. Bei der Zahl wird mir schwindlig. Es sind fast zwanzigtausend. Es sind Briefe vom Gerichtsvollzieher darunter. Ich solle zu ihm gehen und irgendeine Auskunft abgeben. Ich könne dabei nichts verlieren. Ich würde sonst nur Schwierigkeiten bekommen, wenn ich es weiter versäume. Dann werde man weitersehen. Erst mal sei eine Wohnung wichtig. Aber es sei schwierig zur Zeit. Alle billigen Wohnungen seien weg, viele Flüchtlinge suchten auch. Ob ich mir nicht eine Arbeit suchen könnte, ich hätte doch eine gute Ausbildung.

„Nein", sagte ich nur knapp. „Ich helfe hier und da aus. Mehr geht nicht." Ich würde meine Befindlichkeiten hier nicht vor ihr ausbreiten, hatte ich beschlossen. Die Dame blickte etwas verständnislos drein, sagte aber nichts weiter dazu. Ich nahm also die Telefonnummer vom Gerichtsvollzieher mit, und wir machten einen neuen Termin aus. Also dann, bis in drei Wochen. Als ich das Gebäude verließ, kam ich nicht weit. Hinter dem Rathaus lag das Polizeipräsidium. Jemand klopfte laut und schnell von innen an die Fensterscheibe, an der ich gerade vorbeilief und bedeutete mir mit heftigem Winken, ich solle hereinkommen. Ich erschrak und zögerte. Was war los? Was wollten die von mir? Verflixt, sollte ich einfach weitergehen? Ich hatte schließlich nichts verbrochen.

Da kam schon einer der uniformierten Herren eilig aus der Eingangstür. „Hätten Sie mal zehn Minuten? Polizeiobermeister Ludwig, entschuldigen Sie bitte." Und er hielt mir die Tür auf, geleitete mich ins Büro, fragte, ob ich etwas trinken wolle und stellte, ohne meine Antwort abzuwarten, ein Glas Leitungswasser vor mich hin. Ich wollte wissen, warum ich hier saß, denn ich spürte Panik in mir aufsteigen und meinen Hals eng machen, sagte jedoch nichts und schaute wohl einigermaßen hilflos. Mein Gegenüber schien meine Unsicherheit wohl zu spüren, denn er wurde noch ruhiger und freundlicher als er schon war. Leider machte es mich nur nervöser, je länger er zögerte.

„Sie sind doch der Herr..." - „Marquardt", ergänzte ich und versuchte, meine Stimme wenigstens etwas fest klingen zu lassen. „Herr Marquardt...", begann er umständlich, „wir wissen, dass Sie ohne festen Wohnsitz sind. Sie wissen, dass wir uns darum kümmern müssen? Darüber hinaus wurden uns Dinge vorgetragen, ... also es liegen noch keine Anzeigen gegen Sie vor, aber... wir sind angehalten worden, verschiedene Sachverhalte zur Aufklärung zu bringen. Ungeklärt ist zum Beispiel die Verletzung des Hundes, den Sie bis vor einigen Tagen in Ihrer Obhut hatten. Der Besitzer hat bei uns vorgesprochen. Der Tierarzt hat festgestellt, dass es eine Streifschuss-Verletzung war. Er musste das melden. Tatsache ist ferner, dass derselbe Hund kurze Zeit vorher unter Ihrer Aufsicht ein Tier getötet hat, ein Huhn des Bauern..." und er schaute auf einen Notizzettel, der neben seinem Telefon lag, „des Bauern Schildhauer. Sie haben den Vorfall zwar Herrn Kerner gemeldet, allerdings erst am nächsten Tag, während sie die Familie Schildhauer nicht informierten. Sie wurden weiter häufiger ermahnt, keine fremden Grundstücke zu betreten und Dinge zu entwenden. Selbst der Inhalt der Mülltonnen steht nicht jedem frei zur Verfügung, sondern bleibt Eigentum des Besitzers." Er machte eine kleine Pause und nahm einen Schluck aus seiner Tasse. „Möchten Sie bis hierher etwas hinzufügen oder anmerken?" Ich schüttelte den Kopf.

Er sah mich einen Augenblick nicht unfreundlich an, dann fuhr er fort. „Leider muss ich Ihnen sagen, dass es noch weitere... sagen wir... Unklarheiten gibt. Sie wurden beobachtet, ein Reh erlegt und somit ohne Jagderlaubnis gewildert zu haben. Ferner haben Sie an einem uns bekannten Platz am Hochfels kampiert und häufiger schon Feuer gemacht." Wieder schwieg er und wartete, was ich zu sagen hatte. Doch ich sagte nichts. Ich wusste, er war noch nicht fertig. Doch in mir begann es zu brodeln.

„Sie wissen, dass wir hier im Ort seit 21. Juni ein achtjähriges Mädchen vermissen?" Ich nickte und schaute auf meine gefal-

teten Hände, die ich ineinander drückte, so dass die Fingerkuppen schmerzten und die Fingernägel in die Haut drückten. „Sie haben dazu nicht zufällig irgendetwas zu sagen?" Wieder wartete er, wieder sagte ich nichts, schüttelte aber den Kopf und sah ihn an. Ich merkte, dass mir das Blut ins Gesicht stieg, meine Schläfen begannen zu pochen.

„Sie haben kurze Zeit später eine Jacke mit Blutflecken in der Reinigung Sundermann abgegeben. Der Aufmerksamkeit des Herrn Sundermann ist es zu verdanken, dass er die Art der Flecken erkannte und uns eine Probe zur Untersuchung brachte. Es ist eigentlich nicht üblich, dieses Vorgehen, aber Sie müssen verstehen, dass der ganze Ort in Aufruhr ist und jeder noch so kleine Hinweis verfolgt wird. Nicht nur durch uns, sondern auch durch die Bevölkerung." Er schaute mich erwartungsvoll an. Nachdem ich immer noch nichts sagte, fuhr er fast beschwichtigend fort: „Das beauftragte Labor teilte uns mit, dass es sich um Tierblut, genauer gesagt, um Rehblut gehandelt hat. Haben Sie eine Waffe, Herr Marquardt?" Ich schüttelte heftiger den Kopf. „Wir müssen Sie bitten, Ihre Fingerabdrücke abzugeben. Außerdem möchte ich Sie bitten, zu den Vorwürfen Stellung zu nehmen."

Es fiel mir schwer, meiner unterdrückten Erregung Herr zu werden. Ich wusste außerdem nicht, wo ich anfangen sollte. Nach längerem Zögern ließ ich meinen Gedanken laut freien Lauf. „Ich bin nicht ohne festen Wohnsitz. Meine Meldeadresse ist bei Stefan Mai. Die Meldebescheinigung liegt bei der Schuldnerberatung, habe ich gerade abgegeben. Herr Mai ist mein Betreuer und kümmert sich um… Gelddinge, Papierkram und verschiedenes. Wir waren außerdem beim Wohnungsamt und haben einen Antrag gestellt, aber noch nichts bekommen.

Und dass der Kerner, Herr Kerner meint, ich hätte Dingo etwas angetan…? Meint er das…??"

„Nein, das sagte er so nicht, aber wie dem Hund die Wunde beigebracht wurde, ist noch unklar. Da es eine Schusswunde ist, muss der Sache nachgegangen werden. Bitte erzählen Sie weiter." Mir wurde plötzlich schlecht, denn ich hatte seit fast zwei Tagen wenig bis gar nichts gegessen. Aus meinem Gesicht, das wie Feuer brannte, wich plötzlich alle Wärme, das merkte ich deutlich. Herr Ludwig merkte es ebenfalls, denn er stand auf, nahm mein Glas und füllte es abermals mit Leitungswasser. Ich trank es auf einen Zug leer. Er wartete.

„Es war schon so. Dingo ist plötzlich in ein Getreidefeld, da waren Hühner, es war ein heißer Tag. Er muss die gerochen haben. Ich habe sofort geschrien, aber da hatte er schon eins gepackt und ist damit ab in den Wald. Ich hatte keine Chance ihn aufzuhalten…. das hat er vorher nie getan. Er hat nicht gewildert…." Ich hielt einen Augenblick inne und setzte schnell nach „und ich auch nicht. Wie er sich verletzt hat, das weiß ich nicht. Er kam erst Stunden später, ich hatte auf ihn gewartet an der gleichen Stelle, da lahmte er schon. Ich konnte ihn erst am nächsten Morgen bei Kerner abgeben, weil das Tor auf dem Grundstück schon geschlossen war, Herr Kerner war schon weg gewesen, es war spät an diesem Abend. Sonst ließ er es immer offen, aber an diesem Abend war es sicher schon neun, vielleicht hatte er nochmal nachgeschaut? Ich weiß nicht. Aber er konnte ja nicht die ganze Nacht offen lassen. Ich habe den Hund dann jedenfalls mit zu Herrn Mai genommen und ihn versorgt. So gut ich es halt konnte. Der Kerner hat sich doch nie richtig um seinen Hund gekümmert…!"

„Warum haben Sie die Familie Schildhauer nicht informiert? Sie sagten doch gerade, dass Sie Stunden gewartet haben." Doch ich zuckte nur die Achseln. Das gehörte zu den Dingen, die er nicht verstehen würde. „Und gewildert haben wir überhaupt nie.", fuhr ich nach einer Pause fort. „Und auch kein Reh geschossen. Ich habe keine Waffe. Nur dieses Taschenmesser." Und ich legte mein sauberes Messer dem Polizisten auf den Schreibtisch. Auf sein Nachfragen erzählte ich ihm die Geschichte mit dem Wildunfall wahrheitsgemäß. Ich konnte mich an jedes Detail erinnern. Danach schwieg ich. Seine anderen Vorwürfe hatte ich zur Kenntnis genommen. Dass ich kampiert hatte, wie er es nannte, Feuer gemacht und Mülltonnen geerntet hatte, konnte ich nicht bestreiten. Ich musste mich nun noch belehren lassen, dass ich das tote Reh dem Forstamt hätte melden müssen. Ich hatte nicht das Recht gehabt, es an mich zu nehmen.

Zu dem verschwundenen Mädchen sagte ich nichts. Ich hatte seinen Unterton sicher richtig gedeutet und fand es einfach ungeheuerlich, unverschämt und beleidigend, dass mir zugetraut wurde, etwas damit zu tun zu haben. Machte man sich verdächtig, nur weil man sich ein paar Wochen im Freien aufhielt? Wurde ich zum Kindesentführer, weil ich die Natur liebte und nur ein paar Monate meine Ruhe, meine Freiheit genoss, versuchte gesund zu werden? Wie weit war ich davon entfernt, wenn ich mir das hier alles anhören, wenn ich das an mich heranlassen musste. Ich war doch kein Verbrecher! Ich sollte dazu gemacht werden! Das war das eigentliche Verbrechen!! Ich wollte gehen. Ich musste gehen. Ich hatte Angst, dass mir meine aufsteigende Wut entglitt. Ich stand auf.

Herr Ludwig erhob sich ebenfalls. Gab mir mein Messer zurück, dass er genau betrachtet hatte. Nickte freundlich. „Ich muss Ihnen sagen, dass Sie im Ort bleiben sollten, Herr Marquardt. Bleiben Sie in Reichweite. Hier ist meine Karte. Falls Ihnen noch etwas einfällt." Er begleitete mich zur Tür, hielt sie mir auf, schnell trat ich hinaus und wäre auf dem Flur fast mit jemandem zusammengestoßen, den ich doch erst vor wenigen Tagen im Wald gesehen hatte....? Der Fahrer des Mitsubishis, das Rotgesicht, das mir mit dem Gewehr gedroht hatte...! Ich war verblüfft und überrascht, aber doch ziemlich sicher, dass er es war. Auch er erkannte mich, seine Reaktion war eindeutig. Vermutlich war er ebenso von der Situation überrumpelt wie ich. „Das ist Polizeihauptkommissar Wiesler. Er leitet die Untersuchungen im Fall Sabina.", teilte Herr Ludwig mir mit, während er mich zum Ausgang begleitete und mir zum Abschied freundlich die Hand reichte.

24

Ich war bedient. Nichts wie weg. Alles war in den Schmutz gezogen! Mein Paradies, die Sonne der letzten Wochen, der Schatz in meinem Herzen, alles, was mir Halt gab, was ich mir aufgebaut hatte, war von diesen Leuten hier eingerissen, niedergetrampelt, besudelt! Und keiner war sich darüber im Klaren! Ich war doch für alle nur ein Gammler, selbst schuld an allem, der doch eh nichts ändern wollte, ‚der könnte, wenn er nur wollte…. der ist doch nicht dumm.‘ Sofort waren die altbekannten Stimmen da, bereit, rücksichtslos auf mich einzudreschen.

Mit grimmigem Gesicht und gesenktem Kopf lief ich eilig Richtung Gartenhaus. Nur raus hier! Weg von diesen spießigen, gepflegten Vorgärten, den neugierigen Gesichtern hinter den Gardinen, den Spitzlern und Verleumdern! Glaubt nur eure Lügen, erstickt daran! Ich überlegte noch, ob ich morgen den Antrag beim Wohnungsamt zurückziehen sollte…. Ach was, ich würde hier gar nichts mehr tun. Wenn Stefan erst da wäre…

„Hi! - Na, wie siehst du denn aus?!", plötzlich stand Sigrid vor mir. Sie blickte mir direkt in die Augen, lächelte schon wieder und begutachtete interessiert meine zusammengebundenen Haare, meinen Bart. Mir war jetzt nicht nach Spaß zumute und auch nicht danach, betrachtet und aufgehalten zu werden, nicht mal von Sigrid. Schlecht gelaunt, wie ich war, sagte ich, ich sei noch krank und wolle heim. Sie ging gar nicht darauf ein.

„Das sieht gut aus. Vielleicht könnte man noch etwas nach-bessern. Sie mal, hier auf der Seite ist es etwas schief…" und sie zog leicht an ein paar Haaren an meinem Kinn und lachte. Ich wich zurück. „Lass das… bitte."

„Komm doch auf einen Sprung mit rein, Martin. Ich koch dir Kaffee. Siehst aus, als könntest du einen vertragen." Sie nick-te herüber zum „Alberto". Es war halb fünf. Wahrscheinlich begann ihr Dienst. Und noch bevor ich etwas erwidern konnte, hatte sie sich bei mir untergehakt und schob mich energisch in Richtung Pizzeria, während sie mir nebenbei von einer Freun-din erzählte, die eigentlich Friseurin sei, jetzt aber in einer Fabrik hier in der Nähe arbeitete. Die könne da vielleicht noch einmal ein bisschen nachschneiden. Natürlich nur, wenn ich einverstanden wäre. Ich musste mich anstrengen, ihrem Ge-plapper zumindest teilweise zu folgen. Mein Kopf war woan-ders.

Ich setzte mich auf einen Hocker vor der Theke in der Ecke vor die Wand, sagte nichts, während sie anfing zu hantieren. Kaffee aufsetzen, Ofen anheizen, Geschirr parat stellen, Kar-tons falten, Anrufbeantworter abhören. Sie spannte draußen den Sonnenschirm auf, rückte den Stuhl zurecht und stellte die Tafel heraus, die Alberto ihr hingestellt hatte. Sie wirkte, als würde sie schon Monate oder Jahre hier arbeiten. Irgendwie tat es gut, ihr zuzusehen. Es dauerte nicht lange, da stand ein Becher schwarzen Kaffees vor mir, Milch und Zucker dane-ben. Bohnenkaffee…!!! Echter, italienischer Bohnenkaffee…!!! Ich nahm Milch und drei Löffel Zucker, trank einen Schluck… hmmm, ich konnte förmlich spüren, wie das heiße, süße Ge-tränk meine Speiseröhre hinunterlief und in meinem leeren Magen ankam, ihn langsam, Schluck für Schluck angenehm warm füllte. Kaffee kochen konnte sie also auch.

Sie stand hinter der Theke, schaute mir zu. ,Hoffentlich stellt sie jetzt keine Fragen.', dachte ich mir. Doch da begann das Telefon zu klingeln. Sigrid nahm die ersten Bestellungen auf.

Während sie zuhörte und das Telefon zwischen Schulter und Ohr einklemmte, streifte sie ein Gummi von ihrem Handgelenk und verknotete ihre Haare im Nacken zu einem kleinen Pferdeschwänzchen. Unwillkürlich musste ich lächeln. Dreimal hintereinander wurden Pizzen bestellt, Salat, Nudeln oder Panna Cotta. Alberto erschien, nickte mir kurz zu. Während er begann, Teigkugeln zu großen Pizzaböden zu kneten und in der Luft zu drehen, wies er mit dem Kopf in die Ecke hinter der Theke, wo ein Besen stand, Schaufel und Kehrblech. War ich gemeint? Ich schaute ihn an, er nickte. Der letzte Schluck, warm und süß, ich ließ ihn lange im Mund, während ich aufstand und den kleinen Raum und den Gehsteig draußen kehrte, vier Stehtische abwischte, einen Aschenbecher, den mir Sigrid hinschob, draußen neben den Stuhl stellte. Das alles lief wortlos, trotzdem nickte mir Sigrid aufmunternd zu, war mit ihrem Blick immer mal wieder bei mir, und ich wusste irgendwie, was ich zu tun hatte.

Ich arbeitete langsam und mit Bedacht. Und es tat mir gut, ein Teil dieses Treibens hier zu sein. Alles lief ineinander, hatte seine Ordnung und seinen Ablauf, ich versuchte, möglichst wenig anzuecken und brauchte dafür viel Konzentration. So konnte ich das Gespräch im Präsidium verdrängen, kam zumindest für eine Zeit zur Ruhe, aber es war eine erzwungene, oberflächliche Ruhe, und ich spürte, wie viel Kraft es mich von Stunde zu Stunde kostete, den Deckel auf dem Topf festzuhalten, in dem es immer noch brodelte. Meinem Magen ging es noch immer nicht hundertprozentig, zumal ich heute noch nichts gegessen hatte.

Es musste schon später am Abend gewesen sein, ich spülte Geschirr und stand lange schon in dem warmen kleinen Raum, der an den Gastraum angrenzte, als ich merkte, wie meine Beine weich wurden und mir das Blut aus dem Hirn wich. Dann wurde mir schwarz vor Augen…

Als ich die Augen aufmachte, sah ich in Albertos und Sigrids erschrockene Gesichter direkt über meinem. Meine Füße lagerten hoch, unter meinem Kopf war etwas weiches, jemand tätschelte eher unsanft meine Wangen. Etwas Kaltes, Nasses lief an meinem Hals herunter in meinen Nacken. Ich versuchte aufzustehen, doch beide hielten mich zurück. „Du bleibst jetzt noch ein bisschen liegen. Wir sind hier bald fertig, schaffst du das? Ich bring dich dann nach Hause." Das war Sigrid. Ich versuchte ein leichtes Nicken. Kam mir aber in der kleinen Spülküche, deren Boden ich bestimmt fast ausfüllte, sehr ungeschickt und dumm vor. Und mir ging es doch schon wieder besser, war nur mal kurz schwach geworden. Aber die beiden sahen ernst aus, also folgte ich und schloss die Augen noch für eine Weile.

Doch mit der zurückkehrenden Durchblutung im Hirn begann auch langsam das Theater im Kopf, und es wurde schnell lauter, schriller, dröhnte, höhnte schließlich zwischen meinen Schläfen... ich versuchte, mir die Ohren zuzuhalten, was natürlich Quatsch war, registrierte plötzlich das aufkommende Bedürfnis nach Alkohol... ich wollte, ich musste jetzt gehen....! Ich versuchte aufzustehen. Vielleicht würde es mir gelingen, irgendwie an Alberto und Sigrid vorbei einfach aus der Tür zu gelangen, hinaus, weg, irgendwohin, Stefan hatte Wein... Meine Beine waren wackelig, aber es ging. Langsam! Mir war schwindelig, alles drehte sich wieder als hätte ich schon getrunken. Ich brauchte meine ganze Aufmerksamkeit, um den kurzen Weg durch den kleinen Laden zu gehen. Die Tür stand offen, es war sehr warm hier, zu warm... draußen war es schon dunkel... so, nun, es war nicht weit. Die Kirchturmuhr schlug, ich wusste nicht wie oft.

Ich ging dicht an den Geschäftshäusern, dann an den Gartenzäunen entlang, fingerte schließlich in meiner Hosentasche nach dem Schlüssel für die Haustür. Vor lauter Zittern brachte ich ihn nicht ins Schlüsselloch, mein Kreislauf, ich spürte das Pochen in meinen Adern... verdammt...! Da spürte ich plötzlich eine Hand auf meiner Schulter. Im Zeitlupentempo drehte ich mich um, meine linke Hand suchte vorsichtshalber das Treppengeländer... es war Sigrid. „Ich hab jetzt Feierabend. Hast du ein bisschen Zeit?", fragte sie und nahm mir den Schlüssel aus der Hand.

Sollte ich mich nun freuen oder ärgern? Ich fühlte nichts, also ließ ich es laufen. „Du hast außerdem dein Abendessen vergessen.", lächelte sie und hielt mir eine warme, schwere Pizzaschachtel hin. Als wir dann wenig später auf Stefans Terrasse saßen und Pizza und Rotwein teilten, wurde es mir schnell besser. Im Karton befanden sich zwei Pizzen, oh Wunder! Hastig schlang ich meine hinunter, spülte mit Wein nach und lehnte mich dann im Gartenstuhl zurück, das Gefühl genießend, das sich durch einen wohl gefüllten Magen und schnell getrunkenen Wein deutlich einstellte. Sigrid hatte etwas erzählt, aber ich hatte ihr nicht wirklich zugehört, das fiel mir erst jetzt auf, da ich nicht mehr mit Essen beschäftigt war. Sie schwieg und sah mich an. Dann lachte sie. „Was ist los?", fragte sie nach einer Pause unvermittelt. „Gibt es Probleme?"

Diese Frage überforderte mich, so dass ich lange Zeit nachdachte, ohne etwas zu sagen. Ich hatte auch wenig Lust zu reden. Ausweichend antwortete ich: „Das muss vorhin der Magen gewesen sein. Ich hatte heute noch nichts gegessen. Dann so lange auf den Beinen sein. Und die Wärme... Hat Alberto was gesagt?" „Nein, alles in Ordnung. Du hast gut gearbeitet. Er wusste ja, dass du nicht fit warst. Kommst du morgen wieder?"

Die Frage sollte beiläufig klingen, und trotzdem spürte ich an ihrem Tonfall, dass Hoffnung mitschwang. Was wollte sie? Warum war sie hier? Warum war sie freundlich zu mir? So viel freundlicher als alle anderen hier? Musste ich misstrauisch sein? Ich hing lange meinen Gedanken nach, vergaß für einen Moment, dass sie neben mir saß. Wäre es so gewesen, dass sie sich tatsächlich für mich in irgendeiner Weise interessierte

- es wäre mir unangenehm. Ich hielt mich von Frauen fern. Es war zu schwierig, würde zumindest immer wieder schwierig werden. Beziehungen... ich konnte mir nicht vorstellen, dass es jemand ernster mit mir meinte. Mit mir....? - Nein. Ich wollte mich weder öffnen, noch wollte ich reden. Jemandem zu vertrauen, es schien mir unmöglich. Da war nur Stefan, das war etwas anderes. Aber mich noch einmal mit einer Frau einzulassen? Mir fielen nur Probleme ein. So vieles, das sich dann ändern müsste....

Nach einer ganzen Weile sah ich zu ihr herüber. Sie hatte die Augen geschlossen. Schlief sie? Eigentlich hoffte ich, sie würde nun gehen. Ich hatte Lust auf eine weitere Flasche Wein. Lust darauf, mich in meinen dunklen Gedanken zu vergraben, mich zu verkriechen, zu weinen, zu schlafen, allein zu sein. Ich räusperte mich.

Die Frau im Gartenstuhl neben mir öffnete ihre Augen, schaute mich an. So ernst sah sie nicht gut aus. Auch wirkte sie müde. „Wo schläfst du hier eigentlich?", versuchte sie es mit einer weiteren Frage. Ich deutete wortlos mit dem Kopf in Richtung Gartenhaus. „Vorübergehend.", sagte ich noch. Sie nickte. Nach einigen Augenblicken sagte sie in die Stille hinein: „Ich hab einige Bekannte hier aus dem Osten. Die wohnen in einem Gasthaus ein bisschen außerhalb. Da ist immer wieder Wechsel, da wird öfter ein Zimmer frei. Wenn du willst, kann ich mich mal umhören." Ich zuckte die Achseln, nickte kaum merklich. „Kann nicht schaden.", murmelte ich ohne Begeisterung über ihr Angebot. Nachdem ich es dabei beließ und weiter schwieg, stand sie Minuten später auf, gab mir die Hand. „Ich muss dann jetzt wohl. Also, erhol dich gut und gute Nacht. Und vielleicht bis morgen." Irgendwie fand sie in der Dunkelheit das Gartentürchen, das hinaus auf die Straße führte. Ich machte keine Anstalten, ihr behilflich zu sein. Ich war froh, nun allein zu sein.

25

Ich öffne die Augen. So lange sitze ich hier, dass es draußen und auch im Zimmer bereits dunkel ist, taste nach dem Wolfsbuch, das mir vom Schoß gerutscht sein muss. Ich habe gehört, wie sich vor einiger Zeit die Tür geöffnet und wieder geschlossen hat, der Schlüssel herumgedreht worden war. Wie spät mag es sein? Soll ich Licht machen und mich umziehen? Waschen? Oder einfach hinlegen und weiter vor mich hindenken? Ich habe wieder Sigrids Duft in der Nase, lege meinen Kopf zurück auf das schmale, feste, schon etwas muffige Kissen und hoffe, dass er noch eine Weile bei mir bleibt. Ihr weiches Haar, ihre weiche Haut, die Augen, die mich so oft so liebevoll angesehen hatten. Ihre geschickten, schnellen Hände. Ich spüre sie auf meinem Körper, überall. Eine schmerzhafte Leere zieht in meinem Innern. Ich habe sie alle verloren.

Einsamkeit. Einsam verlassenes, vergessenes Kind, im Keller, nur Dunkelheit und Stille meine Freunde. Die Tür wird wieder aufgehen, jemand wird für kurze Zeit ein wenig Licht in die Dunkelkammer lassen, aber was bringt es mir? Ich gehe in die helle Welt zurück, aber was bleiben wird, ist Einsamkeit.

26

Ich hatte für meine Verhältnisse lange geschlafen und von Dingo und unserem Sommer geträumt. Es war schon hell.

Einen Moment noch blieb ich liegen auf meinem provisorischen Lager im Gartenhaus und hing den Bildern und Gefühlen nach, die ich noch festhalten konnte. Morgen würde Stefan wieder kommen. Heute gleich wollte ich noch einmal in den Wald. Mein Rücken tat weh, ich hatte Sehnsucht zu laufen, Sehnsucht nach Weite und frischer Luft, nach Freiheit und

Einsamkeit, nach Äpfeln und einem Stückchen Käse mit Brot auf einer Bank in der Sonne. Auch wenn ich jetzt schon spürte, wie Dingo mir fehlte, wie er mir noch mehr fehlen würde, wenn ich die Wege ginge, die ich mit ihm gegangen war, die Plätze suchte, wo er mir Gesellschaft geleistet hatte, die Aussichten genoss, die nur wir beide kannten: Ich musste los. Keinen Tag würde ich es hier in dieser engen Stadt, zwischen den Häusern und Menschen, die mir böse Lügen nachsagten, aushalten können.

Ohne auf die Uhr zu schauen, ohne mich zu waschen oder umzuziehen stand ich auf, nahm meinen Rucksack und lief, ohne mich nach rechts und links umzusehen, aus dem Ort heraus. Ich wollte erst zwei, drei Kilometer am Fluss entlang im Tal bis in den kleinen Vorort laufen, von dem rechts ab der alten Brücke der schmale Weg bergan in den Wald hinein führte. Unten an der Kreuzung gab es einen kleinen Laden, in dem ich mich noch etwas eindecken konnte, der musste bis dahin schon offen sein.

Es tat gut, zügig auszuschreiten. Die Luft war noch frisch, aber nicht kalt. Nur sehr wenige Autos waren schon unterwegs. Ich versuchte, auf das Rauschen des Flusses zu hören, als ich den Weg erreicht hatte, der nun parallel zum Flusslauf das Tal durchzog. Die Bänke, auf denen ich mit Dingo gerastet hatte, die Mülleimer, die ich noch vor kurzem durchsucht hatte, ich ließ alles links liegen und versuchte, nicht zu denken. Nach dem Regen der letzten zwei Wochen war der Fluss stark angeschwollen und schmutzig graubraune Wassermassen rauschten mit einigem Getöse zwischen den Ufern in erstaunlicher Geschwindigkeit. Ein Teil der Wiese zwischen Fluss und Weg war überschwemmt, ein paar Enten watschelten ängstlich beiseite, als sie mich kommen sahen. Ich lief und lief, gleichmäßig und zügig meine Schritte, der Rucksack auf meinem Rücken war leicht, ich fühlte mich körperlich passabel. Kurz vor den Häusern, an dem ich den Weg am Wasser entlang verlassen musste, begegnete mir ein Kind mit einem

Schulranzen, das mich artig leise grüßte. Sonst begegnete mir niemand. Welcher Wochentag war heute? Es musste Donnerstag sein. Vielleicht würde ich mir gleich im Laden eine Zeitung mitnehmen. Auf jeden Fall aber Käse, Brot und ein paar Flaschen Bier.

Als ich wenig später mit gut gefülltem Gepäck bergan schritt, riss die Wolkendecke auf. Aber noch blieb es trotz Sonne angenehm kühl. Ich wollte auf der Straße bleiben und erst oben auf dem Berg in den schmaleren Forstweg einbiegen. Es würde matschig sein im Wald. Doch ich kannte fast alle Wege und wusste, wo es gehen würde. Als ich rechts abbog von der Straße, sah ich gerade noch den Mitsubishi von oben langsam die Straße herunter kommen. Das Rotgesicht am Steuer, er schaute aber in die andere Richtung und sah mich nicht. Instinktiv hielt ich die Luft an und trat hinter einen dicken Baumstamm direkt neben mir. Das Auto fuhr weiter und doch reichte diese Sekunde. Sofort wurde das Gespräch von gestern Nachmittag, wurden all die Gemeinheiten und Unterstellungen wieder wach. Mein Herz schlug heftig gegen meine Rippen. Doch Wiesler fuhr Richtung Ort, würde sein Jagdgewehr gegen einen Kugelschreiber, sein Auto gegen seinen langweiligen Schreibtisch eintauschen müssen...! Heute gehörte der Wald MIR, heute war ich frei...! Regenfrischer Duft von Erde und Nadeln, Moos und Pilzen umgab mich und es gelang mir mit einiger Anstrengung dann doch, mich auf den Tag, der vor mir lag, zu konzentrieren, mich auf den Inhalt meines Rucksacks zu freuen, der schwer an meinem Rücken hing und Dingo zu vermissen, was immer noch besser war als über Jäger und Polizisten nachzudenken. Überwiegend entschlossen setzte ich meinen Weg fort, nicht ohne mich immer wieder umzusehen, ob ich den Mitsubishi irgendwo noch einmal auftauchen sah.

27

Ich suche nach dem Lichtschalter über meinem Kopfkissen an der speckigen, abgegriffenen Wand. Das Licht blendet mich, schnell drehe ich mich auf die Seite, suche das Buch, das neben dem Bett auf dem Boden liegt, betrachte lange den Einband, das schöne wilde, vollkommene Gesicht des Wolfes. Seite um Seite blättere ich und schaue mir die Bilder an. Lichtdurchflutete, hellgrüne Waldbilder, weite Felder, ich rieche förmlich das Gras - Wölfe im Bach, ich spüre das eiskalte Wasser an meinen eigenen Füßen, wie sich die Blutgefäße zusammenziehen, es weh tut, bis die Kälte langsam einer kribbelnden Wärme weicht, die Füße krebsrot. Bilder vom Herbst, fallende Blätter - ich rieche das modernde Laub, Pilze, Erde, Moos. Einsame Wölfe, Wölfe im Rudel, Wölfinnen mit ihren Welpen... Schließlich stehe ich auf, knipse das Licht wieder aus, stelle mich dicht neben das Fenster, schaue dorthin, wo der Himmel sein muss. Doch es ist zu hell. Kein Stern, keinen Mond kann ich erkennen. Die Strahler, die das Gelände auch nachts beleuchten, lassen keine vollständige Dunkelheit zu.

Die Wölfe sind frei, ich bin gefangen. Eingesperrt, als wäre ich ein gefährliches Tier. Was ist das für eine Welt, in der Menschen wie ich, wie so viele andere hier, die vom Leben schon bestraft genug sind, eingepfercht und isoliert werden? Als wenn sich durch noch mehr Strafe irgendwas zum Besseren wenden könnte? Wodurch, frage ich mich? Das Gegenteil passiert. Es ist doch nur eine weitere Bestätigung, dass wir „nicht ganz richtig ticken", die Welt vor uns geschützt werden muss, weil wir böse sind, abartig, gefährlich. Kommen viele nicht hier erst wieder auf schlechte Gedanken? Wie kann man hier lernen, gut von sich zu denken? Bestätigung bekommen? Das so wichtige Vertrauen in andere Menschen? Lebensmut? Nein, das Gegenteil ist der Fall. Und wer wieder rauskommt, erfüllt oft die Prophezeiung.

Ich weiß nicht, ob ich an Strafe glauben kann. Hat mich Strafe jemals geläutert, gebessert? Haben die Stunden im Keller irgendetwas vermeintlich Gutes bewirkt? Nein, denke ich bitter. Nur, dass ich mir von Mal zu Mal sicherer wurde, nicht verstanden zu werden. Auch die Schläge, die Beleidigungen. Das alles hat nur bewirkt, dass ich mich zurückgezogen und gelernt habe, für mich selbst zu sorgen, mir meine eigene Welt zu bauen, eine Sicherheitszone zu schaffen, auf der Hut zu sein. Die Mauer wurde höher und dicker.

Natürlich kann man einen Menschen, der gefährlich ist, der anderen etwas antut, nicht laufen lassen, ihm nicht seine Freiheit lassen, wenn er damit nicht umgehen kann. Ein Opfer, das weitere Opfer erschafft, das Leiden vermehrt. Natürlich muss man weiteren Schaden verhindern. Kann man diesen Menschen, Menschen wie mir, überhaupt helfen? Kann man ihnen nachträglich das geben, das sie entbehren, das sie bräuchten, um friedliche, glückliche Menschen zu werden? Dass sie zu Menschen werden, die gut für sich sorgen können? Vielleicht ist das eines der ganz großen Fragezeichen dieser Welt. Was tun mit all diesen verletzten, kranken, unversorgten Seelen, mit den verhungernden, misshandelten Herzen, den traumatisierten Gehirnen, den seelischen Krüppeln? Was tun mit diesen tickenden Zeitbomben? Aufbewahren, Wegsperren, Bestrafen durch Zwang zu Langeweile und Neurosen, Routine, Sinn-entleertem Arbeiten, oberflächlichem Miteinander? Das jedenfalls reicht niemals, führt noch nicht einmal ansatzweise in die richtige Richtung. Ja, natürlich, es gibt auch Therapien, Behandlungen, angewandte Wissenschaften, man bemüht sich. Doch was brauchen Menschen wie ich wirklich? Was brauchen sie noch? Worauf kommt es wesentlich an? Ich denke an Dr. Andersen. An die Wärme in ihrer Stimme. Ich denke an Stefan. Seinen ehrlichen Einsatz, sein spürbares Herz.

Stefan hat mir oft gesagt: „Über die Regeln reden, die jeder für sich im Umgang mit anderen braucht, aber vor allem Verständnis, Verzeihen, Liebe, Gemeinschaft, Teilen, für einander da sein, das wirklich zu leben ist wahre Religion, das sind die Pfeiler auf denen die seelische Gesundheit einer Gesellschaft steht. Aber das alles nicht auf Kosten der eigenen Seele. Man muss bei sich selber anfangen. Sich selber kennenlernen, sich selbst entschlüsseln, sich ‚Fehler' verzeihen, weil man im besten Fall die Gründe dahinter versteht, den Hunger erkennt. Auch sich selber lieben und nicht ständig mit anderen vergleichen, Gleichgesinnte suchen, reden, spielen, Spaß haben, leben, dann kann man andere ehrlich lieben lernen.

Der Mensch hat eine natürliche, angeborene Sehnsucht nach Frieden, nach Harmonie, nach Liebe und Freundschaft. Mit diesen Werten, nach diesen inneren Regeln zu leben, macht uns glücklich, es ist unsere Natur, daraus entsteht Gutes. Und das zu vermitteln ist das Urbedürfnis aller Religionen. Die Ethik unserer Herzen, die wir alle empfinden können, die unser Bedürfnis ist, damit wir unseren inneren Frieden, unser Gleichgewicht haben, uns entwickeln können, Kraft für uns und andere haben. Die verschiedenen Religionen haben diese ethische Wahrheit nur in unterschiedliche Regelkostüme gezwängt, passend zur jeweiligen Kultur, passend zu Land und Zeit ihrer Entstehung. Wenn wir sie entkleiden, sehen wir immer das gleiche, etwas, das unser Herz versteht, wonach es sich sehnt, das es sich wünscht, hinter all den Ersatzbefriedigungen, mehr als alles andere."

Und wenn ich Stefan dann geantwortet habe, dass ich mit all dem meine Probleme habe, sagte er mir nur: „Du darfst vertrauen, du darfst glauben, lass dich fallen, hinterfrage nicht zu viel. Die Liebe, die wir nicht von Menschen erwarten, die wir nicht an etwas binden, ist sicher. Du wirst sie spüren, wenn du vertraust. Und du wirst Ergebnisse haben, die du sehen und anfassen kannst. Aber erwarte sie nicht, verlange sie nicht, bleibe offen. Glaube und vertraue wie ein Kind seinen guten, verlässlichen Eltern. Auch wenn deine wahren Eltern dir dies Gefühl nicht geben konnten, weil sie es selbst nicht erfahren haben. Sie hätten suchen können nach einer neuen Quelle, die ihren Brunnen füllt. Nach neuem, guten Wasser. Sie wären fündig geworden. Wenn sie es nicht getan haben, tu du es. Wer sucht, der findet. Wer die Hand aufhält, ehrlichen Herzens, bekommt keinen Stein hineingelegt. Das ist ein Versprechen.

Kannst du spüren, wie frei uns das machen könnte? Und dass uns das alle verbindet? Jetzt schon? Wenn wir über die Äußerlichkeiten hinweggehen könnten? Was für ein schöner Traum. Aber er kann wahr werden. Er wird wahr werden. Es muss keine Kriege geben, keinen Hass, wenn wir endlich unseren gemeinsamen Nenner finden und tolerieren, dass jeder sein Bild in seinem eigenen Rahmen aufhängen möchte, jeder seinen Wein aus seinem eigenen Glas oder Gefäß trinken will. Wir hätten den Reichtum in uns, der Schatz wäre gehoben und er würde uns großzügig machen und fähig, mit einem großen Herzen einander zu begegnen. Ein Herz, das voller Liebe ist, will nicht kränken oder verletzen. Es ist nicht missgünstig oder eifersüchtig. Denn es hat die Quelle gefunden und weiß, dass diese Quelle nicht versiegt. Es ist auf seinem eigenen Weg und fühlt sich sicher und reich. Die Regeln des Miteinanders ergeben sich von selbst aus der natürlichen Ethik unserer Herzen."

Stefan redete sich manchmal an unseren gemeinsamen Abenden fast in Rage. Es waren lange Monologe und ich lauschte erstaunt. Dann war er entflammt, mehr als ein Pfarrer, er schien mir fast selber wie ein Prophet. Auch wenn ich ihm nicht immer ganz folgen konnte: Die Art, wie er redete, ließ Bilder in mir entstehen, die sich gut anfühlten, die blieben, weil es Bilder waren, die mich tief berührten. Sie blieben, auch hier und heute höre ich seine Worte, aber die Erinnerung schmerzt und macht mich traurig. Stefan, unsere Abende, unsere Gespräche scheinen unerreichbar weit weg zu sein, sie gehören zu einer anderen Welt, zu einem anderen Universum.

Noch einmal schaue ich aus dem Fenster Richtung Himmel. Ich kann nichts erkennen. Der Himmel scheint noch bewölkt und reflektiert das Licht. So, wie ich bin, lege ich mich ins Bett und versuche zu schlafen.

28

Helles Licht weckt mich am Morgen. Das erste, was ich sehe, ist ein hell leuchtendes Rechteck Sonnenschein, das mich grell und laut von der Wand anglotzt. Es klebt da wie ein leeres Bild, wie ein scharf umgrenzter regelmäßiger Fleck, in Signal-Farbe gestrichen. Ich habe Schmerzen in der Leistengegend. Es tut weh, wenn ich mein rechtes Bein bewege.

Nummer sechs ist tot, schießt es mir durch den Kopf, so, als hätte ich das nicht gerade erst erlebt, als wolle mein Gehirn mich vor dem Vergessen bewahren. Dabei ist das gar nicht nötig.

Die Stille und Leere in diesen vier Wänden ohne ein anderes, wenn auch noch so kleines Lebewesen, wird zunehmend unangenehm und ist schwer zu ertragen. Langsam, im Zeitlupentempo beginne ich zu ahnen, dass ich wieder in einem Loch sitze. Still und unbemerkt hat es mich in seine Mitte genommen, mich eingeschlossen. Ich spüre es. Es kam über Nacht. Ich warte ab. Minuten, eine halbe Stunde bleibe ich still liegen, versuche, gut zu denken. Versuche, mich zu entspannen. Versuche das, was ich schon meinte gelernt zu haben. Doch der Gedanke aufstehen, zum Frühstück gehen, reden zu müssen, wird mir mehr und mehr unerträglich. Die Wirkung der Medikamente wird langsam nachlassen. Ja, wahrscheinlich ist es das. Ich werde wieder fallen und am Boden liegen. Lacher um mich herum. Warum immer wieder?? Wie lange noch? Ich will hier bleiben, mich nicht bewegen, mich nicht zeigen müssen. Mein Loch ist dunkel und warm. Es schützt mich. Es dämmt die Geräusche von außen. Ich wünsche mir, jemand würde von oben eine Platte darauf legen und Erde und Laub darüber streuen. Dann würde niemand von mir wissen. Die Luft würde knapp werden.

Ich denke darüber nach, welche Tiefe mein Loch haben müsste, damit ich im Stehen oben durch eine Ritze im Deckel noch Luft ziehen könnte. Mit einem Röhrchen. Einem Strohhalm? Er würde verstopfen. Vielleicht. Ich würde ersticken. Vielleicht. Kann ich ersticken, ohne einen Laut von mir zu geben? Würde ich langsam bewusstlos oder wäre es ein Kampf um den Tod?

Mein Bauch fühlt sich hohl und leer an. Es ist nicht nur die Leere des Magens, die ich spüre. Es ist die Leere meiner Seele. Einsamkeit. Ich habe keine Wahl. Hoffnungslos. Das Gefühl in meinem Bauch wird zu einem Ziehen. Es tut weh. Ich bin wieder ein Heimkind.

In meinem Kopf sind noch Informationen. Wenn ich will, kann ich mich an meine Gedanken von gestern Abend erinnern. Aber da ist eine Entfernung von mir zu meinem Kopf, zum Verstehen und Begreifen, zu diesem Teil von meinem Hirn, in dem die Informationen sind. Diese weite unüberwindbare Strecke, sie wird von Minute zu Minute noch weiter, noch länger. Ich werde mutlos. Ein verwundeter, ausgezehrter, fußkranker Blinder in der Dunkelheit kann keine so weite Strecke schaffen. Auch wenn er das Ziel kennt. Von der Hölle zum Himmel ist es zu weit. Ihr habt gut reden. Ihr alle. Ihr Funktionierenden, Gesunden, Erfolgreichen, Intelligenten... ihr Stefans, Andis, Annettes dieser Welt. Da ist kein Neid. Auch dieser Motor ist aus. Die Wand wurde hochgefahren. Und sie ist da. Keine Illusion. Ich bin allein.

Ich ziehe das Kissen unter meinem Kopf hervor und lege es auf mein Gesicht. Es ist zu klein und zu steif, als dass es meinen ganzen Kopf bedecken könnte. Ich presse von oben beide Hände darauf. Warte. Spüre dem Gefühl nach, ohne Atem zu sein, ohne Luft. Nach einer kleinen Ewigkeit reagiert mein

139

Körper. Er kämpft gegen mich, gehorcht mir nicht, will atmen. Hat er einen eigenen Willen? Muss er nicht auf mich hören? Wer ist hier der Boss!?

Bleierne Müdigkeit, kaum, dass ich richtig wach bin. Erschöpft, kraftlos. Aber ein Teil meines Kopfes, ein anderer Teil als der mit den Informationen, als der, der die Leiter bauen könnte, sucht weiter fieberhaft nach einem Plan, dieses Zimmer nicht verlassen zu müssen. Bin ich das? Ich habe keinen Hunger. Er hat irgendwann aufgehört. Es reichen zwei Kekse. Langsam gegessen. Und ein Schluck aus der Leitung.

Der andere Teil meines Hirns meldet mir, dass es gleich halb sieben ist. Es würde Zeit. Zeit für was? Warum? Eine mögliche Antwort macht sich auf den Weg und kriecht unglaublich langsam, langsamer als eine Schnecke von einer Seite dieses Kopfes zur anderen. Sie wird nicht ankommen. Sie wird unterwegs vertrocknen, sich auflösen. Ich will keine Zeit. Ich bleibe einfach liegen. Ich kann nicht. Nur warten. Tot stellen.

Andere werden entscheiden, was sie für richtig halten. Mir ist es egal. Macht, was ihr wollt.

Dann auf einmal Bens Blick von gestern. Wie verfolgt. Warum hat er immer zur Tür geschaut? Bilder vom Wald. Wolf. Dingo. In meinem Kopf beginnt sich langsam alles zu drehen. Erinnerungen und Gefühle rauschen erst langsam, dann schneller, dann zu schnell, wie im Zeitraffer abgespulte Filme, denen ich nicht folgen kann, im Kreis um mich herum…: Wiesler, wie er mit seinem Gewehr aus dem Autofenster droht, der Blick des Kindes, das mir begegnet ist. Ich sehe sein Gesicht. Ein Mädchen mit langen braunen Haaren. Ich rieche Dingos nasses Fell. Der Geruch von Heu in der Nacht. Das erlöschende Licht im Auge des Rehes, Schweineaugen im Gulli, der Eisenbahnkeller, sirrendes Geräusch der E-Lok in einer künstlichen Welt, Geruch von Kunststoffkleber, das betrunkene Gesicht meines Vaters, wie er zu lächeln versucht, kurz eine andere Männerfratze, meine Mutter oben im Lichtschein der geöffneten Kellertür als schwarze Silhouette, Geschmack des Weins bei Stefan, Blumen auf der Terrasse, Pizza, Sigrid...

Ich beginne plötzlich zu schreien. Ich schreie und schreie, kann nicht mehr anders. Etwas muss raus... Ich presse die Augen zusammen, ich halte die Ohren zu, ich krümme mich zusammen, versuche, unter die Decke zu kriechen. Aber sie ist zu klein, rutscht auf den Boden... Ich liege nackt, strampele, trete, wie ein Säugling, es ist zu hell, Neon-Licht, ein Operationstisch, der Arzt... Ich fühle harte Hände an meinen Armen, die mich festhalten, versuche, mich zu befreien, schlage um mich, wehre mich. Ich möchte beißen, bin ein Tier, stark, aber doch zu schwach, zu viele Hände...sind stärker als ich, tun mir weh. Ich kämpfe, kurz... muss mich ergeben... Wut und Tränen steigen auf, ich lasse alles laufen, alles sinnlos, falle in mich zusammen wie ein loderndes Feuer im Wolkenbruch. Ein Schmerz im Arm... bekanntes Gefühl... erst Wärme, dann Hitze, ich brenne kurz auf, dann wird alles kühl, kalt und ruhig. Ich bin ein zuckendes Herz ohne Körper, liege auf einem kalten sterilen Tisch in einem großen leeren Kühlhaus aus glänzendem Stahl und weißen Fliesen...dann wird es dunkel.

29

Ich wache auf, schlafe wieder ein, wache wieder auf, schlafe wieder ein, verliere jegliches Zeitgefühl. Schließlich erwache ich von einem Schmerz im Rücken, drehe mich hin und her, finde keine gute Lage mehr, versuche, mich aufzusetzen, benommen, im Zimmer ist es dämmrig. Ich blinzele, erkenne sehr langsam einen säuberlich zusammengelegten Stapel frischer Bettwäsche sowie mehrere abgedeckte Teller auf dem Tisch. Ist das mein Zimmer? Die Teller auf dem Tisch verursachen leichte Übelkeit. Ich versuche, die Augen offen zu halten, wach zu bleiben, nach endlosen Minuten aufzustehen. Es dreht mich fürchterlich, aber ich schaffe es vom Bett zum

141

Stuhl. Während ich noch da sitze und versuche mich langsam zu erinnern, was vorgefallen ist, geht schon die Tür auf. Ein Mann kommt in Begleitung einer Frau herein, ich kenne sie nicht. Sie stellen Fragen, die ich nicht ganz verstehe, mein Kopf arbeitet viel zu langsam.

Die Frau misst meinen Blutdruck, fühlt an meinem Handgelenk, leuchtet mit einem kleinen blauen Lämpchen in meine Augen, bittet mich, möglichst gerade vom Fenster zur Tür zu laufen. Ich kann das nicht, drehe mich um, greife zur Stuhllehne, um mich wieder fest zu halten. Die Frau kramt in ihrem Koffer, bespricht etwas mit dem Mann, der sich Notizen macht.

Der Mann füllt mein Glas mit Leitungswasser, bemerkt meine Fliegen, glaube ich, jedenfalls sagt er irgendetwas dazu, was ich wieder nicht ganz verstehen kann, lächelt dieses Lächeln, das ich wohl hassen würde, wenn ich die Kraft dazu hätte, die Frau legt kleine runde weiße Scheiben…Tabletten… neben das volle Glas, das jetzt auf dem Tisch steht. Neben der Bettwäsche, neben den abgedeckten Tellern. Die Unordnung ist mir viel zu viel. Ich will das beseitigen, greife danach, will wieder aufstehen. Jemand drückt mich an den Schultern wieder auf meinen Stuhl, deutet auf die Tabletten. Es sind mehrere, drei, vier oder fünf. Ich kann nicht richtig zählen.

Die Frau nimmt meine Hand, dreht die Handfläche nach oben, legt alle Tabletten hinein, deutet mit ihrem Zeigefinger auf ihren Mund, streckt ihre Zunge heraus, deutet auf die Zunge. Der Mann nimmt das Glas vom Tisch, hält es mir hin. Ich sehe zu, wie ein Tropfen außen am Glas herunterläuft, möchte warten, gleich tropft der Tropfen auf den Boden. Aber sie sind ungeduldig. Ich muss alles schlucken. Sie warten, während die Frau ihre Finger an meinem Handgelenk hat, nach einer Zeit nochmal Blutdruck misst. Keiner spricht ein Wort, ich starre vor mich hin, mein Kopf ist leer und fremd. Schließlich gehen sie, wünschen mir eine gute Nacht, morgen früh würde wieder jemand nach mir sehen. „Welcher Tag ist morgen?", frage ich.

142

„Sonntag", kann ich verstehen, bevor die Tür sich schließt. Ich schaue auf meine Uhr über der Tür: Kurz vor 8.00 Uhr. ‚Gute Nacht' heißt, Abend muss es sein.

Stumpfsinnig und blind schaue ich vor mich hin, auf meine Füße, auf die Maserung des Bodenbelags. Nach einer langen Weile gehe ich zur Tür. Das geht schon besser jetzt. Prüfe. Sie ist noch offen. Ich möchte raus, trete auf den Flur. Gehe Schritt für Schritt den Flur entlang. Ich weiß, wo der Ausgang ist. Ich schaue auf meinen Weg. Ohne zu denken. Gehe Treppen, langsam. Spüre das glatte Geländer in meiner Hand. Die Tür nach draußen ist offen. Ich gehe hinaus, atme, gehe, immer den Wegen nach, irgendwohin. Ich werde nicht gestört. Laufe die gleichen mir bekannten Wege immer wieder. Niemand spricht. Ich auch nicht. Ich gehe lange. Als es dunkler wird, kommt jemand auf mich zu. Ich soll hineingehen. Er sieht mich an. Bringt mich zur Eingangstür. Fragt mich, ob ich den Weg allein finde? „Ja", sage ich.

In meinem Zimmer sitze ich wieder auf dem Stuhl. Tür auf, Gute Nacht, Tür zu. Schlüssel dreht sich. Innen ist es still. Außen sind Stimmen. Ich bin jetzt hellwach. Mein Kopf ist klar wie ein sauber gewaschener Himmel nach einem Gewitterregen. Ich schaue unter die Deckel auf die Teller. Esse einen Teller leer. Trinke Wasser aus der Leitung. Es geht gut. Alles gut. Alles gut... Aber was tun? Ich kann nicht schlafen. Ich kann nicht mehr raus. Stelle mich ans Fenster. Fast ganz dunkel. Nichts anders als sonst. Ich mache Licht. Schaue mich um. Mein Blick tastet jeden Gegenstand in diesem Raum ab. Nichts davon spricht mich an. Nichts davon spricht zu mir. Ich sehe das Buch der Wölfe neben meinem Bett liegen. Ich rühre es nicht an. Ich horche in mich. Alles ruhig. Alles gut. Mein Magen arbeitet. Funktioniert. Ich esse vom zweiten Teller die Hälfte. Wenigstens mein Magen ist beschäftigt.

Ich sehe die Bettwäsche an. Ziehe mein Bett ab. Neue Wäsche drauf. Alte Wäsche neben die Tür, gefaltet in einem or-

143

dentlichen Stapel. Ich nehme meinen Putzlappen aus einem Teil meines Spindes. Putzmittel in einen kleinen Eimer. Lasse Wasser dazu. Ich putze alles, alles, bis ich zufrieden bin und an meinem Körper die Anstrengung spüre. Sogar den Boden putze ich. Immer wieder neues Wasser. Als ich fertig bin, ist es zwanzig nach elf. Trinke noch einmal viel. Stelle mir mein Glas neben das Bett. Wechsele meine Wäsche. Lege mich auf's Bett. Lösche das Licht. Warte. Ich warte lange. Lausche, höre in mich hinein. Nichts Schlimmes passiert. Es passiert gar nichts. Ich versuche, mich zu entspannen. Meinen Atem verlängern. Darf ich meinen Kopf benutzen? Darf ich mich erinnern? Denken? Was ist passiert? Wird es wieder passieren? Gleich?

Ich liege still und fühle... Angst? Aber nicht gefährlich. Messer mit stumpfer Klinge. Essen ohne Geschmack.

Ich warte auf Bilder. Ich weiß, sie werden kommen. Gefühle dazu auch, früher oder später. Ich bin der einzige Zuschauer. Starre auf die Leinwand. Stilles Warten. Zeit. Viel Zeit. Alles ist gut. Ich muss nichts ändern. Ich bin beruhigt. Es fühlt sich stabil an. Auch als die Bilder kommen..., alles gut. Ich kann alles ansehen. Bilder mit Weichspüler gewaschen. Ben. Ich sehe sein Gesicht vor mir. Ich mag ihn. Ich mag ihn sehr. Ich möchte ihn beschützen. Ihm nahe sein. Er ist nett zu mir. Es ist Zeit morgen. Vielleicht kann ich ihn finden. Mit ihm reden. Er hat Angst vor Richie. Ich möchte ihm helfen. Ich werde ihm helfen.

Habe ich an Sigrid gedacht? Sigrid. Warme, liebe, gute Frau mit guten Händen. Ich spüre ihre Hände auf meiner Haut. Ich sitze in einer Badewanne, ihrer Badewanne. Sie hat mich gewaschen. Den Rücken, die Haare. Erst habe ich mich unwohl gefühlt. Dann habe ich es genossen. Sie hat meine Nägel geschnitten. Mir Kleidung besorgt. Wir haben in ihrem Bett beieinander gelegen. Verschmolzen wie ein Körper, umarmt, die ganze Nacht. Ich möchte bei ihr sein. Noch einmal. Vielleicht für immer.

Die Nacht dauert lang. Viele Bilder kommen. Ich kann sie mir alle ansehen. Ich träume. Manchmal weiß ich nicht, ob ich wach bin oder schlafe. In mir ist Ruhe. Schließlich dämmert der Morgen. Ich beobachte, wie die Dinge langsam aus der Dunkelheit auftauchen. Ganz langsam. Kommen wie aus dem Nebel, erst dunkelgrau, die Umrisse nur geahnt, dann etwas heller, irgendwann kommt die Farbe, erst als Ahnung, dann immer kräftiger.

Ich spüre meinen Rücken. Liegen bleiben geht nicht mehr. Aufstehen, langsam, Klo, etwas Gymnastik, vorsichtig. Warten. Es sollte jemand kommen. Ich erinnere mich deutlich. Überhaupt ist mein Kopf langsam wieder zu gebrauchen. Er scheint wieder mir zu gehören. Es mischen sich mehr und mehr die bekannten Farben dazu, meine Welt kehrt zurück. Ich finde mich wieder. Etwas wie Freude darüber, dass ich noch da bin. Die Tür geht auf. Ein jüngerer Mann. Wir wünschen uns einen guten Morgen. Ich bringe das Geschirr von gestern oder vorgestern auf den Wagen, der vor der geöffneten Tür parkt und den Ausgang versperrt. Nehme einen neuen Teller entgegen. Eine kleine Kanne mit Tee. Frühstück im Zimmer. Gut. Sehr gut. Das Gesicht kenne ich nicht, nie gesehen.

Ich kann mich an kein Programm für heute erinnern. Nichts, was ich beachten müsste. Keine Erwartung an mich. Hoffentlich. Also warte ich weiter, während ich in kleinen Schlucken den nur lauwarmen Tee trinke. Das soll wohl Pfefferminz sein. Zwei Scheiben graues Brot mit Schmelzkäse und Streichwurst. Ich esse alles auf. Warte. Schließlich kommt eine freundlich lächelnde Ärztin. Ich sage nicht viel. Beantworte ihre Fragen. Ob ich gut geschlafen hätte. Wie es mir gehe. Ob ich schon draußen war. Was ich heute machen wolle. Misst den Blutdruck. Schaut auf Listen. Macht Notizen. Scheint zufrieden. Ja, ich wolle dann bald raus. Der Rücken tue ein bisschen weh. Sonst sei auch ich zufrieden. Ich wolle Ben suchen. Mit ihm ein bisschen reden. Sie nickt. Verabschiedet sich. Ich solle heute machen, wonach mir ist. Nur nicht die ganze Zeit hier herumsitzen. Das sei nicht gut für den Rücken.

Draußen ist es warm. Ich gehe den Weg wie gestern. Setze mich auf eine Bank in die Sonne. Sie scheint mir ins Gesicht. In der hohen Birke geradeaus sitzt ein Vogel und singt. Eine Amsel. Morning has broken. Dass mir die Melodie dazu nicht einfällt, stört mich nicht besonders. Ein bekanntes, schönes und altes Lied ist das. Ich hoffe, ich kann mich später erinnern. Ich schließe die Augen. Eine leichte Brise streicht über meine Haut. So bleibe ich sitzen. Vergesse die Zeit. Als ich die Augen wieder aufmache, ist das Bild nicht sehr verändert. Der Vogel sitzt nicht mehr im Baum. Ist der Himmel blauer geworden? Die Sonne scheint wärmer. Einige Jungs spielen hinten auf dem Fußballplatz und schreien sich etwas zu. Ich hatte sie bis jetzt nicht gehört. Hatte ich geschlafen? Schnell schaue ich an mir herunter. Kontrolliere meine Kleidung, meinen Körper... nein, alles in Ordnung, soweit ich sehen kann. Mir ist auch nicht übel. Trotzdem bin ich unruhiger, jetzt wo ich sehe, dass hier mehr Betrieb ist. Ich kann die Gesichter hinten auf dem Spielfeld nicht erkennen. Etwas treibt mich an zu gehen. Ich denke an die Bibliothek, könnte das Wolfsbuch zurücklegen. Lieber nicht mehr ansehen. Im Moment jedenfalls nicht. Es hat mir wohl nicht gutgetan.

Der große Büchersaal ist leer, ruhig und kühl. Es riecht angenehm nach Ordnung und Wissen und Sauberkeit. Ich gehe durch die Gänge, streiche mit den Fingern über Bücherrücken. Jedes Buch eine neue Welt. Du ahnst nichts, wenn du es herausziehst, es aufklappst. Aber beginnst du zu lesen, nur einen Absatz, spannt sich ein neues Universum auf, entstehen lebendige Wesen, Länder, bunte Bilder, Gefühle, Spannung, Freunde und Feinde. Ich denke an Bastian Balthasar Bux. Die unendliche Geschichte. Einer meiner Helden, früher. Mit dem richtigen Buch auf einen Dachboden, weglaufen vor der Wirklichkeit, verborgen im Geheimen, eintauchen, abtauchen, eins werden mit einem Buch, alles vergessen, für ein paar Stunden, einen Tag, eine Nacht. Und dann das Gefühl, wenn du wieder auftauchst, aufwachst. Du bist nicht mehr der Alte. Du gehst in die Welt zurück und nimmst etwas Neues mit, das ist wie Magie. Aber nicht jedes Buch kann zaubern.

Ich nehme ein Buch, das ich zu kennen glaube. Es hat Bilder. Ein Kind, das seinen Esel sucht auf einer kleinen griechischen Insel. Plötzlich fasst mich jemand von hinten an die Schulter. Ich erschrecke nicht. „Ach, hier bist du?! Das hab ich mir gedacht. Ich habe dich gesehen, draußen auf der Bank. Plötzlich warst du weg."

Ben. Das ist mir recht. Ich wollte mich um ihn kümmern. Er sieht gut aus, wenn er so lächelt. Ich zeige ihm das Buch, aber ich glaube, es interessiert ihn nicht besonders. Er ist irgendwie… ungeduldig. „Komm mit raus.", sagt er. „Es ist schön draußen. Immer bist du drinnen. Ich zeig dir was. Komm." Ich muss erst das Buch zurückstellen. Er zieht mich mit nach draußen. „Wir gehen hier lang.", sage ich. „Ich will dir auch was zeigen." Ich will, dass er wieder lacht. Seine Augen haben schon wieder etwas gehetztes hier draußen. Er dreht sich um, ich drehe mich um, aber niemand ist da.

Hinten ist noch das Geschrei vom Fußballplatz. Zwei Männer spielen auf dem großen Schachfeld bei den Bänken. Ben geht schnell, ich komm fast nicht mit. Ich ziehe ihn am T-Shirt. „Warte, wir müssen hier ab." Ich biege ein, hinter einem der grauen Wohnblocks, auf eine Feuertreppe, beginne langsam, die Stufen hochzusteigen. Gestern bin ich hier langgekommen. Ich muss da mal hoch, schaue ihn an, bittend. Er schüttelt den Kopf, verständnislos, lächelt ein bisschen genervt, aber er kommt. Langsam, Stufe für Stufe. Durch die Gitterroste kann man nach unten sehen, hoffentlich wird mir nicht schwindelig. Aber die Treppe ist seitlich vergittert, damit sich

147

niemand herunterstürzen kann. Todsicher. Oben auf der Plattform kommen wir an, und ich drücke mein Gesicht an die dünnen Eisenstäbe. Sie drücken gegen Kinn und Stirn, aber mein Blick ist frei.

Da, ich hab es gewusst!!! Hinter dem freien Streifen und dem Zaun ist eine wilde Wiese. Es blühen Blumen darauf. Vielleicht sind da Schmetterlinge? Vom starken Regen - war es Freitagabend? - steht eine große Pfütze in der Mitte einer freien Sandfläche. Sie spiegelt das Sonnenlicht. Gegen Abend werden da die Mücken tanzen. Es gibt eine Lücke in den Häusern dahinter. In der Ferne sieht man den Wald. Ich kann mich nicht sattsehen, drücke mein Gesicht fest gegen das Eisen bis es schmerzt, schaue nach oben, sehe viel blauen Himmel.

Ich versuche, einen Geruch einzufangen, denke an Gras, Erde und Blüten. Tatsächlich, bilde ich mir ein, riecht die Luft hier frischer. Ein Vogel landet an der Pfütze, hüpft hinein und badet. Ich kneife die Augen zusammen, drehe mich um zu Ben. „Schau mal, der Himmel!" Er schaut mich an. Nur einen kurzen Blick wirft er hinaus, dann betrachtet er gleich wieder mein Gesicht. „Der Himmel ist doch egal...", murmelt er. „Mensch, du strahlst ja richtig.", Er lächelt irgendwie merkwürdig, aber er lächelt. Mit seinen Fingerspitzen streicht er sehr behutsam die Abdrücke in meinem Gesicht nach, die die Gitter hinterlassen haben. Er nimmt meinen Kopf in seine Hände und plötzlich spüre ich seine Lippen auf meinen. Sehr zart, wie die einer Frau. Ich schließe die Augen. Sehe sein lächelndes Gesicht. Es ist ein schönes Gefühl, ich will ihn nicht stören, lasse mich einfach treiben, ohne viel zu denken. Das fällt mir leicht im Moment.

Ich spüre, wie Ben mich umarmt, spüre, wie er seinen Körper an meinen drückt, wie seine Lippen, seine Zunge spielen und drängeln. Jetzt wird es mir doch zu eng. Ich öffne die Augen und bewege mich zurück. Alles in Ordnung, soll mein Blick sagen, und Ben lächelt wieder. Irgendetwas stört mich an seinen Augen. Ich komme nicht darauf, was es ist.

„Jetzt komm. Ich zeig dir auch noch was.", sagt er leise und nimmt kurz meine Hand. Sie ist kalt, fällt mir auf. Wenig später stehen wir hinter einem Haus, zwischen Gebüsch und hohem Zaun. Der Boden unter uns ist festgetreten, wie betoniert, kein Pflänzchen mehr, viele Zweige des Gebüschs sind abgebrochen, so als würden hier öfter welche stehen und sich Platz verschaffen. Ben fingert in seiner Hosentasche, zieht ein kleines Plastiktütchen heraus. Steckt sich eine Zigarette an. Sie ist selbst gedreht. Ich beobachte, wie das lose überstehende weiße Papier an der Spitze vorn aufflammt und schon weggebrannt ist, wie die ersten Tabakkrümel anfangen zu glimmen und zu rauchen. Ben nimmt sehr hastig ein paar tiefe Züge. War er deswegen so hektisch? Wir reden nicht, Ben scheint zu genießen, ich sehe ihm zu. Hin und wieder blickt er mich an. Schämt er sich? „Alles in Ordnung.", versichere ich ihm wieder. Ich will einfach, dass es ihm gut geht. Er denkt bestimmt nicht an Richie im Moment. Der Stängel zwischen seinen Fingern schmilzt ab. Er hält ihn mir hin. Ich habe lange nicht geraucht. Früher als ich jung war hin und wieder. Aber nicht viel. Anette war immer dagegen. Da habe ich es irgendwann gelassen.

Anette. Ich verdränge das Bild, den Namen schnell aus meinem Kopf, nehme den weißen Stängel, ziehe daran, atme den Rauch tief ein und muss mich sehr anstrengen, nicht husten zu müssen, es sticht in meiner Brust. Schließlich will ich nicht als Weichei dastehen. Der Geschmack in meinem Mund ist fremd. Noch nie habe ich etwas Derartiges geraucht. Ben bohrt mit seiner Schuhspitze im Boden, sieht mich auffordernd an. Ich nehme noch einen Zug. Woher hat Ben das Zeug? Soll ich ihn fragen? Ich entschließe mich, es nicht zu tun. Vielleicht ärgert ihn das. Es könnte die Stimmung verderben. Es geht uns doch gut gerade, uns beiden. Ich will das nicht kaputt machen. So stehen wir da und rauchen. Abwechselnd. Bis der

149

Stängel nur noch weniger als die Hälfte seiner ursprünglichen Länge hat. Ich fühle mich gut. Nach einem letzten tiefen Zug drückt Ben sorgfältig die Glut an der glatten Rinde eines Baumstammes aus. Ganz vorsichtig streicht er mit dem Zeigefinger die Spitze in Form, prüft, ob alles wirklich aus ist, bevor er den Rest in das Tütchen zurücksteckt, neben sein rotes Feuerzeug, es sorgsam verschließt und tief in seiner Hosentasche verstaut.

Wieder schaut er mich an. Lange und mit seiner Art, die etwas in mir irgendwie zum Klingen bringt. Ich beschließe weiter, nicht zu denken. Nichts zu denken. „Komm.", sagt Ben einfach nur und tippt mich an.

Es ist warm in der Sonne. Wo will er hin? „Ich möchte rein.", sage ich hinter seinem Rücken. „Ich auch." Wir gehen einen anderen Weg zurück, die Jungs schreien noch immer. Ben schaut mich an. „Geh hoch auf dein Zimmer. Bleib da. Ich komme gleich nach."

Ich finde, das ist eine sehr gute Idee. Die Uhr auf dem Hof zeigt kurz vor zehn. Mir ist ein bisschen schwindelig. Es wird heiß werden heute.

Die Tür zum Aufenthaltsraum steht weit offen. Ein paar Typen hängen herum, ich schaue nicht hinein, höre ihre Stimmen. Nur schnell nach oben. Ich grüße den Wachmann, er guckt nicht mal hoch, schaut auf einen seiner Bildschirme, entspannte Haltung. Es ist Sonntag, nicht viel los, nur die Wochenendbesetzung.

Ich muss nicht lange auf Ben warten. Gerade erst habe ich meine Schuhe ausgezogen. Mir ist sehr warm, ich hatte überlegt, die kurze Hose anzuziehen, obwohl ich sie nicht mag. Sie müsste in meinem Schrank sein. Ich sitze auf meiner Bettkante, schaue Ben entgegen, der leise und vorsichtig die Tür hinter sich schließt. Ich stehe auf, um mich umzuziehen. „Warte", sage ich zu Ben. „Bin gleich soweit." Ben stellt sich dicht vor mich. Kurz sieht er in meine Augen, legt seine Arme um mich, zieht mich heran. Er streicht kurz meinen Rücken entlang. Seine Hände werden hastig, öffnen meine Hose, seine Hose. Ich habe auch jetzt nicht vor zu denken, spüre keine Gefahr, nur Erstaunen. Kurz schießt mir durch den Kopf, dass jemand hereinkommen könnte. Aber das Mittagessen hat noch Zeit. Ich versuche mich zu entspannen, dieses neue Gefühl schwappt über mich wie eine Welle, ich bin ein kleines Schiffchen aus Papier, aber ich bin ganz. Ben drückt mich auf mein Bett, legt sich neben mich. „Komm, ich zeig dir noch was.", flüstert er in mein Ohr. „Das ist schön. Sei einfach ganz locker." Ich schließe die Augen, versuche, den Augenblick zu genießen. Ben hört sich glücklich an, aber ich bin es auch, seit langem wieder ein klein bisschen glücklich, jetzt und hier.

30

Klirren von Metall. Meine Tür springt auf. Ich öffne die Augen, schaue gegen die Wand, versuche mich zu besinnen. Welcher Tag, wie spät? Mein Herz schlägt plötzlich wieder schnell, ich richte mich auf, drehe mich um, da schließt sich die Tür schon wieder, mein Mittagessen steht auf dem Tisch. Ich sinke zurück auf mein Kissen, langsam kommt Bewegung in mein Hirn. Habe ich geträumt? Nein, alles echt. Ich bin mir ziemlich sicher. Ich kann es noch spüren. Auch wenn das Zimmer leer ist, so, als wenn Ben niemals hier gewesen wäre.

Das Gefühl trägt mich noch ein bisschen, als würde ich in einem Regenbogen schaukeln. Ich will hier einfach liegenbleiben und abwarten, solange es anhält. Vielleicht ist das heute mein Weg. Einfach wenig zu denken. Im Augenblick zu sein, ganz und gar. Gibt es etwas zu entscheiden, wird die richtige Antwort kommen, ganz von allein. Vorhin habe ich das deutlich gespürt. Wenn ich denke, ohne dass es notwendig ist, kommt da nur die Vergangenheit, die Erfahrungen, die alle lange zurück liegen. Da ist nichts neues, nur Wiederholungen.

Es ist gut, das beiseite zu lassen, zumindest das, was weh tut. Das ist leicht, heute. Vielleicht liegt es wieder an den Medikamenten? Es stört mich, dass ich das nicht weiß. Bin ich das, was ich fühle, oder ist es die Chemie? Wie lange werde ich so denken können, wenn die Wirkung nachlässt? Schnell wische ich diese Gedanken beiseite. Nicht schon wieder...

Ich denke lieber wieder an Ben. Das ist wirklich gut gewesen. Natürlich darf das niemand erfahren. Aber ich bin sicher, dass er es nicht erzählen wird. Ich glaube, er mag mich wirklich. Und ich ihn auch. Es macht mich froh, dass ich ihn glücklich gemacht habe. Ich will es wieder tun. Was habe ich hier zu verlieren? Hier ist kein Platz für zu viel Moral. Für zu viele Worte. Für Fragen. Jeder schaut, dass er überlebt, dass er sich irgendwie organisiert, um sich nicht völlig zu verlieren. Und das gerade, das hat mir wirklich gut getan. Ich will sammeln, was mir gut tut. Ich will hier wieder heraus, irgendwann. Dazu brauche ich Kraft.

Ich stehe auf, esse meinen Teller leer. Sauerkraut mit Bratwurst, sogar noch warm. Aber es könnte besser sein. Egal. Ich schaue aus dem Fenster, habe das Bedürfnis, wieder raus zu gehen, ziehe endlich meine kurze Hose an. Das Zimmer ist mir zu klein. Doch ich spüre die Mittagshitze bereits hier. Jetzt ist sie am größten, trotz kurzer Hose. Ich werde sehen. Nehme mein Tablett, trage es hinaus auf den Gang zum Essenswagen, der vorne vor der ersten Durchgangstür steht. Wieder am Aufenthaltsraum vorbei, der jetzt leer ist. Die werden alle in der Kantine sein. Auch Ben. Soll ich wieder in die Bibliothek gehen? Oder nochmal dorthin, wo wir heute früh waren? Die Werk- und Arbeitsräume, die nach Norden hinaus gehen und jetzt schön kühl wären, sind alle abgesperrt. Die Tür zum Fitnessraum steht offen. Hier war ich noch nie. Es riecht nach Schweiß. Gegen Abend wird es hier voll. Ich weiß noch nicht einmal, wie die Maschinen funktionieren, nehme eine Hantel, zehn Kilo, halte sie mit beiden Händen an ausgestreckten Armen, bis sie anfangen zu zittern. Viel zu anstrengend. Eine

Weile betrachte ich die in den Vitrinen draußen im Flur ausgestellten Werkstücke aus Holz.

Die Tür nach draußen steht offen, doch die Hitze lässt mich zurückprallen. Die Sonne steht jetzt fast senkrecht und brennt in jeden Winkel des Hofes, die Luft zittert zwischen den hohen Mauern. Nein, keine Chance. Doch lieber zurück ins Zimmer. Da sehe ich zwei Fliegen an dem nicht geöffneten Flügel der Tür. Träge krabbeln sie auf dem sehr warmen Glas, das von Fingerabdrücken übersät ist. Der Dachüberstand lässt etwas Schatten auf den Eingangsbereich fallen. Ich betrachte beide lange und genau, entscheide mich schließlich für die kleinere, sie scheint noch jünger zu sein. Mit einem gekonnten Wisch habe ich sie gefangen. Darin bin ich wirklich gut!

Ich spüre sie in meiner Hand krabbeln, meine Nummer sieben, umschließe mit der anderen meine Faust und presse sie froh gegen die Brust. So kann sie mir nicht durch einen Spalt entwischen. Wir beide kommen heil an in meiner Bude. „Willkommen!", sage ich, die Lippen dicht an meiner Faust und öffne sie. Sofort fliegt sie los, sie ist unverletzt, und setzt sich ans Fenster. Ich schaue in meinen Spind, nehme einen Keks aus der fast leeren Packung, breche ein winziges Stückchen ab, zerkrümele es auf ein Blatt Toilettenpapier und tropfe mit dem Zeigefinger ein paar Tropfen Leitungswasser auf den kleinen Krümelberg, so dass er zu einem Keksbrei zusammenfällt. Den Rest des Kekses stopfe ich in meinen Mund. Soll sie sich erst mal eingewöhnen, die Kleine, denke ich, während ich ans Fenster trete und sie eine Zeit lang beobachte. Dann gehe ich ein paar Runden um den Tisch herum, genieße ganz das Gefühl, dass es mir gut geht. Gehe in die andere Richtung. Wieder ein paar Minuten. Alles sicher unter Kontrolle. Ich kann es wagen. Ich will es wagen. Es gibt noch diese Lücke. Es gibt dieses Fragezeichen. Ich weiß, es ist gefährlich. Aber ich muss näher herankommen. Und ich bin mir gerade sicher: Wenn es zu sehr weh tut, kann ich aufhören.

31

Sigrid hatte es wirklich geschafft, mir ein Zimmer zu besorgen in dem kleinen Gasthof, von dem sie mir erzählt hatte, und es kostete wenig. Dafür musste ich Toilette, Dusche und Kochgelegenheit mit den anderen Bewohnern teilen. Das waren zwölf,

wie Sigrid mir sagte. Sie wisse das von einer Freundin, die dort gewohnt hatte bis vor ein paar Tagen. Ich müsse mich beeilen, sonst sei das Zimmer weg. Es wohnten noch ein paar Saisonarbeiter dort und der Rest waren Asylbewerber, junge Männer, zwei kleine Familien. Das Gasthaus lag außerhalb, eine Bushaltestelle war in der Nähe. Sie hatte darauf bestanden, gleich am nächsten Tag mit mir zum Wirt zu gehen. Sie kannte ihn, hatte ihm schon angekündigt, dass wir kämen. Ich konnte eigentlich gar nichts mehr dagegen tun, aber gut. Ich brauchte ein günstiges Quartier, keine Frage. Stefan war aus dem Urlaub zurück und freute sich über die Nachrichten. Ich erzählte ihm nur die guten. Dass ich gelegentlich arbeitete, deswegen den Hund nicht mehr ausführte. Dass ich das Zimmer hatte und jemanden, der sich ein bisschen um mich kümmerte. Dass ich bei der Schuldnerberatung gewesen war, da wieder einen Termin ausgemacht hatte. Ja, das war nur die Hälfte der ganzen Wahrheit. Von Wiesler und Ludwig, Kerner und Sundermann erzählte ich nichts. Nichts von den Anschuldigungen und Gerüchten, davon, dass ich meine Fingerabdrücke abgeben musste. Auch nichts von meinen Übernachtungen im Heu und davon, dass ich mein Waldquartier aufgegeben hatte. Niemandem hatte ich davon erzählt, auch nicht Sigrid. Wahrscheinlich hatte alles eh längst die Runde durch den Ort gemacht, und früher oder später würden es auch Stefan und Sigrid erfahren.

Stefan bot mir gleich an, mit zum Jobcenter zu gehen vor meinem kleinen Umzug und meine Einkünfte zu klären. Bislang würde ich sicher nicht mehr als hundertfünfzig Euro im Monat verdienen, dazu meine mickrige Erwerbsminderungsrente.

Das reichte nicht für alles. Blätterweise Anträge mussten ausgefüllt werden. Was für eine Arbeit! Es ging mir nicht gut damit, abhängig zu sein, Rechenschaft ablegen zu müssen für das bisschen Geld. Unweigerlich bekam ich ein schlechtes Gewissen. Nach diesem Termin schwirrte mir der Kopf und ich hoffte nur, aus dieser Mühle möglichst bald herauszukommen. Wie auch immer.

Tatsächlich schien Stefan schon nach wenigen Tagen irgendetwas über mich gehört zu haben. Er fragte mich, ob ich denn gar nicht mitbekommen habe, dass das Mädchen wieder aufgetaucht sei. Ich schaltete erst nicht, musste länger überlegen, was er meinen könnte. „Welches Mädchen?", fragte ich schließlich. „Mensch, du weißt doch, ich hab dir doch davon erzählt, vor meinem Urlaub, bei Alberto. Das Mädchen, die Achtjährige, die Sabina! Sie ist doch im Juni verschwunden. Jetzt ist sie wieder aufgetaucht, vor ein paar Tagen. Weißt du wirklich gar nichts darüber?" Er schaute mich aufmerksam an. „Na ja, jedenfalls ermitteln sie jetzt nach allen Seiten. Sabina geht es wohl zumindest so gut, dass sie bald Aussagen machen wird. Eine Psychologin ist natürlich an ihrer Seite."

Auch jetzt ging ich noch hin und wieder in den Wald, suchte altvertraute Plätze auf, suchte neue Wege, aber ich fühlte mich mehr und mehr beobachtet. Das lag sicher auch an den Polizeiautos, die ich immer wieder mal stehen sah, auch den Wiesler sah ich öfter. Einmal versuchte er, mich wieder aus seinem fahrenden Auto heraus in ein Gespräch zu verwickeln, mich auszufragen. Doch da hatte er seine Jägerkluft an, und ich verweigerte ihm jede Antwort. Ich stand unter Verdacht. Ein nie gekanntes Gefühl hatte von mir Besitz ergriffen, und manchmal war die Angst so präsent in meinem Kopf, dass ich mir selbst immer wieder versichern musste, dass ich unschuldig war.

Auch als ich in die Gaststätte umgezogen war, fuhr ich vormittags mit dem Bus oft nur bis vor den Ort. In dem Gasthaus hielt mich nichts. Es war schmutzig, laut, und hin und wieder trafen mich taxierende Blicke, die ebenfalls anfingen mich zu beunruhigen. Eine der Familien war nett zu mir, und auch die beiden Rumäninnen, die Sigrid kannte. Die Familie lud mich sogar hin und wieder zum Essen ein, einmal nahm ich die Einladung an und übernahm dafür ihre Hausordnung. Den anderen versuchte ich aus dem Weg zu gehen, und sie taten das gleiche. Wahrscheinlich war ich ihnen genau so fremd wie sie mir. Schon allein wegen der Verständigungsprobleme konnten wir uns nicht näher kommen. Mein Englisch war schlecht.

So fuhr ich alltags nach einem mageren Frühstück los, trieb mich anfangs noch vor der Stadt herum, bevor ich dann meist gegen 17.00 Uhr zu Alberto ging. Wenn es nichts für mich zu tun gab, saß ich auf dem Hocker in der Ecke die Zeit ab, bis Sigrid fertig war. Das war dann meist gegen 22.00 Uhr. Ich begleitete sie bis nach Hause, bevor ich selbst mit dem Bus zurückfuhr.

Sie hatte ein winziges Appartement unter dem Dach in einem alten Mehrfamilienhaus. Klein, nicht renoviert, aber immerhin ein eigenes Bad, einen Balkon und eine kleine Küchenzeile. Sie arbeitete noch in einem Massagesalon, erzählte sie mir, um sich die Miete leisten zu können.

Wie selbstverständlich und ohne viel Aufhebens darum zu machen, nahm sie mich nach ein paar Wochen das erste Mal mit zu sich hoch. Erst einmal, dann immer öfter. Wir saßen auf ihrem Balkon, schauten auf die Lichter, die irgendwann ausgingen, tranken Wein, manchmal rauchte sie eine Zigarette. Wir redeten oder redeten nicht. Was mir von Anfang an gefiel war, dass es völlig unkompliziert und locker mit ihr war. Wir spürten beide, dass wir uns nicht zu verstellen brauchten. Es gab eine Art stilles Verständnis für einander ohne viele Worte. Eine Maskerade hätte nichts genützt. Und wir wollten sie auch beide nicht. Wir versuchten nicht, die Wirklichkeit zu beschönigen, sondern akzeptierten sie und nahmen sie in unsere

Mitte. Ja, so fühlte es sich an. Wir sahen und fühlten unsere Mittellosigkeit, unsere Unzulänglichkeiten, unsere Narben, aber nicht als Manko, sondern fast als etwas Besonderes. In unseren guten Stunden genossen wir es, von so vielem unabhängig zu sein, von so manchen Pflichten und Sorgen, mit denen sich andere herumschlagen mussten. Manchmal fühlten wir uns dadurch gemeinsam frei und irgendwie fast ein bisschen reich! Damit konnte ich mit Sigrid ein Gefühl teilen, das ich für mich allein schon oft genossen hatte. Ich hatte niemals geglaubt, dass ich einmal einem Menschen begegnen würde, der das so empfand wie ich.

Wir hatten geringe Erwartungen an unser Leben, und gerade darum konnten wir uns an vielem Einfachen miteinander freuen. Die ausgehenden Lichter der Stadt, die Sterne, der Mond, das Glas Wein am Abend, das enge Bett, in dem wir zusammenrücken mussten, ihre Kochmöglichkeit, die Kaffeemaschine am Fußende, die Badewanne. Ich zeigte ihr manche meiner Aussichtsplätze und auch die Badestelle am Fluss, die wir Ende August noch miteinander probierten, spät am Abend.

Wenn wir zusammenkamen, bei ihr, bei mir oder draußen, dann war es für mich mehr als der Wunsch meines Körpers. Es waren auch unsere Herzen, die sich so nahe sein wollten wie es nur ging, wie eine logische Konsequenz aus dem, was wir spürten. So war es bei mir, und ich meinte, bei ihr das gleiche zu spüren, wenn wir auch nicht viel darüber sprachen.

Was ich oft nicht glauben konnte, was mich manchmal fassungslos machte, war, dass Sigrid mich offenbar sehr gern hatte. Warum verbrachte sie sonst so viel Zeit mit mir? Niemals hätte ich für möglich gehalten, dass mich eine Frau so mögen konnte: Ohne, dass ich ihr etwas bieten konnte, ohne Versprechungen für die Zukunft, ohne irgend einen besonderen Glanz in meinem Leben. Ich fragte mich oft voller Misstrauen, was sie an mir fand. Aber die Antwort dämmerte mir von selbst. Wir erkannten uns im anderen, es fühlte sich an, wie nach Hause zu kommen, sich offen und ehrlich anzusehen ohne sprechen zu müssen, füreinander da zu sein und meist zu wissen, was der andere brauchte, gemeinsam entspannt zu sein. Ja, ich weiß, das sind große Worte, aber es war nichts Geringeres für mich, so viel habe ich darüber nachgedacht.

Gerade weil wir uns verstanden, engten wir uns nicht ein. Jeder hatte die Freiheiten, die er brauchte. Ich ging trotzdem stundenlang in den Wald - keine Rechenschaft, keine Vorwürfe. Sigrid hatte ihr anderes Leben, ihren Job im Salon, ihre Freundinnen, ihre Familie in Rumänien.

Natürlich, es war nicht immer so entspannt. Manchmal doch spürte ich eine gewisse Erwartungshaltung bei ihr. Eine Frage bildete sich zwischen uns, so etwa wie: „Und was kommt noch? Was kommt danach?" Aber ich sah keinen Grund, mir über ein Morgen den Kopf zu zerbrechen, wenn es heute einfach rund und schön war. Zusammenziehen, Heiraten, das stand für mich nicht zur Diskussion. Ich konnte mir auch nicht vorstellen, dass das ihre Themen waren. Und so zog ich sie eher ein wenig auf, wenn sie auf irgendetwas anspielte, was sie sich sonst noch denken konnte mit uns, oder ich ging einfach für ein paar Stunden oder Tage wieder meiner Wege. Ich wusste einfach nicht, welche Geister in ihrem Kopf herumgingen, und ehrlich gesagt: Ich wollte auch gar nicht alles wissen. Ich war für meine Verhältnisse sehr zufrieden so, wie es war. Und ich war mir ziemlich sicher, sie war es auch.

Es wird mir nicht erst hier und heute klar, was ich verloren habe. Oft und oft habe ich das durchlebt, die Trauer, die Amputation, die wiedergekehrte Einsamkeit und vor allem die Gewissheit, dass mir das kein zweites Mal passieren darf, dass ich von nun an Schutz brauche. Es hatte einen ganzen Herbst und Winter gebraucht bis ich tatsächlich anfing zu hoffen und zu glauben, an sie, an uns, mein Glück zu fassen begann...

Das Ende war mehr als ein Faustschlag ins Gesicht, es war mehr als eine weitere schmerzende Enttäuschung nach Anette, es war die Hohn lachende Bestätigung dessen, was ich insgeheim von Beginn an befürchtet, vielleicht sogar erwartet hatte, es war die absolute Hoffnungslosigkeit, der Tod meiner liebenden Seele.

Aber meine Gedanken galoppieren voraus.

Sigrid war im Herbst letzten Jahres an meiner Seite, als sich der Ort mehr und mehr gegen mich verschwor. Wiesler und die anderen taten ihr Bestes, um die Gerüchte gegen mich weiter anzuheizen. Als ich bei Stefan eines nachmittags das Bild von dem Mädchen auf der ersten Seite unserer Zeitung sah, erkannte ich in ihr das Schulkind, das mir auf meinem Weg am Fluss entlang begegnet war, früh morgens, als es für den Unterricht noch viel zu zeitig gewesen war. Ich erzählte ihm das, und er meinte, ich müsse unbedingt zur Polizei gehen, er bestehe darauf, ich solle das melden. Er war der Meinung, das würde für mich sprechen, wenn ich diese Aussage machen würde. Ich sah eigentlich überhaupt nicht ein, etwas dafür tun zu müssen, um besser da zu stehen. Sollten sie doch glauben, was sie wollten! Aber Stefan ließ nicht locker, und so erzählte ich alles von diesem Morgen Herrn Lorenz auf der Wache noch einmal.

Ich suchte mir andere Waldgebiete, aber das war gar nicht so einfach. Sie grasten die ganze Gegend ab, setzten Hundestaffeln ein und gingen jedem Hinweis nach. Welche Angaben das Mädchen machen konnte, wusste natürlich niemand genau. Umso schlimmer schossen Vermutungen wie Unkraut in die Höhe und jeder meinte, etwas mehr zu wissen als der andere. Von einem Mann im Bärenkostüm war die Rede, von einem unterirdischen Versteck im Wald oder einer abgelegenen Hütte. Eigentlich wollte ich von all dem nichts hören, aber es war fast nicht möglich, denn nicht nur Stefan erzählte mir immer das neueste, sondern auch bei Alberto unterhielten sie sich

159

darüber, während sie auf ihre Pizzen oder Nudeln warteten, und sogar Sigrid fing hin und wieder damit an.

Bei Stefan war ich immer noch gelegentlich, um meinen Papierkram zu klären, mit ihm Behördengänge zu erledigen, wobei er mich fast alles mehr und mehr alleine tun ließ und nur noch nachfragte oder kontrollierte, ob alles in Ordnung war. Ich hatte wieder ein eigenes Konto, meine Gelder gingen ein, was ich zu zahlen hatte wurde gezahlt. Über meine restlichen Schulden musste ich mit der Beratungsstelle sprechen. Ich konnte für meinen Lebensunterhalt aufkommen. Es reichte, einfach weil ich sehr bescheiden lebte, fast nie zu Hause war und Miete und Strom niedrig waren.

Im September und Oktober blieb das Wetter angenehm. Manchmal noch sammelte ich Äpfel oder Pflaumen in meinen Rucksack ein, oder ich pflückte die letzten Brombeeren. Einen Bogen machte ich jedoch um meine alte kleine Höhle, um die Hinterhöfe der Supermärkte und um das Haus vom Kerner. Ich dachte oft noch an Dingo, und es tat noch immer weh.

Sigrid hatte seltener frei als ich. Und mittlerweile kam es vor, dass ich an einem meiner freien Abende mir von ihr bei Alberto ihren Wohnungsschlüssel holte, um sie dann mit irgendetwas zu überraschen. Mal backte ich einen Teller voll Pfannkuchen, die wir uns mit Mus aus meinen gesammelten Äpfeln schmecken ließen, mal hatte ich ihre Wohnung geputzt und ihr eine letzte Sonnenblume auf den Tisch gestellt, manchmal hatte ich ihr kleines Bad in eine kleine Wellness-Oase verwandelt, und sie durfte sich nach ihrem langen Arbeitstag direkt in die nach Lavendelöl duftende Wanne setzen. Oder ich hatte meinen Rucksack gepackt mit frischem Brot, einem Stück Käse und einer Flasche Wein, holte sie von der Pizzeria ab und führte sie zu einer Bank, die ich tagsüber dafür ausgesucht hatte und wo uns niemand stören würde.

Es war eine glückliche Zeit. Wenn ich gewusst hätte, wie kurz sie sein würde, ich weiß nicht, was ich gemacht hätte.

Stefan war sehr zufrieden. Er ging auf in seiner Flüchtlingsarbeit und unterstützte die bei ihm lebende Familie, wo er nur konnte. Wie gut, dass ich wieder auf eigenen Beinen stehen konnte. Er lobte mich oft dafür, dass ich mein Leben offensichtlich hinbekam. Er mochte auch Sigrid. Ich erinnere mich noch an einen Abend Ende September, an dem er eine größere Feier in seinem Haus veranstaltete. Er nötigte mich zu kommen und auch Sigrid mitzubringen. Ich erkundigte mich genau, wer kommen würde, denn ich hatte wenig Lust auf böse Blicke. Der Fall Sabina war noch immer nicht aufgeklärt. Seine Flüchtlinge waren da und würden kochen, hieß es. Und nicht nur sie, sondern auch andere, die in unserem Ort aufgenommen worden waren.

Ich hatte auf solche Veranstaltungen niemals Lust. Erstens, weil ich nie sicher war, wer kommen würde, zweitens weil ich nicht gut im Small Talk war und drittens, weil ich nicht wusste, was ich da tun sollte. Ich kam mir schon immer bei diesen, wie ich fand, aufgesetzten Stimmungen fehl am Platz vor. Doch als ich Sigrid davon erzählte, war sie begeistert. Ich woiß noch, wie sie mir gegenüber stand und mich an den Oberarmen fasste und leicht schüttelte. „Das ist doch mal schön, dass wir beide eingeladen werden…! Wie lange ist dir das nicht passiert?? Natürlich gehen wir hin. Da wird es gutes Essen geben. Und deinen Stefan möchte ich eh mal näher kennenlernen. Wenn es uns langweilig wird, können wir ja immer noch gehen. Komm, sag zu, auf jeden Fall." Ihre grün-braunen Augen strahlten mich an, ich sah ihre Lachfalten um die Augen, die die Schatten darunter fast wettmachten. Ich strich ihr unbeholfen eine Strähne aus der Stirn, hatte fast den Wunsch, sie zu küssen, da kam sie mir schon zuvor. Sie brachte es tatsächlich fertig, mich von einem Augenblick zum anderen völlig zu verzaubern. Und wenn mein altes geschundenes

Herz in diesem anderen Rhythmus schlug, versprach ich ihr fast alles, was sie wollte.

Ich muss im Nachhinein zugeben, dass es wirklich ein schöner Abend wurde. Stefan war ganz in seinem Element. Er sprühte vor guter Laune, stand überall mit jedem auf ein Gläschen zusammen, stellte seine Gäste einander vor und wusste über jeden gleich etwas Gutes zu erzählen. In seiner Küche tummelte sich eine ganze Horde Frauen in unterschiedlichstem Aufzug. Aber alle schienen sich zu kennen und waren vollauf damit beschäftigt zu kochen, zu rühren und zu backen und immer wieder voll beladene Schüsseln, Teller und Platten auf einen großen schön gedeckten Tisch auf die Terrasse zu tragen. Der Abend war noch mild, es wurde schon ein bisschen dämmrig. Aber ich sah Lampions in den Büschen und Bäumen und eine vorbereitete Feuerschale. Anfangs meinte ich, niemanden von den Gästen zu kennen, doch als wir zu essen begannen und alle Frauen fertig waren mit ihrer Küchenarbeit, erkannte ich die Familie aus meinem Haus. Auch die Kinder kamen jetzt von irgendwo draußen dazu und begrüßten mich stürmisch. Alle waren nett zu mir oder zumindest neutral und höflich. Sigrid hatte dafür gesorgt, dass ich ordentliche Kleidung trug, und mein anfängliches Unbehagen gegen all das beruhigte sich etwas und legte sich etwas abseits wartend auf die Lauer. Doch es passierte zu meiner Überraschung nichts Unangenehmes.

All die bunten Köstlichkeiten auf dem Tisch wurden probiert, und ich stellte fest, das alles gut schmeckte, auch wenn es mir völlig unbekannt war und oft merkwürdig aussah. Ich beobachtete eine neue Frau an Stefans Seite, dunkelhaarig, jung, schlank, sie wirkte gebildet und natürlich. Keine Ahnung, wie er das immer machte. Aber ich musste zugeben, dass sie, wie auch seine Freundin davor, sehr sympathisch wirkte.

Nach dem Essen räumten die Männer ab, kochten Kaffee und entzündeten Lampions und Feuerschale. Später gab es noch

Wasser, Wein oder Tee, überall wurde sich lebhaft unterhalten, die Kinder spielten im Licht des Gartenhauses mit Murmeln.

Sigrid schwärmte noch lange von diesem Abend. Sie war richtig hübsch gewesen, noch niemals hatte ich sie in diesem roten Kleid gesehen, und sie war leicht geschminkt. Ihre Haare waren länger geworden und in einem neuen Braunton gefärbt, und sie trug sie offen, ihre Augen glänzten. Sie hatte an diesem Abend eine besonders anmutige Art sich zu bewegen, und ich sah einige Männeraugen, die sie interessiert betrachteten. Sigrid bewegte sich selbstsicherer und entspannter als ich und schien hier und da auch Kontakt zu finden. Wenn sie sich unterhielt, lachte sie sogar manchmal und konnte anscheinend ihren Gesprächspartner prächtig unterhalten.

Auch Stefan hatte später nur lobende Worte, für Sigrid und mich, für seine Gäste, für den Abend. Ich weiß noch, in welch euphorischer Stimmung er war, als ich ihn wieder traf. Er war auf dem Weg ins Gemeindehaus, ich verbummelte den frühen Nachmittag, musste erst gegen fünf zum Dienst. „Komm mal mit, ich zeig dir was.", sagte er mit seinen strahlenden Augen und zog mich mit. In seinem ehrlich gesagt eher chaotischen Büro zeigte er mir einen Plan, der schon ausgebreitet auf seinem Schreibtisch lag und weitere Skizzen und Blätter mit Notizen an einer riesigen Pinnwand darüber.

„Ich bau um!", platzte er heraus. „Alles wird neu gemacht. Die Anträge sind schon genehmigt. Natürlich geht nicht alles auf einmal, aber Stück für Stück. Die Kirche, Martin, die Kirche, du wirst staunen."

Wir hatten keine alte Kirche im Ort, sie war Anfang der siebziger Jahre gebaut. Daher gab es wohl nichts, was sonderlich schützenswert war. Ich war gefühlt schon ein halbes Leben nicht mehr in dieser Kirche oder überhaupt in einer gewesen. Wenn ich genau nachdachte, war es zuletzt an der Konfirmati-

163

on meines Sohnes vor fünf Jahren. Es war von außen betrachtet ein hässlicher Betonklotz, typisch für die siebziger Jahre, grauer Sichtbeton, ein großer Würfel mit einem kleineren daneben, wie ein unfertiger Rohbau, lieblos. Wie sie von innen aussah, wusste ich auf Anhieb gar nicht mehr, doch Stefan erzählte mir stolz, wie sie bald aussehen sollte.

„Ich schmeiß die Bänke raus! Alles, was fest ist. Es kommt nur noch flexible Bestuhlung rein und wesentlich weniger Plätze mit Möglichkeit aufzustocken wie für Weihnachten und so. Das schafft unheimlich viel zusätzlichen Raum. Wir legen Fußbodenheizung unter das neue Laminat. Dann kommen größere und mehr Fenster, die mehr Licht hereinlassen. Vor den Fenstern verschiedene Sitzgruppen, unten und auch oben auf den Emporen. Es wird eine Leseecke geben mit Büchern, eine Meditations- und Ruhe-Ecke mit Möglichkeit, Musik zu hören, eine Ecke mit Kaffeeautomat zum Unterhalten, vielleicht auch mal mit Kuchen, eine Kinderspielecke, dann einen Kreativbereich zum Malen oder Basteln, viele Pflanzen überall. Vorne der Altarbereich wird umgestaltet, da bilde ich gerade einen Arbeitskreis mit zwei Künstlern und ein paar Leuten aus der Gemeinde, die sich was ausdenken. Dann wird da nicht nur mehr Gottesdienst sein, sondern auch Vorträge, vielleicht mal Theater, Musik, Konzerte. Ich will, dass man sich hier gerne aufhält, dass hier wieder was los ist, dass es hier viele Angebote gibt und der alte Kirchenmuff aufhört. Neues Aussehen, neue Inhalte, auch mit unseren Flüchtlingen. Auch sie sind hier willkommen. Das soll hier nicht nur ein rein christliches Gotteshaus sein." Er sprudelte wieder einmal drauf los, wie es so oft seine Art war.

„Ich hab schon lange davon geträumt, so etwas mal durchzusetzen. Und die Zeit scheint jetzt da zu sein, Martin. Eine besondere Zeit. Es wurde mir alles genehmigt." Und später, als er mich noch auf einen Kaffee auf seine Terrasse einlud, geriet er noch einmal ins Schwärmen. Es war schön, ihm zuzuhören, seiner Begeisterung, seinen fast kindlichen Ideen und dieser neuen, ansteckenden Frische. Auch wenn ich mich manchmal insgeheim fragte, ob er sich nicht zu weit aus dem Fenster lehnte, ob seine Vorhaben in der Gemeinde überhaupt angenommen würden, so sprang doch ein Funke über, und ich traute ihm an diesem Nachmittag fast zu, dass er sein Projekt hinbekam, so wie er eigentlich alles hinbekam, was er wirklich wollte.

„Weißt du, ich möchte, dass wenigstens ein kleines bisschen zusammenrückt, was zusammengehört. Warum sich nicht hier und heute miteinander darauf besinnen, was die Religionen verbindet, statt darauf zu pochen, was sie trennt und unterscheidet? Warum nicht das Gemeinsame pflegen, sich zuhören, sich austauschen? Da gibt es so viel. So viele Unterschiede entstehen einfach nur dadurch, dass Gläubige unterschiedlich streng mit sich sind, mehr oder weniger von sich ausgrenzen, nicht zulassen, Regeln und Gewohnheiten bei sich und anderen nicht tolerieren, ja, sogar verurteilen und übereinander richten. Und das einem strengen Gott zuschieben. Aber es hat sich doch vieles immer wieder gewandelt, das Gottesbild verändert sich mit, früher wie heute, so, wie sich auch die Menschen, Gesellschaften, Kulturen entwickeln und verändern. Viele Menschen können sich keinen strafenden, einengenden, intoleranten Gott mehr denken, der verurteilt und in Gut und Böse kategorisiert. Und das finde ich richtig und gut. Wir brauchen mehr Toleranz, mehr Interesse und Verständnis füreinander. Wir sollten endlich den Hochmut überwinden zu denken, dass nur unsere Art des Glaubens richtig sein kann. Das gilt nicht nur für unsere Kirche. Vielleicht kann das hier ein Ort dafür werden. Ich will es versuchen.

Ich will den gemeinsamen Kern herausschälen, die Psychologie in der Religion freilegen, eine Brücke schlagen. Ich will, dass Gott wieder fühlbar wird, dass er uns frei macht und glücklicher, dass hier ein frischer Wind weht, dass wir neues versuchen. Angesichts immer mehr schwindender Kirchenmitglieder bekommt man für so manches Gott sei Dank freie

165

Hand. Ich weiß, du denkst, ich will mal wieder zu viel, bin un-realistisch, ein Träumer. Das denken viele. Ich gehe trotzdem weiter meinen Weg. Ich kann und ich will nicht anders." Ein Blick auf seine Uhr und er trank den letzten großen Schluck aus seinem Kaffeebecher und stand auf. Er klopfte mir auf die Schulter und ging ins Haus. Eine Minute später hörte ich seine Haustür. Er hatte mal wieder geredet wie ein Wasserfall. Und bevor ich umständlich nach Worten, nach einem Kommentar oder einer Antwort hätte suchen können, war er schon wieder auf und davon. Ich blieb noch ein bisschen sitzen und dachte darüber nach, was er gesagt hatte. Dann musste auch ich langsam los.

32

Gegen Ende Oktober kippte das Wetter langsam. Nach der ersten Frostnacht lagen die Blätter in bunt-knisternden dicken Schichten auf Gehwegen und Straßen. Wie Gerippe standen die Bäume jetzt, ungeschützt und kahl. Ein kräftiger Wind blies den letzten Rest Laub von den Ästen, danach kam der Nebel. Mit ihm schlug meine Stimmung um. Die Uhr war umgestellt, jetzt ging es fast im Dunkeln zur Arbeit, es war weniger zu tun, der Sonnenschirm außen vor dem Laden war längst eingemot-tet. Noch war es einigermaßen trocken, und so wollte ich die womöglich letzte Gelegenheit nutzen und ging an einem mei-ner freien Tage gegen Mittag meinen Weg in den Wald. Ich spürte, dass meine Gedanken wie Schwergewichte drückten, ich versuchte, nicht zu sehr darauf zu achten und mir klarzu-machen, dass es um diese Jahreszeit meistens so gewesen war und es keine ernsteren Hintergründe dafür gab. Ich tat mein Bestes, um nicht ins Grübeln zu geraten. Der Waldweg führte hinauf auf den Berg, von oben hatte man einen schönen Blick auf den Ort. Ich wollte mich anstrengen und schritt ener-gisch aus. Die kühle Luft füllte meine Lungen und tat mir gut.

Als ich vielleicht zwei Drittel geschafft hatte, hörte ich plötzlich hinter mir ein Auto. Ich drehte mich um, sah Wieslers Mitsubishi - da war er auch schon neben mir, ließ sein Beifahrerfenster herunter, lächelte in seiner überheblichen, hämischen Art. Ich versuchte, ihn zu ignorieren und ging einfach weiter. Neben mir war die Leitplanke, dahinter fiel der Hang ab, ich konnte keinen anderen Weg einschlagen, musste weiter geradeaus. Wiesler fuhr weiter neben mir her, beängstigend nah, hupte und fing an zu brüllen, als ich nicht stehenblieb und ihn ansah. Angestrengt versuchte ich, meinen Kopf wegzudrehen, musste aber nach vorne schauen, um auf das Auto aufzupassen. Ich beschleunigte meinen Schritt, bald, oben, würde eine Abzweigung nach rechts kommen, ein schmalerer Weg, vielleicht für Wiesler nicht befahrbar... Ich hoffte, wusste es aber nicht! Der Depp hupte neben mir wie verrückt und schnitt Grimassen, ständig brüllte er Schimpfworte in seinem Auto. Er bedrängte mich immer mehr, der Platz der mir blieb, zwischen Auto und Leitplanke wurde immer enger... War der denn völlig bescheuert geworden??!!

Ich geriet in Panik, begann zu rennen, wollte den Weg erreichen, Wiesler beschleunigte auch, seine Hände am Lenkrad zuckten nervös nach rechts und links, mein Herz begann zu rasen... so gut war meine Kondition nicht, als dass ich das Tempo lange durchhielt. Einmal schlug ich mit meiner linken Faust gegen das Auto neben mir, trat mit meinem Fuß gegen die Tür, aber das brachte mich fast zum Stürzen. Ich sah nur Wieslers lachende Fratze hinter seinem Steuer, er fuhr in zivil, und jetzt tat er so, als ob er das Steuer nach rechts reißen würde.

Ein Blick nach rechts über die Leitplanke klärte rasch, dass ich abstürzen würde, wenn ich gezwungen wäre, darüber zu springen. Wollte der mich umbringen?? Ich schrie zurück, fiel in Schritt, merkte, dass mir die Puste auszugehen drohte, versuchte, hinter das Auto zu kommen, aber auch Wiesler bremste. Ich schwitzte, meine Brust war schrecklich eng... da, da vorne war der Weg. Doch als ich mich ein paar Meter weiter wieder umdrehte, sah ich, dass Wiesler sehr langsam aber stetig hinter mir herfuhr. Links Felswand, rechts der Berghang abwärts, hinter mir das Auto…, erst dort hinten wurde der Weg breiter. „Du bist ein alter dummer Trottel!", hörte ich ihn aus dem offenen Fenster schreien. „Ich werde dich kriegen. Du bist so gut wie erledigt. Wir wissen jetzt, dass du es warst. Kannst dich gleich morgen melden, und dann wanderst du ein, Bürschchen, Kinderschänder! Oder soll ich dir einen leichteren Abgang verschaffen?" Und er ließ seinen Motor aufheulen, kam gefährlich nahe heran.…

Ich sah ein paar Meter vor mir einen ausgedienten Jägerstand stehen und versuchte, mit letzter Kraft die Leiter hochzukommen. Gleichzeitig wurde mir klar, dass das das Ende war, wenn Wiesler mich erledigen wollte. Er brauchte nur auszusteigen, und ich saß in der Falle. Aber ich konnte einfach nicht mehr. Ich drückte mich durch die Luke, verriegelte sie von oben, wie besessen vor Angst. Was, wenn er sein Gewehr dabei hatte? Was, wenn er mit seinem Geländewagen den Stand umstürzen würde? Ich lag auf den Holzplanken und starrte durch die Ritzen, meine Hände zu Fäusten geballt, heftig atmend, meine Brust zersprang fast, mein Herz schmerzte furchtbar.

Das Auto stand unten mit laufendem Motor, hupte, er ließ den Motor aufheulen, fuhr ein Stück zurück so, als wolle er ausholen, fuhr wieder vor, blendete auf. Ich konnte nichts mehr denken und schloss die Augen, sah mich mit dem Jägerstand den Hang hinunterstürzen - ein tragischer Unfall.… Aber nach endlosen Minuten legte er den Rückwärtsgang ein und fuhr den schmalen Weg langsam zurück. Ich blieb einfach liegen. Ich weiß nicht mehr genau, wie ich nach Hause gekommen bin. Es war schon später Abend.

Am nächsten Morgen gegen zehn klopfte es energisch gegen meine Tür. Ich war wie benommen, diese Nacht ohne Medikamente wäre undenkbar gewesen. Aber nur so war ich nun wahrscheinlich überhaupt imstande, die Tür zu öffnen. Zwei

Polizisten und mein Vermieter, der Gastwirt, standen vor mir und fragten höflich, ob sie eintreten dürften. Ohne etwas zu sagen, trat ich beiseite. Einer der Beamten hielt mir etwas vor die Nase, ich verstand das Wort „Durchsuchungsbeschluss", aber auch ohne Papiere hätte ich wohl keinerlei Widerstand geleistet. Man sah sich in meinem Zimmer um. Sie fragten nach einem Laptop oder ähnlichem, einem Handy, öffneten die Türen meiner beiden Schränke. Ich hatte nur einen einzigen Ordner, den ich immer mit zu Stefan nehmen musste. Da waren alle wichtigen Unterlagen drin, und sie waren sehr überschaubar. Die Post kam erst seit kurzem wieder zu mir direkt, ein paar Blätter lagen lose im Schrank. Die Durchsuchung war schnell beendet, ich stand daneben und hatte keinen Ton von mir gegeben.

„Packen Sie ein paar Sachen zusammen. Sie müssen uns begleiten.", sagte der jüngere der beiden Polizisten. Mein Vermieter nahm sein Cappy ab, um es gleich wieder aufzusetzen, er verbarg immer seine wenigen noch verbliebenen fettigen Haare darunter, und sah nervös von den Beamten zu mir und wieder zurück: „Wird er denn wiederkommen? Also, Sie können sich nicht vorstellen, was ich hier wegen der Zimmer für Nachfragen bekomme. Ich kann das sofort weitervermieten. Einen Ausfall kann ich mir nicht leisten, da brauch ich sofort Bescheid."

„Da können wir Ihnen jetzt noch gar nichts sagen.", hörte ich einen der anderen antworten, während ich versuchte, mich zu konzentrieren. Geldbeutel, Zahnbürste, Wäsche für einen Tag. War es das? Was in aller Welt passierte hier? Natürlich konnte ich mich an gestern erinnern, haarklein war alles präsent, jedes Wort von Wiesler, seine ekelhafte Fratze. Es ist nicht so, dass die Tabletten die Erinnerung vernebeln. Sie beruhigen nur. Eine künstliche, zeitlich begrenzte Gelassenheit, eine Wattebällchen-Schicht zwischen mir und den Bildern, zwischen mir und meinen Gefühlen, zwischen mir und der Welt. Keine Angst, keine Panik.

169

Ich zog mich noch zu Ende an, dann stand ich fertig mit meinem Rucksack da und sah den jüngeren an. Er wirkte nicht unfreundlich, hatte mich beim Packen beobachtet, während der andere die wenigen Unterlagen in einer Box verstaute. „Haben Sie was eingenommen?", frage er. Ich nickte.

Während der kurzen Autofahrt versuchte ich zu sortieren, was ich wusste, was ich davon erzählen würde, wie welche Aussage meine Situation verändern würde. Ich war sehr durcheinander, aber immer noch ruhig. Ich überlegte auch, wem ich wann Bescheid geben musste, falls ich nicht wieder gehen durfte. Aber warum bloß? Warum könnten sie mich festhalten wollen? Das war die Frage, die seit gestern mein Hirn quälte. Wieslers Worte ‚…wir wissen jetzt, dass du es warst…, du bist so gut wie erledigt…' ich hatte einfach keine Erklärung dafür. Ich dachte an Stefan, an Sigrid und wünschte mir so sehr, einer der beiden wäre hier an meiner Seite.

Diesmal wurde ich in ein anderes Büro geführt. Es war eigentlich kein Büro. Ein leerer Raum eigentlich, nur ein Tisch in der Mitte, ein Block mit einem Stift darauf, zwei Stühle einander gegenüber, ein paar Geräte. Ich sah auch eine Kamera. Eine Seite des Raums war verspiegelt. Das Licht war sehr hell. Man bat mich, Platz zu nehmen. Dann verließen die beiden Beamten den Raum, ließen mich allein. Es dauerte eine ganze Zeit, ich musterte die Holzmaserung der Tischplatte, wurde zunehmend nervöser. Die Wirkung der Tabletten reichte meist bis in den nächsten Tag hinein, aber es war nicht sicher wie lange. Das kam darauf an, wie groß der Reiz danach war. Das hier verlangte mir jedenfalls sehr viel ab, und ich wollte das einfach nicht „pur" erleben.

Es dauerte noch ewig bis die Tür aufging. Zuerst kam Polizeiobermeister Ludwig, nach ihm… der Wiesler…!! Sofort zog sich meine Brust zusammen. Es war einen Moment so, als ob ich keine Luft bekam. Ich begann, meine Hände zu kneten.

Schweiß trat aus meinen Poren. Er registrierte das mit Genug-
tuung. Ludwig bediente ein Gerät auf dem Tisch, ein Lämpchen begann zu leuchten, natürlich wurde alles aufgenommen.

„Herr Marquardt. Sie sind sich sicher darüber im Klaren, dass
es um den Fall des entführten Mädchens geht." Das war keine
Frage, sondern eine Feststellung. „Mittlerweile konnten wir
den Tatort ausfindig machen. Wir haben zahlreiche Gegen-
stände sicherstellen können, die mit ihrer DNA kontaminiert
sind."

Bumms. Der Vorwurf traf mich wie ein Vorschlaghammer vor
den Schädel. In meinem Kopf ratterte es. Er arbeitete einfach
nicht so, wie es nötig gewesen wäre. Ich kam mit diesem
Stress nicht voran, verstand einfach nichts. Hilflos blickte ich
Herrn Ludwig an. „Ich verstehe nichts…", konnte ich heraus-
bringen, mein Atem war knapp, es ging mir nicht gut.

Doch statt Ludwig antwortete Wiesler: „Die Jagdhütte hinten
bei Bergthann. Ein Rehgehege liegt daneben. Tun Sie doch
nicht so, als wüssten Sie nicht, wovon wir sprechen."

Es dauerte ein paar lange Sekunden bis ich schaltete. Ach so,
die Hütte neben der Scheune, in der ich übernachtet hatte.
War da das Mädchen gewesen? Aber damit hatte ich doch
nichts zu tun! Das wusste ich doch noch nicht einmal. DNA-
Spuren? Hatten die das Heu untersucht? Machte die Polizei
so etwas? Wiesler gab einem Beamten, der neben der Tür
stand, einen Wink. Der verschwand kurz und kam mit einer
Kiste wieder herein, die er neben unserem Tisch abstellte.
Wiesler zog Gummistiefel und Regenjacke heraus, legte sie
vor mich, wartete, sah mich herausfordernd an, grinste.

„Ja, das kenne ich.", musste ich zugeben. „Das hatte ich an.
Ich habe da mal übernachtet vor ein paar Wochen. Es hatte
stark geregnet. Ich wusste nicht wohin, meine Kleidung war
nass. Aber ich habe es doch wieder hingestellt."

171

„Es geht hier nicht um Diebstahl, Herr Marquardt.", zischte Wiesler gefährlich und schlug mit der flachen Hand auf den Tisch, dass ich unwillkürlich meine Hände herunternahm. „Es geht um Kindsmissbrauch, um Entführung, um Freiheitsberaubung! Wollen Sie uns nicht endlich sagen, was Sie wirklich getan haben?"

„Ich habe da übernachtet. Bis der Regen aufgehört hatte. Zweimal.", brachte ich hervor.

„Ach ja? Wir haben Ihre Fingerabdrücke auch an der Hütte gefunden. Und Fußspuren. Außerdem den Schlüssel zur Hütte direkt oben auf einem Balken neben Ihrem Lager. Herr Marquardt. Das schaut schlecht für Sie aus. Ich glaube, Sie können jetzt endlich aufhören mit Ihren Lügengeschichten."

Ich begann am ganzen Körper zu zittern. Das Blut wich aus meinem Kopf. ‚Nein, nicht schon wieder...', konnte ich noch denken, da bemerkte ich das Kribbeln im ganzen Körper und alles um mich herum hüllte sich in Nebel, danach wurde es schwarz vor meinen Augen, in meinem Kopf...

Irgendwann, irgendwo wurde ich wach und spürte sehr verzögert, dass jemand meine Hand hielt. Stefan!! „Sie haben mich angerufen, vor einer halben Stunde. Hier bin ich, Martin.", sagte er leise und ernst. Ich sah mich um, sah einen Polizisten vor der Tür stehen. Man hatte mich in einen Nebenraum gebracht, ich sah einen Schrank an der Wand mir gegenüber mit einem großen roten Kreuz darauf. „Sie wollen dich hierbehalten. Bis es dir besser geht." Ich brauchte eine Zeit, bis ich wieder klar denken konnte, doch dann wurde mir klar, dass ich mit Stefan sprechen musste, unter vier Augen, möglichst schnell, aber erst brauchte ich noch etwas Zeit zum Nachdenken und einen klaren Kopf. Die würden mich doch jetzt nicht gleich einsperren, oder? „Ich muss mit dir reden, Stefan.", ich blickte ihn flehentlich an. „Allein. Später. Komm noch mal wieder, wenn das geht. Ich bin einfach noch nicht fit genug." Stefans Miene wurde noch ernster, er nickte. „Ich komme wieder.", sagte er und nickte mir noch einmal zu. Dann war ich allein. Wenig später brachte man mich in einen anderen Raum, die Tür hinter mir wurde abgesperrt.

Ich musste Stefan alles erzählen. Dass mich dieser Drecksack gestern fast umgebracht hätte. Dass er mir schon seit Wochen immer wieder drohte. Ich musste auch nachdenken über die beiden Tage an der Hütte. Wo war ich gewesen, was hatte ich getan? An was konnte ich mich erinnern? Hatte ich irgendeine Chance? Es fiel mir unglaublich schwer, meine Gedanken zu sortieren, den roten Faden zu behalten, nicht in Destruktivität oder Panik zu verfallen, nicht aufzugeben.

Nach ein paar Stunden brachte man mir eine Pizza - von Alberto. Da musste ich plötzlich heulen. Ich dachte an Sigrid. Sie hatte bisher immer an mich geglaubt. Würde sie das auch weiterhin tun? Würde ich sie wiedersehen? Ich war auf alles gefasst.

Glücklicherweise kam Stefan tatsächlich am Nachmittag wieder, in Begleitung eines Mannes, den er mir als einen befreundeten Rechtsanwalt vorstellte. Er schaute mich jetzt schon freundlicher an. „Martin. Ich glaube dir. Beruhige dich. Es geht jetzt darum, dass du dich erinnerst. An jede Kleinigkeit.", versicherte er mir, als ich den bisherigen Tag heute halbwegs geschildert und weiter meine Unschuld beschworen hatte. Dann erzählte ich stockend von Wieslers Verhalten, von gestern, von den letzten Wochen, wenn ich ihn im Wald getroffen hatte, von seinem Gewehr.

Stefan horchte auf und wurde immer aufgeregter. Haarklein gingen wir alles durch, meine Ankunft an der Hütte, jeden Handgriff, an den ich mich erinnerte, bis hin zu allen meinen Begegnungen mit Wiesler. Auch die nächtlichen Autobesuche neben der Hütte fielen mir wieder ein. Stefans Anwesenheit wirkte unglaublich beruhigend auf mich. Der Anwalt machte viele Notizen. Schließlich befragte der mich noch zu meinem Gesundheitszustand. Danach standen beide auf, stellten sich vor die Tür und berieten lange. Stefan war völlig aufgebracht, bemühte sich aber, leise zu reden. Ich war einfach zu erschöpft, um weiter ihrem Gespräch folgen zu können. Schließlich verließen sie den Raum. Ich wartete, dämmerte weg, wartete. Ich schaute zu dem schmalen Fenster, der Himmel draußen wurde grauer und dunkler. Hier drinnen brannte helles Licht, draußen müsste vermutlich bald Abend sein. Ich hatte kein Zeitgefühl mehr, eine Uhr gab es hier nicht.

Dann, nach einer weiteren Ewigkeit, holte mich jemand aus der Zelle. „Sie können erst mal gehen, Mann", sagte er schlicht. „Sie sollen sich bei Herrn Mai melden. Und gehen Sie mal zum Arzt, Mann, so, wie Sie aussehen… - sonst klappen Sie wieder zusammen." Er drückte mir meinen Ordner in die Hand, brachte mich zur Tür des Präsidiums und gab mir die Hand. Draußen war es dunkel. Ich stolperte hinaus, unsicher, ob das wirklich war oder ein Traum.

Ich fiel mehr oder weniger automatisch bei Alberto mit der Tür in den Laden, musste mich setzen. Meine Gefühle fuhren Karussell mit mir. Sigrid war schon da. Doch anscheinend war sie informiert und fragte nicht viel. Sie lächelte mich an, stellte eine Tasse Kaffee vor mich hin so wie immer, als wenn nichts geschehen wäre, hatte aber keine Zeit, mit mir zu reden. Die Routine hier tat mir unendlich gut. Pausenlos klingelte das Telefon, wie immer kurz nach fünf. Mit jedem Schluck Kaffee kam ich ein bisschen in die Wirklichkeit zurück. Er war heiß, süß und stark, so, wie ich ihn liebte.

Ich hatte plötzlich das große Bedürfnis, Sigrid in die Arme zu nehmen, mich mit ihr in eine Ecke zu verkriechen, sie einfach mit mir zu nehmen. Aber ein Blick auf ihre lange Liste, die neben dem Telefon lag, sagte mir, dass das erst einmal nicht möglich war. Auch wenn ihr Dienst jetzt im Winter nicht so lange dauerte, bis acht oder neun ging er immer noch. Ich dachte an Stefan. Ob er schon auf mich wartete? Ich trank aus, sagte Sigrid und Alberto, dass ich noch mal weg müsse, ob das in Ordnung sei, wenn ich heute nicht blieb und arbeitete, aber Alberto winkte nur ab und rief mir irgendetwas auf Italienisch hinterher. Aber da er lachte, war es wohl etwas Nettes. Sigrid zwinkerte mir zu. Schon etwas erleichtert machte ich mich auf den Weg.

Stefans Freundin öffnete mir. Er war da, hatte aber gerade ein Gespräch in seinem Büro. Also wartete ich in seiner Küche auf ihn. Sie stellte mir ein Glas Wasser hin, wollte glücklicherweise nicht viel mit mir reden. Vielleicht wusste sie auch längst Bescheid. Ich schwieg also ebenfalls und trank mein Wasser in kleinen bedächtigen Schlucken. Laura, seine Freundin, bereitete anscheinend ein größeres Abendessen vor.

Wir redeten nur kurz, Stefan und ich. Er erklärte mir, dass der Anwalt eindeutig der Meinung war, dass die Beweise gegen mich so ohne weiteres noch nicht ausreichten, um mich festzuhalten. Meine Gegendarstellungen seien sehr schlüssig, und ich müsse das alles, was ich heute ihnen beiden erzählt hatte, unbedingt noch einmal genau so zu Protokoll geben. Am besten gleich morgen. Er würde sich um einen Termin kümmern und mich begleiten. Und ich solle am besten jetzt sofort zum Arzt gehen. Und auch einen aktuellen Bericht anfordern. Und erreichbar bleiben. Er würde mir eine Nachricht schicken, wann wir uns morgen treffen würden. Und es tue ihm alles furchtbar leid, auch dass er jetzt keine Zeit für mich habe, Besuch würde kommen, ob es denn gehen werde. Stefan redete wie immer wie ein Wasserfall.

Ich nickte, nahm seine Hand in meine beiden Hände und hielt sie fest. Stefan umarmte mich herzlich, klopfte mir kräftig auf den Rücken. Dann schob er mich zur Tür.

175

33

Ich hielt mich ganz und gar an Stefans Anweisungen. Auch der Anwalt begleitete mich durch die nächsten Tage. Nachdem ich alles, aber auch restlos alles, was ich wusste, erlebt und beobachtet hatte, in Stefans Beisein zu Protokoll gegeben hatte, ließ man mich wieder gehen. Trotzdem war ich angeknackst und versuchte, mich möglichst auf andere Dinge zu konzentrieren, mich abzulenken. Ich wurde tatsächlich auch ein paar Tage krank, hatte Fieber, Wiesler rumorte in meinen Träumen und auch im meinem Kopf, wenn ich wach war. Sigrid kümmerte sich um mich, aber ihre Zeit war knapp. Wie sie mir erzählten, wurde das ganze Gebiet weiträumig um die Hütte in Bergthann noch einmal abgesucht. Auch Hunde wurden wieder eingesetzt. Man durchkämmte restlos jeden Winkel, stellte jeden Baumstamm in der Umgebung, jedes Mauseloch auf den Kopf. Außerdem wurden alle Personen überprüft, die Zugang zur Hütte hatten und Schlüssel eventuell weitergegeben haben konnten. Es wurde auch den Hinweisen über den nächtlichen Autobesuch nachgegangen.

Ich will es kurz machen. Denn ich versuche, diese Geschichte vollständig aus meiner Erinnerung zu verbannen. Allerdings ist mir das bisher keineswegs gelungen.

Es musste ungefähr Mitte bis Ende November gewesen sein. Man fand Wieslers Auto im Wald, nachdem er zwei Tage verschwunden war und man angefangen hatte, nach ihm zu suchen. Das war kurz nachdem man den Fall einem anderen Team unter anderer Leitung übertragen hatte. Auch ihn fand man kurze Zeit später. Er hatte sich an einem Baum mit einem Abschleppseil erhängt. Fast gleichzeitig ergaben Laboruntersuchungen DNA-Spuren von Wiesler an den verbrannten Überresten eines künstlichen Fells oder eines Stoffrestes, der weiter von der Hütte entfernt in einem Loch verbuddelt gefunden wurde. Die Hütte wurde noch weiter untersucht. Man wertete seinen Selbstmord allerdings als sein Geständnis.

Ich weiß nicht, ob ich mich deswegen schämen sollte, aber sein Tod hat mich erleichtert und, ehrlich gesagt, empfand ich es nur als gerecht. Er hatte mir das Leben zur Hölle gemacht, meinen Ruf im Ort ruiniert, mich beinahe ans Messer geliefert, um dabei selbst ungeschoren davon zu kommen. Sein Gewissen allerdings hatte ihm keine Ruhe gelassen. Na ja, wer weiß. Wäre es damals durch die Ermittlungen nicht eng für ihn geworden, wäre sein Plan aufgegangen und ich wäre als der Schuldige ausgemacht worden, vielleicht hätte so ein Mensch wie er es geschafft, seine eigene Schuld das restliche Leben lang zu verdrängen.

Er verfolgt mich in meinen Träumen bis heute. Die weiteren Ermittlungen habe ich nicht mehr verfolgt, nicht verfolgen können, ich hoffe, dem kleinen Mädchen geht es gut.

Sigrid und ich versuchten, die Zeit bis Weihnachten und auch Silvester so gut es ging zu genießen. Ich versuchte in erster Linie, meinen Kopf frei zu kriegen, sie half mir dabei. Es hatte geschneit, und der Schnee blieb sogar liegen. Samstags oder sonntags, wenn sie nicht in den Salon musste, lud sie mich hin und wieder ein, mit in die Sauna zu gehen. An Weihnachten gingen wir sogar einmal essen, Silvester fuhr sie mit mir mit dem Zug nach Berlin. Sie sagte, sie verdiene mit ihrer Arbeit jetzt mehr, und ich solle mir keine Gedanken machen, sondern einfach mit ihr fröhlich sein.

Ich hörte das gar nicht gern. Ich wollte Sigrid, unsere Freundschaft so behalten, wie sie war. Es sollte alles so einfach und ehrlich, so bodenständig und bescheiden bleiben, und ja, ich wollte nicht, dass sie so viel mehr Geld hatte als ich. Aber ich wischte die Bedenken beiseite, denn unsere Ausflüge blieben Ausnahmen. Genauso oft waren wir bei ihr oder, öfter jetzt auch, bei mir. Wir lagen einfach stundenlang miteinander im Bett und wärmten uns. Wir tranken Kaffee im Bett, unterhielten uns, lasen uns gegenseitig etwas vor, aßen aufgewärmte Dosensuppen oder Pizza im Bett, liebten uns, schliefen eng aneinander gekuschelt, betrachteten die Wolken, wenn Vollmond war.

War ich bei ihr, wurde ich pünktlich gegen 11.00 Uhr rausgeschmissen. Meist blieb ich dann gleich im Ort, ging zu Stefan, um dem Umbau der Kirche zuzusehen oder zu helfen oder mir zumindest seine enthusiastischen Pläne anzuhören. Seit das mit Wiesler passiert war, wurde ich wieder häufiger gegrüßt, sogar von Sundermann. Nur Kerner sah ich nicht mehr und auch nicht meinen Dingo.

Ich erinnere mich noch, dass Sigrid mich eines Nachts unvermittelt fragte, ob ich nochmal ein Kind wolle. Es war ein paar Tage vor ihrem 40. Geburtstag. Klar, wenn sie noch ein Kind wollte, dann musste sie sich beeilen, das war sicher. Das sagte ich ihr auch so. Aber ich? Ich konnte mir das nicht mehr vorstellen. Meine Erfahrungen als Vater, als Ehemann waren ein Desaster gewesen. Zwangsläufig wäre damit verbunden, einen Job zu suchen, wieder mehr Geld zu verdienen.

Die Vorstellung behagte mir überhaupt nicht. Ja, Arbeit wie bei Alberto, vielleicht auch häufiger oder woanders, das konnte ich mir vorstellen. Ich erklärte ihr das mit wenigen Worten. „Ich kann keinen Druck vertragen, Sigrid. Ich muss mit Menschen zusammen sein, die nett mit mir sind, die selber entspannt sind, die alles ein bisschen locker sehen, nicht so viel erwarten, …so wie du." Zärtlich strich ich mit Zeigefinger ganz sacht von ihrem unteren Rippenbogen den Schwung ihrer Taille nach bis zum Hüftknochen, von dort zum Nabel herüber, den ich langsam, liebevoll zart umkreiste, erst kleine Kreise, dann immer größere. Schließlich spürte ich den oberen Ansatz ihrer dunklen krausen Härchen. Ein Schaudern lief über ihren Körper. ‚Viel zu schade, um jetzt über solch abwegige Ideen nachzudenken', dachte ich mir und küsste sie.

Zu ihrem Geburtstag hatte ich mir eine besondere Überraschung ausgedacht. Vor ein paar Tagen hatte ich mir von ihrem Wohnungsschlüssel heimlich einen Zweitschlüssel gemacht. Da ihre Bude kein Sicherheitsschloss hatte, war das kein Problem. Ich wollte viel früher als normalerweise in ihre Wohnung gehen, dort alles für eine Feier zu zweit vorbereiten, schmücken und sogar einen Kuchen backen. Und da sie das keineswegs erwarten sollte, durfte ich mir nicht, wie sonst immer, den Schlüssel bei ihr von Alberto abholen. Jetzt hatte ich meinen eigenen. Sie hatte bestimmt nichts dagegen. Dem Vermieter mussten wir es natürlich sagen.

Außerdem war ich mir nicht sicher, wie lange das alles dauern würde, auch die Torte war aufwändig, so etwas hatte ich noch nie gemacht. Ich wollte jedenfalls früh genug beginnen. Sie würde Augen machen! Ich hoffte auch, dass ich sie an diesem Abend ganz und gar für mich hatte. Wir hatten noch nie einen Geburtstag miteinander gefeiert. Ich freute mich sehr.

Ich öffne die Augen, sehe auf die Uhr. Viertel nach vier. Ich stehe vom Bett auf, strecke mich, gehe ein paar Schritte. Nummer sieben sitzt noch immer am Fenster. Ich gehe zu ihr, betrachte sie in Gedanken versunken. Ich befeuchte meinen Zeigefinger und bringe ihn sehr langsam und vorsichtig nah neben ihren kleinen schwarzen Körper. Wie all ihre Vorgänger kommt auch sie nach ein paar Sekunden und tupft mit ihrem kleinen Rüssel den Finger ab. Ich bleibe stehen, beobachte sie und rede mit ihr. Gleich wird sie beginnen, sich zu putzen. Sie ist kleiner als Nummer sechs war, aber sonst sehen sie sich alle sehr ähnlich.

Ich bin mir nicht ganz sicher, ob ich die Bilder sehen will, die gleich kommen werden. Sigrids Geburtstag. Ich horche in mich. Keine Unruhe, eigentlich ist noch alles gut. Aber ich weiß, dass es wehtun wird, sehr weh. Vielleicht sollte ich noch eine Runde nach draußen gehen. Ich trinke zwei Glas Wasser hintereinander leer und beschließe, mich zu reinigen. Es ist

warm im Raum, ich habe geschwitzt. Während ich mich aus-
ziehe, denke ich an Ben. Der Gedanke an ihn gefällt mir. Das
Gefühl ist neu aber wirklich angenehm. Ich ziehe neue Wäsche an, gerade rechtzeitig, da klopft es an der Tür und die
freundliche Ärztin von heute früh schaut durch einen Spalt
herein. „Bin sofort soweit.", rufe ich, und sie wartet tatsächlich
ein paar Augenblicke, bis ich „jetzt" rufe. Sie lacht, als sie her-
einkommt. Natürlich gefällt ihr, was sie sieht. Auch Andi wird
es morgen gefallen. Ist das wegen Ben? Mein Zimmer ist sauber und aufgeräumt, das Bett bezogen, ich bin sauber und
aufgeräumt. Ich lächle sogar ein bisschen und wir plaudern.
Was ich heute gemacht habe, fragt sie mich. Und ich erzähle,
was ich eben erzählen will, erfinde auch ein bisschen. Aber
am deutlichsten schildere ich ihr meinen neuen Aussichtsplatz
auf der Feuertreppe. Dass ich da heute Abend wieder hingehen werde. Das ist mir gerade eingefallen, das werde ich wirklich tun. Sie misst Blutdruck, leuchtet in meine Augen, morgen
probieren wir es mal wieder mit der Arbeit, ja?', schaut in ihre
Listen, trägt ein, sucht Tabletten heraus. Schon wieder... Ich
nehme ein Glas Wasser dazu, sie verlässt den Raum. Den
Rest in meinem Mund spucke ich in mein Waschbecken.

Draußen ist es noch immer heiß. Ich schlendere über die Wege, wenig los hier draußen, keine Ahnung, wo alle sind. Es
gibt noch Kellerräume mit Tischtennisplatten und Kicker. Die
sind jetzt kühl. Auch Ben sehe ich nirgends. Ich setze mich
einen Moment auf eine Bank, lege den Kopf in den Nacken
und beobachte zwei Flugzeuge, die ihre Kondensstreifen in
das Blau malen. Gleich werden sie sich überschneiden, ein
großes X am Himmel. Ich warte, bis es anfängt sich aufzulösen und mein Nacken schmerzt. Dann muss ich den heißen
Platz in der Sonne verlassen. Ich werde später noch einmal
wiederkommen. Vielleicht soll das jetzt so sein.

34

Ich hatte eingekauft für ihren Geburtstag. Alles für die Torte. Eine Flasche Sekt. Eine Flasche Wein. Vier kleine Moosröschen mit Schleierkraut. Ich wusste, die mochte sie. Alberto hatte ein Stück Parmesan springen lassen und Pizzabrot gebacken, Oliven hatte er auch eingepackt. Ich hatte noch Tomaten besorgt und eine Packung Salami. Stefan hatte mir eine weiße Tischdecke geliehen und einen richtigen Kerzenleuchter. Kerzen hatte Sigrid. Und Kaffee hatte sie auch immer. Ich hatte nichts vergessen. Sogar eine „40" hatte ich aus einer alten bunten Postkarte ausgeschnitten. Ich musste die schweren Taschen abstellen, sonst hätte ich die Tür nicht aufsperren können. Sie hatte nicht abgeschlossen, als sie gegangen war.

Natürlich hatte ich ein schlechtes Gewissen. Schließlich hatte ich mir einfach einen Schlüssel nachmachen lassen ohne sie zu fragen. Aber heiligte der Zweck nicht die Mittel? Vielleicht war ich deswegen sehr leise beim Aufsperren, nahm die Taschen, ging in den winzigen Flur, schloss die Tür hinter mir. Da hörte ich schon Geräusche. Die Tür zwischen Flur und ihrem Wohn-Küchen-Raum war nur angelehnt. Ich stand im Dunkeln, machte kein Licht, konnte nicht fassen, nicht glauben, was ich da hörte, obwohl ich es eigentlich sofort wusste. Ich kannte Sigrids Stimme, ihre Geräusche, die sie machte, wenn… ein Schmerz schoss von meinem Herzen bis in den Magen. Meine Beine begannen zu zittern. Nur jetzt nicht schwach werden! Sekundenlang hoffte ich irgendwie, mich zu irren, zu träumen und näherte mich sehr langsam nur dem Spalt, wollte nicht sehen, was sich da offensichtlich abspielte. Aber etwas zwang mich hinzusehen. Sigrid kniete auf ihrem Bett und ließ sich ficken von irgendeinem Kerl, den ich auch nur von hinten sah. Eine kleine Ewigkeit verharrte ich in einer Art Schockstarre, mein Herz schlug laut bis zum Hals, ich wusste nicht, ob ich schreien, weinen oder weglaufen sollte. Aber ich zwang mich dazu, leise zu sein, wagte nicht, mich zu bewegen, mein Herzschlag war das lauteste an mir.

Doch dann, als das Theater der beiden lauter wurde, das, was ich meinte, allein mit Sigrid zu teilen, sie sich hier vor meinen Augen von einem anderen besorgen ließ, da war in meinem Kopf plötzlich ein Kurzschluss, der wie ein Blitz einschlug. Ich war nicht mehr Herr meiner selbst… Ich stieß die Tür auf, brüllte los, umfasste den Kerl von hinten um den Bauch, riss ihn mit aller Gewalt zurück, schleuderte ihn auf den Boden, gab Sigrid wohl auch eine Ohrfeige, ich erinnere mich nicht mehr genau. Der Scheißkerl rappelt sich auf, will auf mich losgehen, aber ich trete und boxe wie verrückt auf ihn ein, was ich erwischen kann. Schließlich hält er sich die Nase, sie blutet. Als ich das Blut sehe, haue ich ab, stolpere über die Taschen im Flur. Sigrid rennt hinter mir her, ich höre sie noch rufen „Martin, lass dir erklären, das ist doch nichts, das ist doch nur… ein blödes Geschäft. Bleib hier, komm zurück, …bitte…!!"

Ich mache die Augen auf, schaue aus meinem Fenster in meinen kleinen Himmel, wundere mich, dass keine Tränen kommen und warte ein paar Minuten. Ich habe schon oft darüber nachgedacht, ob ich ihr verzeihen kann. Ich merke, ich bin noch immer wütend. Wie hätte ich reagiert, wenn sie ehrlich zu mir gewesen wäre? Wäre ich mit ihr zusammengeblieben? Ich glaube nicht. Vielleicht hat sie das geahnt, vielleicht wollte sie mich nicht verlieren? Sollte mich das trösten? Für mich ist und bleibt es ein Verrat. Eine Lüge, die alles wertlos macht.

Dr. Andersen ist der Meinung, Sigrid habe mich wirklich geliebt. Tue das vielleicht noch immer. Sie habe das nicht gespielt. Das andere sei wohl wirklich nur ihr Geschäft gewesen. Meine Gefühle, meine Enttäuschung, meine Wut, meine Trauer, meinen Schmerz, sie könne das alles verstehen, alles sei nachvollziehbar, aber dennoch sei es schade, wenn ich das Gefühl, die Tatsache geliebt worden zu sein, für jemanden etwas Besonderes, wichtiges gewesen zu sein, nicht als

Schatz in meinem Herzen behalten könne. Ich könne lernen, das zu trennen. Aber ich kriege das bis heute nicht hin.

Sigrid hätte das nicht nötig gehabt. Im Nachhinein habe ich die Besuche in der Sauna, die Ausflüge, das Essen gehen verflucht, wenn ich mir vorstelle, dass das ihr scheiß erficktes Geld war. Nein, das war nicht meine Sigrid. Da musste ich schon wieder einmal mit ansehen, ertragen, wie mein Heiligstes, mein Schatz, meine Liebe in den Dreck gezogen, aus meinem Herzen gerissen, wertlos zertrampelt wurde. Ich blieb auf der Strecke, getroffen leer, ausgeblutet, allein.

Natürlich versuchte sie, mich zu erreichen. Mein Handy zählte ihre Nachrichten. Ich las sie nur teilweise. Denn welche Versprechungen hätte sie mir machen können, welche schönen Dinge mir erzählen, die mir nicht alle wie Lügen vorgekommen wären? Es ging nicht mehr. Ich lag tagelang in meinem Zimmer und heulte. Ich ging nicht mehr zu Alberto. Ich warf alles weg, das mich an Sigrid erinnerte. Ich kapselte mich ab, zog mich zurück, leckte meine Wunden. Tage, Wochen ging ich nur nach draußen, um das Notwendigste einzukaufen. Ohne Sigrid war auch die Verbindung zur „Außenwelt" schwer. Sie war meine Nabelschnur, war ein Bindeglied gewesen, hatte etwas überbrückt, was ich allein schlecht schaffte. Nur an Stefan dachte ich manchmal, aber eigentlich wollte ich noch lieber niemanden sehen, nicht reden müssen, mich verstecken.

So ging es bis in den April hinein. Ich putzte nicht, ich wusch nur ab, wenn ich kein Geschirr mehr hatte. Ich vernachlässigte mich wieder. Trank Bier. Oft saß ich stundenlang vor dem Fenster, beobachtete Sonne, Schneeregen, Regen. Sah die ersten Bäume blühen, spürte meinen Körper schmerzen, weil ich mich zu wenig bewegte, tat nichts dagegen. Manchmal schellten die Kinder, einmal auch die nette junge Frau, die bei Stefan auf der Feier war mit ihrer Familie. Sie sprachen schon besser Deutsch, luden mich ein zum Essen, brachten mir eine

Schüssel Falafel, die ich immer gern gemocht hatte. Ich nahm es entgegen, bedankte mich, lehnte aber alles andere ab.

Ich musste einen Weiterbewilligungsantrag stellen, sonst würde ich bald kein Geld vom Amt mehr erhalten. Zwar hatte ich telefoniert und meiner Sachbearbeiterin mitgeteilt, dass ich die Arbeit bei Alberto nicht mehr hatte, aber sonst hatte ich alle Termine schleifen lassen. Ich konnte froh sein, dass man es beim Jobcenter nicht so streng nahm mit mir. Sie kannten mich und wussten, was sie von mir erwarten konnten und was nicht. Nach der Sache mit Wiesler begegnete man mir überall mit einer gewissen Nachsicht.

Nummer sieben ist auf meinem Arm gelandet, klettert über die unwegsame Härchen-Landschaft bis zu meinem Handgelenk, erkundet meine Hand, meine Finger. Ich wundere mich, wie viele unempfindliche Hautstellen ich habe, da ich ihr Laufen nur selten spüre. Ich wundere mich auch, dass ich gelassen bin. Hier und jetzt. Die Bilder haben ein bisschen Wut aufgespült, ein großes Bedauern noch immer, aber es hat mich nicht fortgerissen, ich sitze hier und kann es ertragen.

Dr. Andersen und ich haben herausgefunden, dass ich an Sigrids Geburtstag anders reagiert habe als sonst so oft. Dass ich mich gezeigt habe, dass da ein gewaltiger Ausbruch kam und ich mich eben nicht still zurückgezogen und geschwiegen habe. Ich hätte auch einfach still mitsamt den Taschen ihre Wohnungstür hinter mir zuziehen können, mit ihr Schluss machen können, die Beziehung abbrechen ohne ein Wort, ohne Begründung.

Aber so feige war ich nicht, an diesem Tage nicht. Dr. Andersen sagte das mit ihrer aufmunternden Anerkennung in ihrer Stimme. Meinen Rückzug danach, meine selbstgewählte wochenlange Isolation, das war, wie wenn ich mich selbst wieder dafür bestrafen musste, dass ich meiner Wut freien Lauf gelassen hatte. Tür auf, Kellertreppe runter, Tür zu. Vielleicht hätte ich öfter mal jemanden verprügeln sollen? ‚Ja', hatte sie gesagt. ‚Aber nicht mit der Faust. Sondern mit Ihrer Stimme und Ihrem Kopf.'

Gegen Abend nach dem Essen gehe ich raus. Ich muss mich bewegen. Mein Zimmer ist abends am wärmsten. Ich versuche eine Unterhaltung mit dem Wachpersonal, der Mann hat seinen Glaskasten verlassen, dafür sitzt da jetzt ein anderer, und steht außen vor der Glastür, beobachtet den Hof. Es ist jetzt viel mehr los. An seinen Antworten merke ich schnell, dass er wenig Lust hat, mit mir zu sprechen. Nur einmal schaut er mich kurz an, bleibt einsilbig und freundlich oberflächlich. Ich bummele weiter. Eindeutig habe ich wenig Interesse, mich neben andere Insassen auf die Bank zu setzen. Ich kenne die Gespräche, die da entstehen. Jeder sucht Bestätigung, Aufmerksamkeit, will sich wichtigmachen. Ich habe keine Lust, ihnen diesen Dienst zu erweisen. Also gehe ich weiter.

Die Spielfelder sind wieder voll. Das Geschrei das gleiche wie heute früh. Ich setze mich auf eine Bank, hoffe, dass sich niemand dazu setzt, und höre der Amsel zu. Ist es dieselbe, die heute Morgen hier gesungen hat? War das wirklich heute Morgen? Der Gedanke an Ben durchzuckt mich wieder. Sehr oft muss ich an ihn denken. Auf dem Boden vor meinen Füßen versuchen mehrere Ameisen einen toten Käfer fortzutragen. Sie brauchen Verstärkung, es sind zu wenige. Und tatsächlich wie gerufen kommen zwei, drei, dann fünf weitere und helfen mit. Zwei allerdings völlig unkoordiniert. Sie rennen einfach hin und her, vor zurück, ohne mit anzupacken. Na ja, was verstehe ich schon von Ameisensprache.

Während ich weitergehe, summe ich vor mich hin. Die Melodie ist wieder da, auch der Text. Noch ein anderes Lied fällt mir plötzlich ein: Aus einem Konzert von 1980 in Berlin vor dem Reichstag. Wie hatte ich früher bei jedem „Yeah" mit den Massen in diesem Lied mit geschrien und mit den Tränen gekämpft. Das war die erste Band, die mich in sehr jungen Jah-

185

ren völlig begeistert hat, in deren Texten ich mich zum ersten Mal wiedergefunden habe. Oder Paris. Damals für mich ein großartiges Konzert. Nicht, dass ich selbst dabei gewesen wäre.

Danach auch die härteren Sachen. Überhaupt war die Rock- und Metal-Musik der siebziger und achtziger Jahre für mich überlebenswichtig. Wo sonst konnte ich die Seelenverwandt- schaft finden und wissen, dass ich mit meiner emotionalen Berg- und Talfahrt nicht alleine war. Erstaunlich, was ich schon alles hinter mir und geschafft habe. Und wenn ich die- ses Gefühl, die Erinnerung an diese Lieder in mir höre, dann merke ich: Ich lebe noch immer. Ich bin nicht gestorben. Nicht durch meine Kindheit, nicht durch Anette, nicht durch die dun- kelsten Stunden meiner Obdachlosigkeit, nicht durch Wiesler, nicht durch Sigrid.

Ich steige die Gitterrost-Stufen der Treppe zu meinem Aus- sichtsplatz empor. Irgendwann, wenn es auch manchmal lang dauert, irgendwann kommt immer dieses Gefühl „Es wird schon irgendwie gehen. Es geht weiter. Steh auf." Als würde mir von irgendwoher die Hand gereicht. ‚Das ist ganz allein deine Aufgabe. DU musst deinen Weg selbst finden. Niemand kann es außer dir.' Ja, es ist mein Weg. Nur ich kann ihn fin- den. Ich sollte mir in diesem Punkt nichts sagen lassen.

In weiter Ferne, noch im Nebel meiner Seele, ahne ich eine Brücke zu Stefans Worten, zu Dr. Andersens Bemühen, meine einen Moment lang verstanden zu haben, was gemeint ist, einen Sinn zu erkennen, der alles, was ich erlebe, Schmerzen, Liebe, Einsamkeit, innere Führung, Schicksal, Auf und Ab, alles, alles vereint.

Ich beobachte den Mückenschwarm über der viel kleiner ge- wordenen Wasserfläche auf dem wilden Grundstück gegen- über, sehe die Blumen am Rand. Mein Herz sehnt sich da- nach, ihren Duft atmen, die Süße in sich aufnehmen zu dürfen, den Geschmack eines Grashalms im Mund, den Boden unter den nackten Füßen zu spüren. Ich will hier raus, ich will hier weg. Ich will so schnell keinen Tod mehr sterben müssen.

Als ich viel später, es wird schon dämmrig, die Treppen wieder hinuntersteige, kommt mir Ben entgegen. „Das hätte ich mir denken können. Mensch, hier warst du!" Er freut sich ehrlich, mich zu sehen. Ich schaue ihn an, lächle. Ich bin auch froh ihn zu sehen. „Komm", sagt er, „wir müssen bald rein. Gehen wir schnell noch einen Umweg. Ich will dir noch was zeigen…"

35

Der Montag läuft gut. Das heißt für mich: Ich habe in der Kantine gefrühstückt, ich habe gearbeitet ohne irgendeinen Zwischenfall, ohne aufzufallen, ohne Besonderheiten. Meine Konzentration ist erstaunlich gut, ich habe mich selten verzählt. Drei Körbe fertig gepackter Kartons am Ende gegen Mittag, die ich abliefern kann. Unser Einweiser hat dafür sogar ein kleines Lob übrig: „…nicht schlecht, Martin. Schön, dass du wieder mal da bist." Ben manövriert sich in der Warteschlange zum Mittagessen hinter mich. „Schau unbedingt, dass wir beisammen sitzen. Ich muss dir was erzählen."

Mit meinem vollen Teller Erbsensuppe bahne ich mir einen Weg zu einem Tisch mit noch drei freien Plätzen. Aber kurz vor mir setzen sich zwei andere dazu, und ich schaue suchend um mich. Ich sehe, dass Ben von Toni angequatscht wird und er jetzt mit ihm ein anderes Eck vor dem Fenster ansteuert. ‚Soll mir recht sein', denke ich und setze mich auf den letzten freien Stuhl in meiner Nähe. Jemand geht mit einem Tablett herum und teilt die Nachspeise aus. Sieht aus wie Milchreis mit Kirschen. Ich habe Appetit.

Die jüngeren Kerle an meinem Tisch unterhalten sich über Autos, PS und wie man was am besten tunen kann. Da kann ich nicht mitreden, und bin froh darum. Stattdessen überlege ich, was ich mit dem Nachmittag anfange. Morgen bin ich bei Dr. Andersen, evtl. bin ich heute irgendwo eingeteilt, ich muss mich gleich mal informieren. Andi war heute Morgen wieder bei mir und hat mit mir den Wochenplan besprochen. Ich hab's schon wieder vergessen, weiß nur noch, dass ich Tischdienst habe.

Beim Abräumen schaut Ben zu mir rüber. Irgendwie macht er ein komisches Gesicht. Toni wieder hinter ihm, sie gehen schon mal raus. Essensreste in den Eimer, der am Wagen hängt, Besteck sortiert in die Körbe, Teller auf die Teller, Schälchen in die Schälchen, Gläser nach rechts. Es ist nicht schwer, aber einige kriegen selbst das nicht hin und bringen Unordnung auf die Abstellflächen. ‚Ist das denn zu viel verlangt?', denke ich ärgerlich. Geschirr einräumen, dann die Wagen in die Spülküche fahren. Ständig steht mir jemand im Weg, ständig Gepöbel und Geschimpfe. Ich will doch nur meine Arbeit machen. Irgendetwas beginnt in meinem Magen zu rumoren, merke ich. Da kündigt sich was an..., klar, seit gestern esse ich wieder richtig. Nach einiger Zeit stehen die Wagen wieder leer und sauber abgewischt an der Längsseite der Kantine in einer Reihe - noch schnell Eimer und Putzlappen aufgeräumt, und dann aber nach oben.

Als ich die ersten Stufen der Treppe nehme, merke ich, dass es bis zu meinem Zimmer unter Umständen zu weit wird. Ich kehre um, beiße die Zähne zusammen... was zum Teufel ist das... wie ein Gewitter in meinem Gedärm... im Laufschritt so gut es geht zurück, neben der Kantine sind Toiletten. Gerade noch rechtzeitig.... Ich brauche eine ganze Zeit, bis sich mein Unterleib beruhigt... da kann was nicht stimmen, es sind richtige Krämpfe... Was ist denn nun schon wieder los...? Endlose Zeit sitze ich da und bin nur froh, dass irgendwann alles vorbei ist und ich wieder halbwegs stehen kann. Aber mir ist

188

sehr flau im Magen, und ich bin völlig fertig. Dabei hatte der Tag so gut angefangen.

Direkt angrenzend an die normalen Toiletten ist ein Behindertenklo und ein kleiner Duschraum mit Umkleide. Ich kann mich unmöglich so wieder anziehen. Gut, dass ich hier gerade alleine bin. Ich nehme meine Hosen in die Hand und beeile mich so gut ich noch kann, ziehe mein T-Shirt aus und dusche sehr warm und ausgiebig. Meine Beine zittern noch ein bisschen. Ich sollte den Arzt aufsuchen. Kann doch nicht sein! Einen Tag wieder arbeiten, zweimal vernünftig gegessen und jetzt das... kurz denke ich darüber nach, dass es das erste Mal ist, dass ich hier dusche, ohne Anmeldung, ohne Aufpasser, aber das musste ja jetzt sein, das ging nicht anders...

Als ich in die Umkleide zurückgehe, fällt mir ein, dass ich gar kein Handtuch habe. ‚Muss ich mich mit dem T-Shirt abtrocknen‘, denke ich noch, da sehe ich, dass meine Kleidung nicht mehr da liegt, wo ich sie hingelegt hatte. Dafür stehen Richie, Toni und der Typ da, der vorhin den Nachtisch ausgetragen hat... Richie macht einen Schritt auf mich zu, grinst, instinktiv halte ich meine Hände vor meinen Schritt, schaue mich um, keine Fluchtmöglichkeit, zwischen Dusche und Umkleide ist keine Tür. Richie sagt kein Wort, es geht alles wahnsinnig schnell. Einer der anderen drückt mir mein T-Shirt gegen den Mund, sie zerren mich in das Behindertenklo, ich höre, wie die Tür hinter uns verriegelt wird. Ich habe keine Chance... Richies Gesicht ist ganz nah vor meinem, seine Augen schmale Schlitze, ich kneife meine Augen zu, muss mich voll darauf konzentrieren, noch Luft zu kriegen und nicht ohnmächtig zu werden... ‚Tut, was ihr tun müsst, Hauptsache, ich überleb‘ das irgendwie, ...los, fangt schon an, ihr Scheißkerle...!!‘

Es hat keinen Sinn, sich zu wehren, ich werde an beiden Armen festgehalten, meine Beine mit irgendetwas gefesselt, sie drücken meinen Oberkörper nach vorne, auf irgendetwas Hartes, es tut so weh... ich brülle in mein T-Shirt, doch es ist nur

189

ein heiseres Quietschen, nur halb verstehe ich Richies Worte neben meinem Ohr „...habe dich gewarnt. Wenn du nicht hören willst, zeige ich dir... ich hab überall meine Augen, ...das wird wieder passieren, ...gleich ganz abschneiden... so, wie ist das jetzt?" Ich könnte schreien vor Schmerzen als er in mich eindringt, sehe grelle Dämonen vor meinen Augen, dann schaltet mein Kopf aus....

36

Gut, dass ich immer mein Messer bei mir habe. Nirgendwo kann ich sicher sein. Gefahren lauern überall, jemand will mir ans Leder... das spüre ich lange schon. Fest umschließe ich den Griff in meiner rechten Hand. Er ist wohlgeformt und liegt darin wie eine Eins. Zärtlich fährt mein Daumen jede Unebenheit im Holz nach. Irgendetwas ist da draußen. Ich weiß es bestimmt...

‚Dein Vater hat uns verlassen... er kommt nicht mehr zurück... er ist... tot. Du musst versuchen, das jetzt zu verstehen. Wenn du größer bist, erkläre ich dir alles. Wir beide sind doch stark, oder? Na, komm jetzt.'

Ich drehe mich um, da war ein Geräusch, es ist dunkel, etwas Großes... von oben... fällt auf mich herab... ich schreie...

Blut, das ist Blut... überall Blut, ich kann es riechen, warmes Blut, alles klebt an meinen Händen, ich kann sie nicht sehen... ich kann mich nicht bewegen...

Stundenlang starrt das Kind aus einem Fenster. Es muss den Kopf in den Nacken legen, um von den Stufen sehen zu können, wie es draußen dunkler und dunkler wird. ‚Mama, hast du mich vergessen? Die Stufen... sind so kalt.'

‚Papa, bist du das? Was hast du? Papa!! Musst du auch hier warten?'

Ich versuche mit aller Gewalt, meine Augen aufzumachen, aber sie öffnen sich nur einen winzigen Spalt. Alles ist verschwommen. Ich kann nicht richtig sehen, stoße überall an, stolpere, falle...

Ich habe Dingo im Arm. Ich weine, meine Tränen machen sein Fell nass, ich rieche den Waldboden-Grasduft an seinen Pfoten, sein Frische-Luft-Fell, ich rede mit ihm, streichle seine krausen kleinen Fell-Wirbel an der Brust, weißes Fell, lobe ihn, du bist der Beste, sehe seine Augen..., starr werden, er ist tot...

Ich drehe mich in einem Strudel über einem schwarzen Loch, drehe mich immer schneller, ich bin klein, das Loch ist groß, ‚Papa...! Schläfst du bloß? Papa, sag doch was.'

‚Ja, Martin, dein Vater hat sich umgebracht. Erschossen. Er war, nun ja, du weißt ja, er war schon lange... labil. Das war wahrscheinlich seine Krankheit. Hast du das denn nicht gewusst?'

Mein Lieblingstraum, ich will ihn festhalten, so lange hatte ich ihn nicht mehr, es ist so schön!! Ich renne los, renne, den Hügel hinab, mache Armbewegungen, als wolle ich Brustschwimmen, werfe meine Beine hinter mich in die Luft...und fliege....!! Fliege!! Je kräftiger ich nach oben „schwimme", umso höher steige ich! Es ist ganz leicht!

Von unten beobachten mich die Leute, bewundern mich, sie können nicht fliegen, nur ich kann es!! Wie schön, von hier oben alles zu betrachten... und wie schnell ich bin... wie ein Vogel kann ich höher steigen und ein Stück wieder hinab, das kribbelt im Bauch... allem fliege ich davon, dann wird es ganz

191

leicht, weite Strecken werden kurz, warum zu Fuß gehen??
Ich fliege...fliege...und freue mich...!! Nur Vorsicht, wenn der
Sog nach oben zu stark wird, manchmal ist da die Schnur, die
mich nach oben zieht,... danach folgt der Absturz, unweigerlich! Nicht zu hoch, sonst kommt die Bruchlandung... das Gefühl von tiefem schnellem Fall, Ziehen im Bauch... Strafe für
zu hohes Fliegen...aber ich lerne, ich übe, und kann es immer
besser...es soll niiiiieeee aufhören!!!

‚Wenn du jetzt schwierig wirst, mein Lieber, dann gehen wir
beide zum Jugendamt....‘

...und immer ist es dunkel... wann wird wieder Tag, Mama?
Mama??!!

Jemand hält meine Hand, fühlt meinen Puls. ‚Sigrid, bist du
das? Bist du wieder hier? Bleib bei mir, bitte...Sigrid...‘

„Herr Marquardt..., hallo... Herr Marquardt...“ Nein, ich muss
noch schlafen, bin viel zu müde...später kochen wir Kaffee,
später...noch ein bisschen, komm, komm her zu mir....

Wer ist dieser Mann? Ich kenne ihn nicht. Was tut er hier? Er
soll weggehen...

Zwei Menschen neben mir. „Können Sie aufstehen? Kommen
Sie. Nein. Das geht noch nicht. Lass ihn liegen. Der braucht
noch. Hast du die Augen gesehen? Das reicht, wenn wir in
zwei Stunden wiederkommen. Ja, bleib du hier. Ich bring dir
einen Kaffee.“ - Schlafen -. „Ja, schlafen Sie ruhig. Wird alles
wieder gut. Sie werden sehen.“

Schwarzes Fenster. Schon wieder Nacht. Ich will in mein
Zimmer. Mama? Kann ich in mein Zimmer? „Meinen Sie, es
geht? Ja, Sie dürfen. Warten Sie, ich rufe meinen Kollegen.
Wir werden uns das morgen wieder anschauen. Schlafen Sie
sich erstmal richtig aus. Sollen wir Ihnen helfen? ...Ja, natür-

lich begleiten wir Sie. Können Sie laufen? Wir können Sie auch fahren. Es ist ja nur eine Treppe. Ja, das wird gehen. Nur langsam..."

37

Dieses Rauschen. Was ist das für ein Rauschen. Meine Finger greifen zu meinem Ohr. Ist was mit meinem Ohr? Ich kann die Augen öffnen. Vorsichtig. Nein, es blendet nichts. Alles ist ruhig. Bis auf das Rauschen. Es dauert eine ganze Weile, bis ich ankomme. Regen. Es regnet. Oder vielmehr, es muss schütten. Bei diesem gleichförmigen Geräusch. Oder ist es doch mein Ohr? Egal. Gut. Dann wird es jetzt vielleicht kühler sein. Sehr langsam stehe ich auf. Versuche mich aufzurichten. Gerade. Spüre die Schmerzen. Trete ans Fenster. Ein großes Fenster mit einem Griff zum Öffnen. Nummer sieben habe ich verloren, dämmert es mir. Ich hoffe, sie wird noch eine Weile leben. Auch um die anderen tut es mir leid.

Mein Kalender hängt wieder an der Wand. Über dem Tisch. Ich halte die speckige Pappe fest und ziehe am Blatt von gestern, knete eine kleine Kugel daraus, treffe neben den Eimer an der Tür. 12. Eine große schwarze 12. 12. August.

Ich habe nebenan ein winziges Bad. Dusche und WC. Ich wurde verlegt. Hier werde ich beschützt, hat man mir versichert. Ich kann hier auch mehr selbst entscheiden. Dr. Andersen und ich arbeiten jetzt viel intensiver. Dreimal in der Woche, an festen Tagen, immer zur gleichen Uhrzeit.

Mein Kopf ist ziemlich klar. Es hat sich viel verändert. Von Andi musste ich mich auch verabschieden. Aber die Leute hier sind auch sehr nett. Ich hatte Andi alles erzählt. Mir war irgendwann klar, dass ich das tun musste. Sie hatten mich auch gefragt. Aber da habe ich noch nicht alles gesagt. Andi hat mir Mut gemacht. Sie haben wohl auch alles genau untersucht, ich habe das nicht richtig mitbekommen. Auf jeden Fall sind Richie und Toni und der andere dann weggekommen, hat mir Andi erzählt, als wir uns verabschiedet haben. Sie werden in andere Häuser verlegt, in anderen Städten, jeder woanders hin. Es passiert immer wieder, dass sich solche Machtstrukturen bilden, hat er mir erklärt. Die müsse man dann zerschlagen. Da wäre es gut und wichtig, wenn einer den Mut habe, die Dinge beim Namen zu nennen. Ich könne da wirklich stolz auf mich sein.

Niemand ist froh, dass das alles passiert ist. Natürlich nicht. Genau so etwas sollte eben nicht passieren. Deswegen auch die Kameras überall. Passiert aber leider immer mal wieder. Aber ich glaube, ich bin da langsam drüber weg. Jedenfalls halbwegs. Immerhin, es hat sein Gutes gehabt. In meinem Kopf. Die Erinnerungen sind wiedergekommen. Noch nicht alle, noch nicht ganz. Aber Dr. Andersen und ich haben schon so viele Puzzle-Stückchen zusammengesetzt, es ergibt mehr und mehr ein Bild. Den Rest, der noch fehlt, kann man fast schon erahnen. Wir finden gemeinsam auch noch immer mehr Teile. Das Bild wird fertig werden. Mit ihr habe ich keine so große Angst mehr.

Zuerst war die Angst vor dem Erinnern sehr groß. Dass sie überhaupt wiedergekommen ist, war schlimm für mich. Ich kann mich nicht erinnern, dass ich früher, bevor das passiert ist, überhaupt Angst hatte mich zu erinnern. Ich hab eher wenig gefühlt, nicht nur die Angst nicht. Aber in der ersten Zeit danach war es schlimm. Ich weiß nicht, warum ich da nichts bekommen habe. Oder es hat nicht gewirkt? Kann doch nicht sein. Dr. Andersen hat gemeint, ich könne ihr alles erzählen, wenn es für mich nicht zu groß, nicht zu gewaltig wäre. Wir wollten uns gemeinsam alles ansehen, ich lernte, den „Bildschirm" zu benutzen.

Manchmal komme ich mir bei ihr vor wie ein Kind. Soll wohl so sein. Sie ist ein bisschen wie eine gute Mutter. Passt auf mich auf. Aber sie legt Wert darauf, dass auch ein großer, erwachsener Teil von mir auf meinen kleineren achtet. Ich lerne da überhaupt gute Sachen. Manchmal muss ich fast lachen, was sie alles mit mir macht. Aber trotzdem ist es auch schwer. Die Pause/Stopp-Taste drücken zum Beispiel. Nicht zu spät. Aufmerksam sein, immer aufmerksam sein, und die Zeichen nicht übersehen. Die inneren Freunde. Wir haben welche gefunden, die Beziehungen müssen gepflegt werden. Wir haben auch eine Schatzkiste, da ist schon einiges drin. Nur ich weiß, wo der Schlüssel ist. Auch zum Tresor. Das ist etwas anderes. Da muss ich aufpassen.

Dr. Andersen ist sich sicher, dass ich lernen kann, mit all dem umzugehen. Und dass ich schlechte Zeiten besser überstehe, wenn ich gut gerüstet bin. Ein Fachmann geworden bin sozusagen. Vielleicht kommen auch gar nicht mehr so viele schlechte Zeiten, jetzt, wo die schwarzen Löcher fast verschwunden sind. Es ist nämlich nicht so, dass die keine Wirkung gehabt hätten. Auch das habe ich gelernt. Dr. Andersen ist wichtig geworden für mich. Ich werde sie noch eine Zeitlang haben. Und brauchen. Ich glaube, sie ist die wichtigste Freundin, wenn ich mal gegangen bin.

Wenn ich mal gegangen bin. Ich glaube ganz fest daran. Vor einer Woche etwa ist Fabian gekommen, mein Pfleger hier. Wir haben die Post angeschaut, ein Verhandlungstermin steht fest! Schon am 15. September um 10.00 Uhr! Schon in einem Monat! Ich will fit sein bis dahin. Ja, ich habe auch Angst. Das gehört dazu, hat Dr. Andersen gesagt. Die darf sein. Wir werden uns gut vorbereiten. Wir haben schon viel geschafft.

38

Es passierte nach all den einsamen Wochen in meinem Zimmer im Gasthaus, Wochen der Isolation. Anfang Mai. Ich bekam eine Art Koller, musste irgendwohin, nur raus. Ich packte mir einen Vorrat von Bierflaschen in meinen Rucksack. Ein gutes Stück von der luftgetrockneten Salami. Einen Kanten schon ziemlich trockenes Brot. Es war warm draußen. Aber ich war unschlüssig, wohin ich gehen sollte. Nur nicht in den Ort. Ich fuhr zwei Bushaltestellen weiter, stieg dann einen mir gut bekannten schmalen, eng gewundenen und steilen Weg hoch. Jetzt ist sogar der schon fast aufdringliche Fliederduft wieder da. Einen ganzen Teil des Wegs hoch standen immer wieder Fliederbüsche an der rechten Seite, lila, weiß, golden. Der Duft ärgerte mich, überhaupt, dass Mai war und alles blühte. In meinem Kopf war November.

Ich war sehr gehässiger Stimmung, vermied alles, an was ich nicht erinnert werden wollte. Und das war viel. Ich musste ständig Umwege machen. Und erinnerte mich dann doch immer. Ich redete mit mir selbst, eine neue Gewohnheit von mir. Und hatte bei all dem überhaupt kein Vergnügen, konnte nichts genießen, fühlte mich wie auf einem Strafgang. Gibt es so etwas? Ein sehr alter Begriff, glaube ich.

Nach einigen Stunden des Umherirrens wurde mir klar, dass ich, bewusst oder unbewusst, das Lager meines letzten Sommers ansteuerte. Die Heimat eines glücklicheren Herzens. War es die laute höhnische Fratze in mir, die mich in den letzten Wochen ständig malträtiert hatte, die mich nun dort hin manövrierte, um mich dort weiter zu quälen? Oder war es meine romantische, wehmütige Natur, die dort an dem alten Platz einfach nur das nächste Bierchen genießen wollte? Oder hatten die beiden sich vielleicht verbündet?

Ich verbrachte da jedenfalls nicht nur den Nachmittag, sondern auch den Abend. Es blieb warm. Die letzten Wochen waren trocken gewesen, soweit ich das mitbekommen hatte. Dass ich nicht fror, lag vielleicht auch an dem vielen Bier, das ich getrunken hatte. Ich glaube, es ist auch was anderes dabei gewesen.

Ich fühlte mich irgendwann jedenfalls nicht mehr in der Lage, den langen Rückweg anzutreten. Der Mond war fast voll. Hell genug wäre es gewesen. Aber ich zog es vor zu bleiben, wollte die ganze Nacht hindurch wachbleiben und den Mond anschauen. Ich kann mich noch erinnern, dass mir dabei seltsam unheimlich zumute wurde. Durch das Mondlicht sah ich überall Schatten. Bäume, Zweige bewegten sich vielleicht im Wind. Vielleicht waren auch Tiere unterwegs? Ängstlich zog ich mich irgendwann zurück zwischen die Felswände, legte wohl das Stück Isomatte, dass ich immer im Rucksack hatte als Sitzunterlage, und meine Jacke als kleines Polster darunter und muss eingeschlafen sein.

Anscheinend hatte ich auch, weil ich Angst hatte, mein Messer in der Hand. Ohne Messer gehe ich nie in den Wald. Es ist immer in meinem Rucksack. Zum Apfelschneiden, Holz schnitzen, um Verpackungen aufzuschneiden. Für Wurst, Brot oder Käse. Das Messer brauche ich. Es ist ein Überlebensmesser. Es heißt wirklich so. Das hat mir immer Sicherheit gegeben.

Ich meine, es hatte innen in der kleinen Höhe anders gerochen als früher. Etwas hat mich gestört. Lagen da Sachen herum? Ich weiß es nicht mehr. Jedenfalls muss spät in der Nacht, ich hatte wirklich fest geschlafen, ein Geräusch oder irgendwas mich geweckt haben. Ich bin raus, dreh mich um, Messer in der Hand, da springt einer von oben, vom Dach der Höhle wahrscheinlich, auf mich herab. Ich reiß meine Hände vor meinen Bauch, vor meine Brust. Er muss direkt mit seiner Vorderseite in mein Messer gesprungen sein.

Wir stürzten beide, mein Kopf war irgendwo angeschlagen, wir müssen da eine Zeitlang gelegen haben, bis ich halbwegs verstanden habe, was passiert war. Vielleicht war ich auch erst ohne Bewusstsein. Geahnt habe ich es dann, irgendwann, irgendwie. Auf jeden Fall war mein Hirn wie betäubt, kam langsamer als in Zeitlupe zurück aus einem schrecklichen Zustand, einer fast nicht aushaltbaren Mischung von Verwirrung und Angst. Angst vor klarem Denken und davor nachsehen, aufstehen zu müssen, ich konnte auch fast nichts sehen. War das alles meine Schuld? Wir müssen da Stunden verbracht haben. Ich weiß nicht, was ich in dieser Zeit gemacht habe. Gegen Morgen, als es heller wurde, habe ich ihm dann ins Gesicht gesehen. Ein junger Kerl. Schwarze Haare. Fast noch ein Kind. Vielleicht 18 oder 19. So alt wie Victor. Er war tot. Ich habe furchtbar geweint. Geschrien. Dann hab ich ihn hochgehoben. Stück für Stück getragen. Bis auf den Weg, bis da zu einer Bank. Ein Stück noch den Berg herunter. Dann kam jemand, der hat dann den Notarzt gerufen. Und die Polizei kam dann auch.

Ich schaue auf meinen Kalender. Wie viele Blätter habe ich hier schon abgerissen seit Mai...? Nicht jeden Tag eins. Manchmal eine ganze Woche nachträglich oder auch mehr. Es ist heute der 29. Oktober. Ich habe all das nun schon so oft erzählt. Erst jedes Stück zusammengesucht mit Dr. Andersen. Dann mehrmals im Detail meinem Pflichtverteidiger. Ich mag ihn nicht, er ist völlig unbeteiligt. Ich glaube, es war ihm völlig egal, ob ich verurteilt wurde oder nicht. Oder er wusste das bereits im Voraus.

Dann vor Gericht. Zwei Verhandlungstage. Der letzte mit Urteil am 14. Oktober. Es wurden so viele Fragen gestellt. Und unterschwellig waren da auch Vorwürfe. Aber schließlich wurde ich nicht verurteilt. Das Geschehen wurde als Unfall gewertet. Man unterstellt mir keine Tötungsabsicht. Auch nicht fahrlässig. Ich konnte nicht damit rechnen, von oben auf diese Art angegriffen zu werden. Der Junge muss sehr schnell tot gewesen sein. Keine unterlassene Hilfeleistung. Meine Kleidung, mein Körper war derart voller Blut, seinem Blut, dass man daraus schloss, ich habe mich an ihn gepresst, habe ihn umklammert, hätte einen Schock erlitten. Mein Messer war überprüft worden. Ich wurde freigesprochen.

Ich bin ein freier Mann. FREI!!! ...FREI!! ...FREI!! ...FREI!!!

Ich darf mittlerweile innerhalb bestimmter Zeiten gehen wohin ich will. Ich darf wieder Bus fahren. Um 20.00 Uhr sollte ich wieder da sein, daran halte ich mich auch. Die Stadt hier ist mir fremd. Überhaupt bin ich nur noch hier, um mein zukünftiges Leben zu planen. Wohin will ich überhaupt? Wo bekomme ich eine Wohnung? Wie bewältige ich all die Anforderungen? Gut, es wird jemand an meiner Seite sein die ersten Monate. Ich werde sie oder ihn in der nächsten Woche kennenlernen. Das fühlt sich besser an als ganz allein. Das hier, die letzte Station, das hier ist fast wie meine Familie geworden.

Dr. Andersen wird sich langsam ausschleichen, wie sie sagt. Aber sie wird mir auch bleiben. Auf eine ganz besondere Art, wenn ich das will. Ja, das spüre ich jetzt schon. Sie ist sehr präsent... :-)

Noch treffen wir uns einmal die Woche. Wenn ich draußen bin, behalten wir das anfangs noch bei. Dann alle zwei Wochen, einmal im Monat. Dann werden wir uns irgendwann verabschieden. Ich wüsste sehr viel, sagt sie. Jetzt komme es darauf an, dass ich all das auch anwende, pflege, ausprobiere. Raus in die Welt. Ich fühle mich wie nach einer anstrengenden Pubertät. Mama macht die Tür auf und sagt: „Jetzt aber ab. Mach's gut, pass auf dich auf. Lass dich wieder mal sehen." Wunderbar, frei, leicht, aber auch schwer, unsicher, gefährlich. Nur habe ich den Vorteil, dass ich viele Gefahren schon kenne!

Ich habe ein paar Gedanken, wenn ich an meine Zukunft denke. Ich gehe nicht zurück an den alten Ort. Ein gutes Stück weg. Am liebsten ein Dorf in der Nähe einer Stadt. Ich kann mir sogar vorstellen, etwas zu arbeiten. In der Natur, in der Landwirtschaft oder in einer Gärtnerei. Vielleicht was mit Tieren. Aber doch... das trau ich mir zu. Und ich muss unbedingt Stefan besuchen. Sehen, was aus seinen fixen Ideen geworden ist. Über ein halbes Jahr ist es her, dass ich ihn gesehen habe. Mann, wir werden viel zu reden haben.

Und Sigrid? Mal sehen. Es ist nicht ausgeschlossen, dass ich mal nach ihr schaue. Vielleicht könnten wir uns beide anständige Arbeiten suchen, also, vor allem sie? Ich will nichts überstürzen. Aber unmöglich ist es nicht.

Selten war ich so frei wie hier, jetzt und heute. Das Gefühl überschwappt mich wie eine warme Glückswelle. Alles steht auf Start. Ich habe gutes Rüstzeug für alles, was vor mir liegt. Es ist in mir, ich kann es nicht verlieren, nur vergessen. Aber das habe ich nicht vor. Und ich weiß, ich habe Freunde. Mein Stromkreis ist geschlossen. Es kann wieder losgehen!

Ende